酒景荚图

北京二锅头酒博物馆 编著

知识产权出版社
全国百佳图书出版单位
—北京—

图书在版编目（CIP）数据

高景炎传 / 北京二锅头酒博物馆编著 .—北京：知识产权出版社，2020.8
ISBN 978-7-5130-6976-2

Ⅰ.①高… Ⅱ.①北… Ⅲ.①传记文学—中国—当代 Ⅳ.① I25

中国版本图书馆 CIP 数据核字（2020）第 095555 号

内容提要

高景炎，国家级非物质文化遗产北京二锅头酒传统酿造技艺的第八代传承人，是该技艺唯一的国家级代表性传承人。本书以高景炎与酒结缘、与二锅头结缘、与酒业结缘、与爱结缘的故事为纲，以其奋斗奋发奋进、创新创造创业、精益精深精致的品德为魂，重点讲述其传承创新北京二锅头技艺、发展壮大红星酒厂、引领繁荣白酒行业的人生经历。本书根据高景炎的口述录音和相关文稿资料整理而成。

本书在讲述高景炎的奋斗历程中，还展现了很多酒业的历史大事件、酒类重要工艺和产品的研发过程等，对研究酒类发展史也有一定的史料价值。

责任编辑：安耀东　　　　　　　　责任印制：刘译文

高景炎传
GAOJINGYAN ZHUAN

北京二锅头酒博物馆　编著

出版发行	知识产权出版社 有限责任公司	网　　址	http://www.ipph.cn
电　　话	010-82004826		http://www.laichushu.com
社　　址	北京市海淀区气象路 50 号院	邮　　编	100081
责编电话	010-82000860 转 8534	责编邮箱	anyaodong@cnipr.com
发行电话	010-82000860 转 8101	发行传真	010-82000893
印　　刷	三河市国英印务有限公司	经　　销	各大网上书店、新华书店及相关专业书店
开　　本	720mm×1000mm　1/16	印　　张	17
版　　次	2020 年 8 月第 1 版	印　　次	2020 年 8 月第 1 次印刷
字　　数	255 千字	定　　价	139.00 元

ISBN 978-7-5130-6976-2

出版权专有　侵权必究

如有印装质量问题，本社负责调换。

▲ 国家级非物质文化遗产北京二锅头酒传统酿造技艺传承人高景炎

▲ 1964年春节，高景炎与父母、弟、妹合影

▲ 2009年高景炎与弟、妹合影

▲ 高氏家族合影

▲ 高景炎与其夫人、儿子、儿媳、女儿、女婿、外孙女合影

▲ 高景炎与家人合影

▲ 高景炎与其孙合影

▲ 高景炎在品酒

▲ 高景炎在做报告

▲ 高景炎与王秋芳到酒厂指导工作

▲ 1985年9月高景炎参与组建中国食品工业协会白酒专业协会

▲ 1987年9月高景炎与白酒协会苗志岚会长及白酒专家们合影

▲ 1991年高景炎参加全国液态法白酒协作组成立大会

▲ 1991年高景炎参加《中华人民共和国酒类管理条例》论证会

▲ 1992年高景炎参与组建中国酿酒工业协会

▲ 高景炎参加中国食品科技学会常务理事会

▲ 高景炎参观延安革命旧址

▲ 1997年高景炎参加北京市第十届人民代表大会

▲ 1997年高景炎在北京市第十届人民代表大会会场留影

▲ 2000 年高景炎参观遵义会议会址

▲ 2006 年高景炎参加全国白酒专家委员会成立大会

▲ 2009年高景炎参加北京酒类流通行业协会成立暨第一次会员代表（理事、监事）大会

▲ 高景炎与山西、天津、河北、内蒙古酒业协会负责人合影

▲ 2010年9月13日高景炎与秦含章、索颖、季克良在茅台酒厂合影

▲ 2013年高景炎参加全国清香类型白酒工作会议

▲ 2015年高景炎参加中国清香型酒业酿造技艺发展中心一届一次理事会

▲ 2017年4月高景炎参加北京酿酒协会成立三十周年大会

▲ 2017年高景炎与红星公司领导及二锅头技艺传承人等合影

▲ 2018年6月高景炎在红星公司本部（北京怀柔厂区）检查酒醅质量

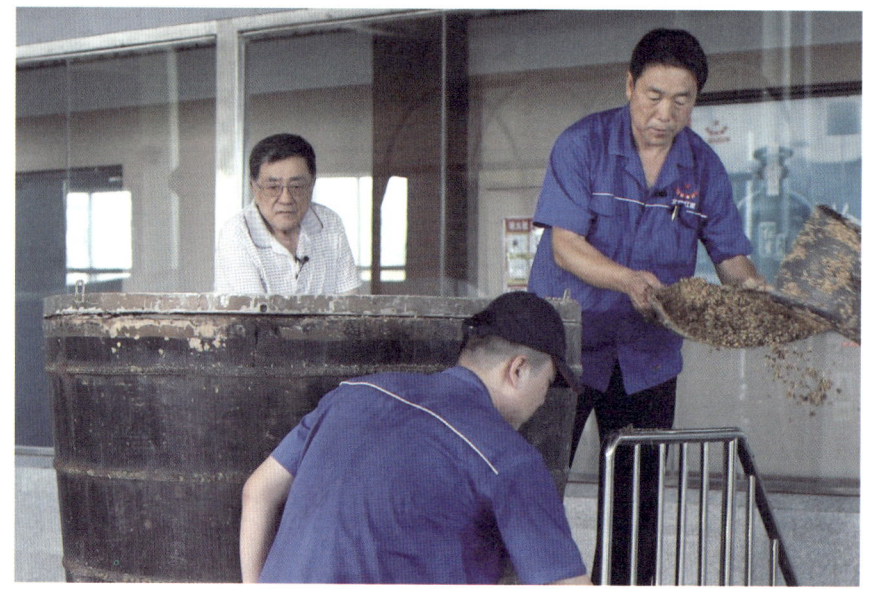

▲ 2018年6月高景炎在红星公司本部（北京怀柔厂区）指导工人装甑

▲ 2018年8月高景炎在红星公司六曲香分公司酒库品酒

▲ 2018年9月高景炎与北京一轻控股有限责任公司、北京红星股份有限公司领导在"高景炎奖励基金"成立仪式上合影

▲ 2019年9月高景炎与北京一轻控股有限责任公司领导交谈

▲ 2019年10月高景炎获"北京老字号工匠"荣誉称号

▲ 1999年5月6日高景炎参加纪念红星建厂50周年植树活动

▲ 2009年6月22日高景炎参加红星建厂60周年庆典访谈节目

▲ 2019年11月9日高景炎参加红星建厂70周年庆典并荣获"红星功勋奖"

▲ 2019年11月9日高景炎参加红星建厂70周年庆典合影

序　言

中国食品工业协会党委书记、副会长兼秘书长　马勇

　　北京二锅头酒博物馆编写的《高景炎传》即将出版。这是一件可喜可贺的事。

　　高景炎先生是我非常尊重和钦佩的一位老专家。他是白酒行业德高望重的酿酒宗师。

　　高老师为人正直、待人热情、爱憎分明。同时，他对工作、事业有着极强的责任心，对任何一件事情都抱着非常负责的态度。他对行业的发展、对骨干企业的发展非常关心，也非常尽心。高景炎先生与季克良先生是老乡，也是校友，又分别在南北两个知名的白酒企业里担任生产技术的主要负责人和领导。作为白酒行业的老一辈技术专家，他们身上有着年轻一代应该认真学习的工匠精神、创业精神和敬业精神，还有求真务实、无私忘我的奉献精神。这些在高景炎老师身上表现得尤为突出。与他接触的时间越长，这方面的体会就越深。

　　2018年，我们在广东举办第二届中国白酒大师论坛期间，恰逢高景炎先生和季克良先生80华诞。借这个机会，与会的二百多位全国白酒行业的科技精英，共同为两位老前辈祝寿，回忆了两位老专家为我国白酒行业发展做出的重要贡献，表达了对他们的真诚祝福。可以说，高景炎先生和季克良先生以坚守初心、鞠躬尽瘁的精神和光辉业绩，赢得了全国白酒行业同人的钦佩和尊敬！

我和高景炎老师打交道已有二十余年。20世纪90年代末，在中国食品工业协会第六届白酒评委的考评工作中，高老师是专家小组的成员之一。那时我与他有了一些接触，但长期在一起工作，是在我担任白酒专业协会的职务以后。

2000年，我受组织委派，具体负责中国食品工业协会白酒专业协会，担任常务副会长。上任之初，我曾跟高景炎老师约定，到红星拜访他。因为早在1985年，我国白酒工业第一个全国性行业组织中国食品工业协会白酒专业委员会的前身——中国白酒专业协会创办的时候，高景炎老师就担任协会的常务副秘书长。当时协会的理事会和领导班子都是由轻工业部、商业部、农业部、国家经委等酿酒工业相关部门的领导和全国的技术专家组成。高老师以自己在行业的影响力和技术的权威性担任了协会的领导职务，因此在协会里他是我的老前辈。

自那时起，我便与高老师一起从事行业服务工作，我就如何当好这个会长、如何把行业的事情办好、如何为企业做好服务等问题，开始密切、频繁地与他交流。

之后，我们共同连续主持了第六届、第七届、第八届、第九届全国白酒国家评委的培训考核工作，为全国白酒行业培育选拔了数百名国家级科学技术人才。无论在酿酒技艺、检验检测、食品安全的控制分析方面，还是在食品白酒的感官质量鉴评方面，这支白酒评委队伍至今仍然是活跃在数百家白酒骨干企业中的技术中坚力量。

2000年，我们考评出的很多白酒国家评委，都在茅台、五粮液、泸州老窖、汾酒、洋河、古井贡这样的大型白酒骨干企业中为主要技术负责人。对此，高景炎老师等老一辈专家做出了非常重要的贡献。

自2005年开始，我们在全行业推行全国白酒行业纯粮固态发酵白酒行业规范。它的核心要义与非遗保护有异曲同工之处。我们针对白酒行业在生产工艺技术上的多元性、复杂性，以及消费者对白酒工艺认识比较模糊的情况，开展了纯粮固态发酵白酒工艺技术的鉴定，对产品进行认定。我们把它注册为白酒行业唯一一个依法保护的质量证明商标标识。这是保护和传承中华民族传统酿酒技艺的一项重要工作。十几年来，高景炎老师一直是纯粮固态发酵白酒审评专家组的主要负责人，组织全国白酒行业的专家共同为推动对传统白酒工艺的继承、创新和发展做了大量工作。

在教书育人方面，高老师桃李满天下。他在担任北京酿酒总厂的主要技术领导期间，就带领红星及北京地区白酒骨干企业的技术人员，为二锅头酒的发展及多香型酒进北京的工作做出了巨大贡献。但是我个人认为，他从企业领导岗位退下来后，在行业发挥的作用更大、更全面，如在教书育人和组织行业的经济技术交流方面，坚持十几年组织华北地区和全国的清香型白酒的经济技术交流，推动清香型白酒的质量提升和风格创新。

我曾跟高老师说："清香型酒全国性的活动还得你牵头。在有条件的情况下，你还得支持和扶植。大家共同努力把全国清香型酒的技术交流活动做好。你不出来牵头，有可能大家对这项工作慢慢地就不那么重视，或者不能深入持续地开展下去。"高老师在培养年轻人、新一代技术力量方面贡献很大，其中如红星的艾总、张总。不仅仅局限在红星，实际上北京的其他酒厂、华北地区的酒厂，以及全国部分白酒企业的很多技术骨干都得益于他的教诲和指点。他是白酒行业宝贵的技术财富。

随着时间的推移，高景炎老师、季克良老师等老一辈酿酒专家的年龄越来越大，我非常希望我们能够抓住他们有质量的健康生活的这一段时间，对他们掌握的宝贵经验和技术进行挖掘、整理、分析。这对我们全国白酒行业的技术传承、科技创新有着不可估量的作用。我们要将它作为一种宝贵的历史文化遗产永远传承下去！

有鉴于此，翔实讲述高景炎大师奋斗历程与精神境界的《高景炎传》，很值得食品行业特别是酒业同人认真一读。

2020 年 5 月 6 日

前　言

北京二锅头酒博物馆

古训有言："以史为镜可以知兴替。"历史是最好的教科书，而厂史厂志则是其中不可或缺的重要篇章。

红星作为一家企业，始建于1949年5月，是国家首批认定的中华老字号企业之一；红星作为一个品牌，商标注册于1951年6月，是新中国首批核准注册的商标之一；红星作为一种产品，诞生于新中国成立的前夕，红星二锅头酒是驰名中外的北京特产、大众名酒；红星作为一项技艺，其源头可追溯至1680年的前门源升号酒坊，红星申报的北京二锅头酒传统酿造技艺入选国家级非物质文化遗产名录。

红星历经计划经济和市场经济的风雨洗礼，在几十年的艰苦创业中，诞生和弘扬了"承受一切、酿造美酒"的奋斗精神与工匠气质，塑造和彰显了"心怀梦想、勇敢前行"的硬汉形象与坚毅品格。红星文化的底蕴与首都文化的内涵相通，红星企业的发展与共和国的脚步相连。这是红星最为宝贵的财富。

"忆往昔峥嵘岁月稠"。总结红星的光荣历史，发扬红星的优良传统，创造红星的美好未来，是摆在我们面前的重任。

为此，红星决定编写《高景炎传》，以表达我们对红星杰出员工的崇高敬意和衷心感谢，并以此激励在职员工弘扬"不忘初心、牢记使命、创新创造、艰苦奋斗"的精神，再铸红星新辉煌！

2020年5月6日

目　录

第一篇　与酒结缘，从门外汉到技术权威

第一章　生于江南，和美家庭 …………………………………… 2

 第一节　出生于常熟 ………………………………………… 2

 第二节　以父母为榜样 ……………………………………… 3

第二章　笃志好学，成才之路 …………………………………… 6

 第一节　一条坎坷的求学路 ………………………………… 6

 第二节　劝将不如激将高：一堂刻骨铭心的数学课 ……… 7

 第三节　无心插柳：报考南京工学院 ……………………… 8

第三章　只身北上，学以致用 …………………………………… 9

 第一节　选定专业，初识发酵 ……………………………… 9

 第二节　肩负使命，只身北上 ……………………………… 11

第四章　踏入红星，结缘酒业 …………………………………… 12

 第一节　红星，第二个家 …………………………………… 12

 第二节　实习在一线，修行在个人 ………………………… 13

  第三节　抓紧一切学习的机会 ································· 16

  第四节　化蛹为蝶，精通专业 ··································· 19

第二篇　与二锅头结缘，从初出茅庐到国家级传人

第五章　心系红星，熟识二锅头 ··································· 26

  第一节　初识二锅头工艺 ··· 26

  第二节　提交二锅头调查报告 ··································· 28

  第三节　严把二锅头质量关 ······································ 32

第六章　扶持郊县酒厂，引领北京酒业发展 ················· 35

  第一节　北京酿酒总厂成立，结识王秋芳 ··················· 35

  第二节　任职归口科，肩负大任务 ····························· 40

  第三节　帮扶郊区厂，生产二锅头 ····························· 41

  第四节　组织协调，研发多香型白酒 ························· 45

  第五节　参加工作队，情洒汤河口 ····························· 48

第七章　贡献卓越，荣膺二锅头国家级传承人 ············· 53

  第一节　推广新菌种，提高二锅头出酒率 ··················· 53

  第二节　响应号召，组织二锅头降度 ························· 56

  第三节　统一感官评语，制定二锅头"宪法" ················ 58

  第四节　总厂改革，开创二锅头发展新出路 ················ 59

  第五节　实至名归，荣膺二锅头国家级代表性传人 ······ 69

  第六节　提携后人，创办"高景炎奖励基金" ················ 71

  第七节　红星高照，树立二锅头品类新标杆 ················ 75

第八节　奋斗五十七载，荣获红星功勋奖……………………… 77

第三篇　与酒业结缘，从一厂之长到行业泰斗

第八章　参与组建中国食品工业协会白酒专业协会…………… **80**
第一节　成立白酒专业协会……………………………………… **80**
第二节　任劳任怨，做好分内事………………………………… **83**

第九章　主持创建北京酿酒协会………………………………… **85**
第一节　兼顾各方，组建北京酿酒协会………………………… **85**
第二节　殚精竭虑，推动北京酒业发展………………………… **87**

第十章　参与组建中国酿酒工业协会…………………………… **90**
第一节　参与创立中国酿酒工业协会…………………………… **90**
第二节　协调组建中酒协分支机构……………………………… **93**

第十一章　参与创办全国清香酒论坛暨中清技艺中心………… **97**
第一节　华北白酒协作组的复兴………………………………… **97**
第二节　提出白酒"六化"……………………………………… **99**
第三节　参与创立全国清香类型白酒组织……………………… 104
第四节　历届清香类型白酒论坛的主题报告…………………… 106

第四篇　与爱结缘，从苦读学子到酒业大师

第十二章　高景炎的大爱………………………………………… **110**

第十三章　高景炎的精神世界……………………………………… **112**

第五篇　附　录

第十四章　高景炎简历……………………………………………… **124**

第十五章　高景炎获奖简介………………………………………… **126**

第十六章　高景炎的文章及讲话选登……………………………… **128**

　　第一节　主编参编的书籍…………………………………… **128**
　　第二节　文稿选登…………………………………………… **130**
　　第三节　讲话选登…………………………………………… **149**

第十七章　报道高景炎的文章选登………………………………… **191**

第十八章　友人家人心中的高景炎………………………………… **202**

　　第一节　友人心中的高景炎………………………………… **202**
　　第二节　女儿心中的高景炎………………………………… **235**

编后记………………………………………………………………… **238**

第一篇

与酒结缘,从门外汉到技术权威

第一章

生于江南，和美家庭

第一节 出生于常熟

1939年9月12日，高景炎出生于江苏省常熟市张桥镇高家浜的一个普通家庭。出生后没过多久，他就随着父母从乡下老家搬到了虞山镇定居。

虞山镇地处长江三角洲腹地，是一个有着千年历史文明的古镇。镇区背倚虞山，近傍尚湖，有七水经于此，湖光山色，相映生辉，素有"七溪流水皆通海，十里青山半入城"的美称。

高景炎的父亲高礼宾（曾用名高嘉贤）是一位小学教师，母亲徐兰芬是一位贤惠善良的家庭主妇。他家中共有兄弟姐妹七人，高景炎排行老大，下面有三个弟弟和三个妹妹。三妹在三岁时染上了麻疹，由于住在乡下救治不及时而不幸夭折。

高景炎一家人租住在护城河畔的九万圩，背靠翁家花园。护城河从南门元宝桥绵延到西门，约五华里。沿河的路面是石子铺的，往东铺到总马桥，往西伸展到曾家花园。

清晨，第一缕阳光洒向大地，这座寂静、质朴的千年古镇变得温暖起来。小镇的居民陆续起床洗漱，准备出门务工。河边偶尔传来的几声棒槌洗衣声，衬显出小镇的烟火气息。

到了晌午，小镇开始变得热闹起来。运河上的船只往来不断、衔头接尾，有时拥挤到舷与舷相磨、篙与篙相错，又是一番繁荣景象。

黄昏时分，夕阳西下，火红的太阳燃烧着最后的明丽，极不情愿地和小镇道别，把橘红的霞光在西边的天空层层铺开。成群的鸟雀在深红的夕照下飞落到虞山林中。

深夜，小镇回归宁静。鸟的夜鸣，更增添了小镇的深幽、寂寞。

高景炎就是在这样的环境里与他的家人度过了自己的童年时光。

▲高景炎（后排左二）与家人合影

第二节 以父母为榜样

父母是一个人在成长过程中必不可少的老师。高景炎的成长同样离不开父母的精心培养。

高景炎的父亲高礼宾年轻时曾念过私塾，是高家浜少有的"文化人"。

他在上海市私立南洋模范中小学任小学教师，中华人民共和国成立初期任教导主任，小教一级职称。

高礼宾身在教坛，心系教育。他诲人不倦，坚守讲台三十个春秋，从风华正茂到白发苍苍，博大、宽容、认真、温情地对待每一个学生。

无论在课堂上还是在家中，高礼宾始终都是一位教育者。但作为父亲，他教给孩子们的不只是读书识字，更多的是生活中的道理和处世的态度。他常常对孩子们说一些"知识改变命运"的话，告诉他们学习知识的重要性。每次给孩子们回信时，他都会把他们写的错别字修改后再寄回，并在信中提醒一定要好好学习。

高景炎的母亲徐兰芬虽然不像他的父亲那样读过很多书，但却是一个非常细心、谦和又勤快的人，不辞辛劳地照顾着这个家。平日她在城里的家中养育儿女，到了农忙时节，就回到老家高家浜种田。土地改革后，高家退出了自家的田地。为了养家糊口弥补丈夫薪水的不足，她就到房管所做小工，挑砂浆、抬水泥、搬砖头，从不叫苦叫累，在工地里一干就是二十年。

每天天还没有亮，徐兰芬就去市场买菜，做好早餐后就匆匆忙忙赶去建筑工地，中午再从工地赶回家做午餐，饭后又要赶去上班。到了夜晚，在儿女们进入梦乡后，她还要洗洗涮涮、缝缝补补。她自己经常凉开水泡饭或咸菜下饭，家里只要有一点儿好吃的，就先让儿女们吃。

父母的言传身教成为高景炎人生路上的一盏明灯，影响着他的成长。可以说，成年后高景炎敬业专注的品德来自他的父亲，吃苦耐劳的精神源自他的母亲。

在父母的悉心照顾下，高景炎和弟弟、妹妹成人后均取得了比较不错的成绩：二弟高景溪在湖北十堰市担任中共湖北十堰市委副秘书长；四弟高景楠先后在常熟市委组织部、常熟市外办（任副主任）、常熟市总工会（任副主席）任职；六弟高景煜担任苏州某锁厂的副厂长；五妹高景熙在水产养殖场一直做技术工作；七妹高景芳照顾家里，留在常熟市色织二厂当工人，由于工作表现非常好，获得了常熟"劳动模范"的称号。

▲高景炎（右三）与弟、妹们合影

第二章

笃志好学，成才之路

第一节 一条坎坷的求学路

高景炎六岁时在常熟市上了小学。到了四年级，父亲为方便照顾便把他转至上海市私立南洋模范中小学，同自己住在了一起。

上海市私立南洋模范中小学原名南洋公学附属小学，成立于1901年，是中国人自己创办的最早的新式学堂之一。该校于1930年增设高中部，1948年在七宝镇又增设初中部分校。

根据当时的校规，成绩优异的学生可以直升本校初中、高中。因为高景炎学习非常刻苦，成绩也很好，所以小学毕业以后他就直升本校的初中部，后又直升本校的高中部。

高景炎初中时所在的分校位于七宝镇，离市区较远，所以每到周一早晨七点半，学校都会安排校车把初中部的学生统一从市区送到七宝分校。

分校采取封闭式教学，从周一到达校区后就不允许再出大门，所有的学生都在校区内吃住、学习。每天除了日常课程外，还有早读和晚自修，时间安排得很满。这种状态一直持续到周六下午四点半放学后，学生们才能乘校车返回市区，星期日休息一天。

在高景炎看来，虽然学校的制度比较严格，但校内的学习风气却非常好，大家都勤奋学习。有的时候学习比较紧张，晚上九点后老师查房，高景炎就拿着手电筒，用被子盖着头偷偷看书。由于光线不是很好，高景炎的视力越来越差，导致他在那段时间里就戴上了眼镜。

第二节　劝将不如激将高：一堂刻骨铭心的数学课

初中毕业以后，高景炎又回到市区的高中部。当时南洋模范中小学高中部的教师可以说都是上海市的名师，对学生的要求比初中部更加严格。在老师们的督促和自我要求下，高景炎学习更加刻苦了。

有一次，高景炎得了重感冒，本应该请假休息，但他怕跟不上学习进度，坚持上学。当天有一堂数学课，老师在课上讲排列组合。由于高景炎病得很重，就趴在课桌上昏睡了过去，因此没有听到老师在课上讲的公式。他回家后也没有复习，便躺到床上休息去了。

第二天的数学课上，老师将昨天讲的数学题写在黑板上，不知道是不是因为昨天看到了高景炎趴在课桌上睡觉，就点名让他回答。这是一道非常简单的基础题，但由于高景炎昨天上课没有听到，站起来后支支吾吾地回答不出。老师一看便知道高景炎昨天没有认真听讲，也没有复习，就说："你坐下吧，我给你得个两分。"

得了两分的高景炎很难过，非常不甘心。从那时候开始，他就对数学下功夫钻研。数学老师似乎看透了高景炎不服输的个性，为了让他能够一直保持对数学的热情，每次提问或考试的时候，即便高景炎全都答对了，也只给他四分，从来不给五分。就这样，这位老师使高景炎对数学的兴趣与日俱增，他的数学成绩也一直名列前茅。在他大学三年级的时候，由于当时学校里的数学教师不够，学校就抽调高景炎给一年级的学生上数学课。

这段人生经历使高景炎明白了一个道理——做任何事，无论是工作还是学习，一要培养兴趣，二要刻苦钻研，只要能做到以上两点，就一定能够成功。

第三节　无心插柳：报考南京工学院

高中三年级是高景炎求学生涯中一个很特别的阶段，有苦也有甜，有迷茫也有怀念。

高景炎对自己未来要走哪条路并没有一个明确的方向。在报考大学志愿时，由于父亲是教师，他本能地认为要子承父业，所以填报的志愿基本都是华东师范大学、江苏师范学院等师范类院校。

高景炎的一位同学看了他的志愿后觉得不妥，就对他说："你怎么报的都是师范大学呀，应该填两个工科学校。你填南京工学院（现为东南大学）吧，他们那有个食品工业系，这个系不错。学这个系以后工作都是跟吃的打交道，能吃饱饭！"

"能吃饱饭"这句玩笑话深深地触动了高景炎。这一刻他想起了自己的几个弟弟、妹妹，想到了为维持生计去工地干活的母亲。他想，不管学什么专业都能为社会做贡献，既然如此，就选个"能吃饱饭"的专业吧。就这样，高景炎听取了这位同学的建议，填报了南京工学院。

高考结束后，高景炎从上海回到老家等待录取通知。等待的过程是一种煎熬。高景炎终日忐忑不安，害怕不能考上理想的学校，直到收到了南京工学院食品工业系的录取通知书，心里的这块石头才总算落了地。

家里出了一个大学生，全家人都很高兴。母亲特地从修表匠那里买了一块手表送给高景炎作为奖励。虽然这块手表是用旧手表换下来的零件拼装做成的，但高景炎依然很开心，对这份礼物无比珍惜。

第三章

只身北上，学以致用

第一节　选定专业，初识发酵

1957年，高景炎到南京工学院食品工业系报到，被分配到发酵工学专业。

发酵工学也称为微生物工程，是利用微生物的某些特定功能，或直接把微生物应用于工业生产过程的一种技术。利用该技术生产的产品多样，包括酱豆腐、酱油、醋、啤酒、葡萄酒、黄酒、白酒、酒精，还有丙酮丁醇等溶剂，全都是发酵工学专业所涉及的。

大学校园的生活让高景炎感到新鲜又有趣，但他对这里的气候却很不习惯：夏天非常闷热，冬天又冷得刺骨。

南京的夏天十分闷热，即使到了深夜，宿舍里还是像个蒸笼，让人汗如雨下、辗转难眠。于是，高景炎和同学们买来竹竿和蚊帐。到了晚上，他们就将这些东西搬到学校的足球场，搭建一个简易的帐篷，再铺上席子，往里面一躺，微风吹过，既舒服又清爽，甚是痛快。

夏天的问题解决了，但到冬天就不好过了。冬天的气温比较低，即使是在室内，墨水也会被冻成冰。这里不像北方的城市那样有供取暖的火炉，高景炎只能盖上棉被，蜷在被窝里复习功课。

在这样的条件下，高景炎度过了一年半的大学时光。勤奋又认真的他很快钻进了这个有些陌生的学科。由于成绩优异，他获得了学校发的一个月12块钱的奖学金。

20世纪50年代，为了发展社会经济和鼓励高校发展，国家对全国高等院校进行了大规模的调整。1958年，南京工学院食品工业系整建制东迁，在无锡成立了无锡轻工业学院（今江南大学），将学校搬到了太湖边上。对于独立出来成立轻工业学院这件事，高景炎和同学们开玩笑称其为"原子弹分裂"。

新学校是在当地一个废旧单位上修建的。高景炎一到这里，就立刻被安排参加校园修缮活动。当时操场上长满了杂草，他每日除了学习日常课程外，还要负责除草修整校园。

就这样，高景炎一年半在南京学习基础课，三年半在无锡学习。五年的时光转瞬即逝，一眨眼就到了毕业的日子。

▲高景炎在校期间的学习笔记

第二节　肩负使命，只身北上

1962年7月，高景炎完成了学校的毕业考试，回到家中等待分配工作。10月初，他收到了去北京人事局报到的通知。

要离开自己的家乡，一个人到北京工作，家里人都很担心，高景炎也放不下自己的父母和弟弟妹妹，但纵使万般不舍，也还要服从分配。因为高景炎的心中始终有一个声音："听党的话，跟党走，哪里有需要，哪里就是我的志愿，坚决服从分配！"

10月14日，高景炎收拾好行李与家人告别，兜里揣着一张硬座车票来到了无锡火车站，和几个一同被分配到北京的同学登上了列车。当时从无锡到北京的路程大约需要二十多个小时，但一路的疲惫也不能削减高景炎想为国家做贡献的热情和信念，一下火车，高景炎等人就赶去人事局报到。

当时从外地来北京的大学生很多，人事局一时间顾不过来，就把高景炎和他的同学安排在前门大栅栏里的一个小旅馆里，两个人一个房间，每天发放伙食费。等了十天后，高景炎终于接到了人事局的通知，被分配到朝阳区八王坟的国营北京酿酒厂（以下简称"北京酿酒厂"）工作。高景炎马上收拾好行李，出门租了一辆三轮车，连人带物来到了酒厂，来到了他报效国家、实现理想的地方。

第四章

踏入红星，结缘酒业

第一节 红星，第二个家

北京酿酒厂前身为华北酒业专卖公司实验厂，成立于1949年，是北京第一家国营酿酒厂。酒厂生产白酒、葡萄酒、酒精、溶剂等产品，是国内酿酒行业一家品类齐全的著名大型企业。其生产的红星二锅头酒和中国红葡萄酒作为北京特产，深受百姓喜爱。

高景炎来到酒厂后被分配到检验科。检验科的主要工作是确保产品的质量。在这里，他遇见了自己在酒厂的第一个直接领导——检验科科长穆瑞祥。

了解到高景炎从江苏一个人来到北京工作的情况，穆科长对高景炎非常关心。其中有两件事，到现在高景炎都记忆犹新。

第一件事是高景炎刚来酒厂一个月左右，天气就开始转冷。那时除高景炎外，还有不少从南方来的学生，都被统一安排住在酒厂的宿舍里，一个宿舍里要住十几个人。

宿舍里有个火炉。其他宿舍的老师傅问他们会不会生炉子，这些南方来的学生对北方的气候一点儿也不熟悉，都说不会。老师傅就手把手地教他们，告诉他们怎么把劈柴放进去，再把蜂窝煤放进去。

火着起来了，老师傅临走时嘱咐他们晚上要封好炉子，千万别煤气中毒。封炉子也需要一定技巧，封炉的内盖要留一个小口。但老师傅忘了教他们，这几个人谁也不会。结果临睡觉的时候，他们直接把盖子封死，火渐渐灭了，到了凌晨一两点钟，大家都被冻醒了。

后来穆科长知道了这件事，马上找行政科商量，最后把他们全都转到了大楼下面的地下室。地下室离热电厂很近，里面有利用热电厂排出的废气改造的暖气，解决了他们不会生炉子的困难。

第二件事是穆科长看到高景炎孤身一人来到北京，无亲无靠，所以每天吃过晚饭以后就会回到办公室陪他聊天。从聊天中穆科长得知，虽然高景炎学的是发酵专业，但他上大学的时候并没有去过酒厂，只是在写毕业论文的时候做过一个3000吨溶剂厂的毕业设计，而且以前也没有接触过酒，家里父母和弟妹们也没有一人喝酒，对酒比较陌生。

于是，穆科长弄了点儿酒给他品尝，并告诉他："想要做出好酒，就一定要学会品酒。你不尝怎么知道酒好不好，质量过不过关。"就这样，今天尝一点儿，明天尝一点儿，慢慢地高景炎学会了品酒。

穆科长又怕高景炎想家，每次聊天时都会给他递上一支烟，一来二去，高景炎也有了烟瘾。为此，穆科长又专门跑到行政科为他申请了烟票。有了烟票以后，高景炎也抽上了烟。

高景炎在生活和工作中得到了穆科长的很多帮助和照顾，感受到了家人般的温暖，把酒厂当作自己的第二个家。如今，高景炎依然对他充满了感激之情。

第二节　实习在一线，修行在个人

经过一段时间的了解，高景炎发现给他分配的这份北京酿酒厂的工作实在太好了，大学所学的知识大部分都用得上，葡萄酒、果露酒、白酒、酒精、溶剂全有，在这里必能大展拳脚，心里非常高兴。为了使自己得到真正的锻炼和提高，高景炎向上级领导提出到每个车间实习的请求，并认真地制订了一份实习计划。

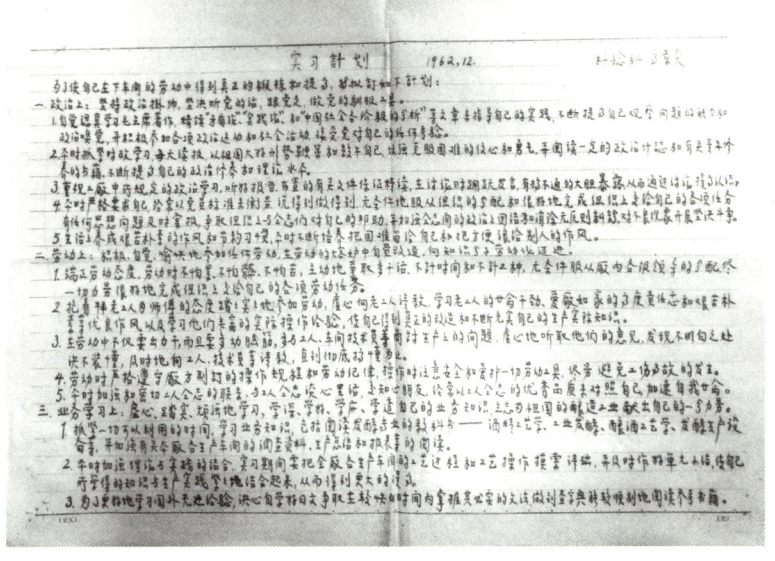

▲高景炎的实习计划手稿

领导同意了高景炎的请求，让他如愿去了车间，并告诉他下车间要做到"三同"，跟工人同吃、同住、同劳动，不能有特殊。

据高景炎回忆，这段时间最辛苦的是酿制白酒。

一开始工人们不让他干重活，说："你大学生干不了我们这些活的。"于是，他们给他安排了一份比较轻松的工作：工人在配料时，要将粉碎的原料从料袋里倒出来，把空袋子扔到一边，由于倒的时候很快，袋子里面就会剩下一些高粱粉，他们就让高景炎把袋子里面的高粱粉抖干净收集起来，再将每个袋子上面的麻绳拆下，每二十根扎成一捆，回收利用，避免浪费。

收集高粱粉和麻绳的工作虽然简单，甚至单调，但高景炎并没有小看这份工作。他用自己的耐心和细心将袋子里的高粱粉认认真真地收集起来，生怕造成一点浪费。工人们没有想到高景炎干起活来会这么认真，心中很是佩服。高景炎也同样被工人们勤俭节约的优秀品质感动了。

不过高景炎并不希望一直被特殊对待，坚持所有环节都要亲自参与，和工人一起搬麻袋、挖酒醅。干完了活后，工人们光着身子跳到水池里，洗掉一天的疲惫。高景炎也脱了衣服跟着跳进去，与工人们"坦诚相见"。

洗完澡后，酒班的班长就会召集大家开会，让工人们各自汇报当天的生产情况，进行经验总结。会议最后，班长就把当天蒸好的酒拿一些给大家品尝，看看质量怎么样，有没有进步。这时每个人都会拿出一个搪瓷杯排着队去接酒，因为当天出的都是65度到70度左右的高度酒，没有佐菜，大家就拿着大葱，蘸着黄酱，一边吃一边尝。

当时，白酒工人们的劳动强度很大，所以他们的粮食定量是每月52斤。而高景炎是科室干部，粮食定量每月只有28斤，比工人们少很多，因此他干完活后总是吃不饱。科长知道这个情况后马上到行政科申请将高景炎的粮食定量加到和工人们一样，从此他再也没有饿过肚子。

当时一日三餐基本都是窝窝头，没有什么油水，再加上劳动强度大，高景炎的饭量也越来越大，最多一天能吃一斤八两的粮食。没过多久，他就长了20多斤，身体也结实了不少，从一个文弱书生变成了粗犷的汉子。

由于第一年还没有探亲假，高景炎怕母亲担心，就到照相馆照了相给母亲寄去。结果，母亲在一次打电话时对他说："我看到照片了，你照相是作假的吧？是不是嘴里吃了什么东西鼓起来的，让我看了觉得是胖的。"高景炎也没解释，就说："等我回来您再看吧。"

第二年有了探亲假，高景炎回到家里后，就把从厂里带回的两个窝窝头拿了出来，对着母亲笑嘻嘻地说："我在北京，就是吃这个变胖的。"几个弟弟妹妹没见过窝窝头，都好奇地凑了过来，高景炎就分给他们吃。"一点儿也不好吃，怎么这么难吃啊！"其中一个弟弟一边说着一边把手中剩下的全部吃光，惹得大家都笑了起来。

高景炎在白酒车间实习完就来到溶剂车间学习。在这里，从蒸煮、发酵到蒸馏，每一个环节他都悉心实践。那时候搞技术攻关，蒸馏塔有五六层楼高，需要每隔半小时记录上、中、下各部位的温度、压力等指标。高景炎仗着自己年轻，经常从一层到顶层来回跑。

每年9月到11月是收获酿酒葡萄的日子，也是葡萄酒车间最繁忙的时候。高景炎就趁着这段时间来到葡萄酒车间学习葡萄酒的酿造。酿造葡萄酒首先要把葡萄破碎、去梗，然后放到发酵池里发酵。酿成的葡萄酒还要经过冷热处理，然后分类储存。在出厂之前，再将不同年份原酒搭配勾调，一个完整的葡萄酒生产工艺才算全部完成。

除了劳动实践，高景炎还抓紧一切可以利用的时间，阅读《酿酒工艺学》《发酵生产设备》等相关的专业书籍和杂志，不断加深对本专业的了解。为了更好地学习国外的先进经验，他努力学习日语、英语，在较短的时间内掌握了必要的文法，做到借助字典能较顺利地阅读参考书籍。

高景炎不怕苦、不怕脏、不怕累，积极、愉快地参加劳动。在这一年的实习中，他把各车间走了个遍，虚心向老工人请教，学习他们丰富的实际操作经验，不断充实自己。他经常向工人、车间技术员等请教生产上的问题，虚心地听取他们的意见，直到彻底搞懂为止，并认真做好记录。他将自己所学的知识与生产实践相结合，为之后的工作打下了坚实的基础。

第三节　抓紧一切学习的机会

作为厂里为数不多的大学生，高景炎受到了全厂上下的关注。

一天，供销科的科长石灵寿找到了他，说："小高啊，我搞了一个储酒罐，按我们过去的方法测出的容积大概有一百立方米。你不是在大学里学问挺高的吗，帮我算算对不对？"

高景炎就想起了在大学里学到的微积分，运用重积分公式，根据直径和高度测算容积，测算结果是一百立方米多一点儿。

石灵寿对结果很满意，说："哎哟！小高行啊，你算得真不错！"

高景炎给石科长留下了一个很好的印象，而且认为自己做这些是应该的，经常说："单位给我创造这么好的条件，要是还不好好干，那对得起谁呀！"

当时，高景炎很少考虑个人利益，只是想报答祖国，报答党对自己的培养，所以他除了正常上下班外，几乎将自己的业余时间排得满满当当。

每天五点钟下班后，他都要参加公司的各项活动，如周一党团活动、周二科室的科务会、周三工会活动、周四业务学习；七点吃完晚饭后，还要组织学习小组学习《毛泽东选集》。除此以外，高景炎还是厂里的团支部宣传委员。他们的科室有块黑板报，黑板报上面的内容也由他来安排。

▲ 1965年全体青年学习主席著作积极分子合影（第三排右四为高景炎）

周六五点下班以后，高景炎都来不及吃晚饭，骑上自行车从八王坟赶到朝阳文化馆去学英语。

▲青年时期的高景炎

高景炎在小学和初中学的外语是英语，上高中后因为中苏关系友好，学校的外语课程统一改为俄语。高景炎在学校时的俄语成绩非常好，是俄语高级班的班长。有一次，苏联水兵到上海访问，政府在文化广场安排了一场联欢活动。高景炎作为学生代表也参加了，而且还用俄语和苏联水兵交谈。他一口流利的俄语得到苏联水兵的赞扬。

尽管俄语说得非常好，但他总觉得英语丢掉了可惜。于是，每到周六下班后他就骑着自行车赶到朝阳文化馆，从七点到九点学习英语，然后再回到厂里。这样充实的生活持续了一年。结业的时候，老师拿出英文文章让学生们各自翻译，高景炎的翻译稿与老师的翻译稿相比，竟然差异很小。

不光英语，高景炎还在业余时间学习了大量工作之外的知识。有一次，厂里有老师办夜校教日语，他也积极报名参加。

1963年，刚到酒厂一年的高景炎由于在工作和生活中都非常努力、上进，被评为"北京市五好职工"。当时北京酿酒厂获得该殊荣的共有两个人，另一位是在酒厂工作多年的老职工。

▲高景炎荣获的"北京市五好职工"奖章

第四节 化蛹为蝶，精通专业

1964年，高景炎受上级指示，在轻工部酿酒处潘裕仁的领导下，与食品工业发酵研究所的工程师曹敬文协作进行葡萄酒、白兰地分析方法的研究。他们将从各葡萄酒厂收集到的葡萄酒与白兰地分析方法在东郊葡萄酒厂进行检测对比，高景炎负责分析方法汇总。

实验完成后，高景炎就与潘裕仁、曹敬文整理编写出中国第一部葡萄酒与白兰地的分析方法。

同年，随着国家经济的复苏，人们物质生活的需求不断提高，白酒供不应求的矛盾变得更加突出。当时二锅头酒的产量非常小，根本满足不了市场需求。为解决这一问题，增加白酒产量，时任北京酿酒厂技术总负责人龚文昌奉命进行新工艺白酒的试制。龚文昌点名让高景炎参与项目，一同被点名的还有白酒车间的技术员田宗相。

龚文昌生于1911年，为北京二锅头酒传统酿造技艺第七代传承人，1936年毕业于北京大学化学系。他在校期间曾参加"北大南下示威团"和"一二·九运动"，毕业之后就业于渤海化学工业工厂。1945年日本投降，他出任接收专员，在青岛啤酒厂任职；1951年调至中央轻工业部，从事科技管理工作，后到轻工部发酵工业研究所、北京酿酒厂、北京市发酵研究所从事技术工作。1956年他升任高级工程师并参与国家科委制定的《1956—1967年科学技术远景发展规划纲要》白酒课题；1964年与他人合作研制成功国内第一个大型通风制曲生产设备；1964年按照国家科委规划项目，试制成功固态、液态法串香新工艺白酒——红星白酒，随后在全国推广，为液态化生产白酒做出了开创性贡献。他曾任第二届、第三届全国评酒会评酒委员。龚文昌编审的书稿有《白酒生产问答》《白酒生产工艺和设备》《白酒工艺手册》，并发表学术论文十多篇、科技论文二十多篇。

▲龚文昌（二排左三）等人合影

项目之初，由龚文昌带队到董酒厂学习串香工艺。串香工艺是董酒的独特工艺，主要是用小曲酒来串蒸固态发酵期长的香醅。这种固液结合的生产方式，既缩短了生产周期，提高了产量，又能保持固态发酵大曲酒的馥郁香气和风味特征。

回京之后，龚文昌做了明确的分工，由田宗相负责工艺技术，高景炎负责化验分析，开始了串香新工艺白酒的试制，并以此工艺生产了红星白酒。

红星白酒是采用液态发酵法与固态发酵法结合生产的白酒，先以薯干和其他代用品用液态发酵法制成酒精；然后利用粮食白酒的糟醅，加大曲为糖化发酵剂，经过发酵，制成香醅；最后用串香蒸酒法和浸香蒸酒法，使稀释的酒精与香醅接触，蒸出来的白酒再经过贮陈和调配，即成红星白酒。其优点是没有薯干白酒的杂味和酒精气味，具有粮食白酒的醇润风味；节约粮食，降低成本；劳动强度低，生产效率高。

▲红星白酒及产品介绍

新工艺白酒是白酒工业的一项重大改革，是对传统工艺的突破，是白酒大家族中的一位新成员。它具有以下优点：

（1）可以节约酿酒用粮，减轻酿酒工人繁重的体力劳动，利于实现酿酒机械化，符合国家的产业政策。

（2）可以降低成本，提高经济效益。

（3）新工艺白酒闻起来香，喝起来甜，价廉物美，产品适销对路，尤其农村受传统消费习惯的影响，有广阔的市场；可以方便地生产各种香型的白酒，满足不同层次消费者的需求。

（4）与固态白酒相比，新工艺白酒的卫生指标好，安全可靠，有利于消费者的健康。

当时，65度红星二锅头酒1.7元一瓶，62度红星白酒0.8元一瓶，红星白酒价格仅为二锅头酒的一半，物美价廉；酒体协调、醇和爽净，且卫生指标、理化指标均符合国家标准。产品一经上市，便深受消费者的欢迎，最高时年产量突破1万吨，缓解了当时的供需矛盾。其后，随着二锅头酒产量的不断增加，红星白酒退出了市场。

龚文昌团队试制成功的固体、液体法串香新工艺白酒红星白酒，为固态液态相结合的二步法生产，后在全国有关省市得到推广，为中国白酒的发展做出了开创性的重大贡献。

在试制新工艺白酒期间，高景炎得到了恩师龚文昌先生的细心指点，学习了许多关于白酒工艺方面的知识，受益终身。

龚文昌先生对高景炎的成长有着很深的影响，是深受高景炎尊敬的一位老师。2001年1月3日，龚文昌先生逝世，高景炎特地撰写了一篇文章《白雪悲歌悼吾师》怀念恩师。其中写道："几十年来，他在工作上，坚持原则，勇于创新；在做人上，严于律己，宽以待人；在做学问上，勤于思考、孜孜不倦；而日常生活中他和蔼可敬、平易近人、淡泊名利、慈善谦虚。他用毕生的精力为我国酿酒工业的发展辛勤耕耘、呕心沥血，是我国酿酒界德高望重的老专家，是倍受尊敬的一位师长。他高尚的人品和渊博的学识为我们树立了一个学习的榜样。龚文昌同志永远地离开了我们。我们怀念他，更要学习他爱国敬业的精神和鞠躬尽瘁、死而后已的品德，为发展我国的酿酒工业而努力奋斗！"

虽然来到厂里的时间不长，但是在龚文昌等红星前辈们的指导下，高景炎已经成为一名独当一面的技术骨干。

▲高景炎（一排右二）与龚文昌（一排右四）、熊子书（一排右三）等人合影

高景炎凭着一股钻劲儿和韧劲儿，在工作中开始崭露头角，并获得领导和员工的认可，肩上的担子也越来越重。从普通员工到检验科化验室组长、归口科长、技术科长再到技术副厂长、厂长，从技术员到工程师再到高级工程师、教授级高工，从参编《白酒精要》《白酒生产技术全书》到主编《清香类型白酒生产工艺集锦》，高景炎一路走来，步子越来越坚实，责任也越来越重大。

　　功夫不负有心人。经过几十年的日积月累，高景炎以丰富的理论知识、深厚的实践功底、刻苦的学习精神、专注的职业素养，实现了从"滴酒不沾"到"见酒生神"的升华，实现了从一名发酵专业的大学毕业生到酿酒业行家里手的转变。

第二篇

与二锅头结缘,从初出茅庐到国家级传人

第五章

心系红星，熟识二锅头

第一节 初识二锅头工艺

红星二锅头酒是北京酿酒厂生产的主力白酒产品，其工艺源自清康熙年间源升号酒坊赵氏三兄弟发明的二锅头传统酿造工艺，至今已有三百余年的历史。1949年，华北酒业专卖公司实验厂在东郊八王坟建成，成为北京第一家国营酿酒厂。同年9月，实验厂生产了第一批红星二锅头酒，作为迎接新中国成立的献礼酒。

第一批红星二锅头酒用棕色玻璃瓶灌装，配以红五星、蓝飘带的"红星"商标。红星代表中国革命，飘带代表人民载歌载舞欢庆胜利。该商标由集体研究决定，日本友人樱井安藏完成设计。

红星二锅头酒自上市以来，深受广大消费者的喜爱，产品常年供不应求。

在白酒班实习的日子里，高景炎第一次接触到北京二锅头酒的酿造技艺，了解了二锅头的传承历史。

▲第一批红星二锅头酒及商标

▲建厂初期，酒库中满是红星二锅头成品酒（摘自1952年《人民画报》）

什么是二锅头？高景炎曾做过简单的说明：

> 何谓"二锅头"？起因是古时的白酒蒸馏设备很原始，是在甑桶上架天锅来作冷凝器的。天锅内放凉水。蒸酒开始后，酒气上升至天锅，遇冷即凝结成酒液（今称为酒头，收集起来，下次回底锅重蒸）。天锅内第一锅水由凉变热后即淘出换入第二锅凉水，继续蒸馏，接取第二锅凉水冷凝的酒液储存备用。这就是"二锅头"三个字的由来。以此类推，第二锅由凉变热的水还需淘出，再加入第三锅凉水，继续蒸馏至结束，回收冷凝的酒液（今称为酒尾，同酒头一样，也回底锅重蒸）。
>
> 简而言之，二锅头酒是蒸馏发酵成熟的酒醅时，将酒气冷凝液经掐头去尾，截取中间一部分——中馏酒（精华酒）。

北京红星牌二锅头酒，是这类酒的代表。其素以质量实在、价廉物美和"气味香馥、醇厚甘冽、酒体丰满、味长爽净"的风格特点，深得广大消费者的青睐。

由此可见，用一句话来概括，二锅头酒即是天锅第二次换入凉水冷凝酒气时摘取的质量头

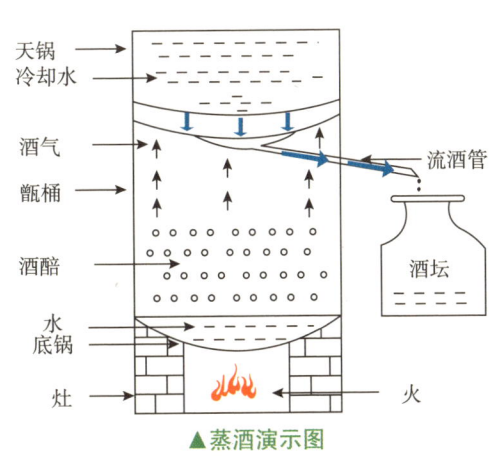

▲蒸酒演示图

第五章 心系红星，熟识二锅头

27

等的酒。

在实习过程中，高景炎亲自上岗，跟着白酒班的老工人一起操作。这种经历使他获益良多，为他后来的研究提供了大量的实践基础。

其中，印象最深的是在蒸酒环节中学到的各种"诀窍"。蒸酒是酿造技术中最关键的环节，酒醅发酵"丰产"后，能不能"丰收"靠的就是蒸酒。

把发酵好的酒醅装入甑桶中叫作装甑。蒸馏的时候，甑桶底下先铺一层辅料，然后装甑。装甑的时候要一次次地用簸箕将酒醅轻轻地抛洒至甑桶内，酒醅要松，要均匀，有一个说法叫"轻、松、薄、匀、散"。

该步骤在酿造工艺中极为重要，只有经验丰富的技师才能胜任。技术差的人去蒸，酒蒸不出来，香气也出不来。高景炎跟着老工人在车间实践时，什么都能干，只有装甑这个活儿人家不让他干。因为高景炎刚来酒厂，操作还不行，让他去干的话，酒出不来多少，会造成浪费，所以他就看着这些工人操作。装甑里边的技术要领很多，要根据酒醅上汽的颜色变化盖料，反应要快，做到"腿勤、手勤、眼勤"。一旦看清楚酒醅颜色改变，就要盖上去，这种方式称为"见潮盖料"。

蒸馏的时候还要缓慢蒸馏。开汽的火候也有讲究：刚开始的时候要给得小一点，因为酒醅刚刚进入，要慢慢地蒸馏，汽不能开大，一开大，酒醅会窜起来。酒醅装到甑桶中间的时候，因为料层厚了，开汽要加大一点。当酒醅装到甑桶上面时，汽要再小一点——所以把握蒸汽这一环节叫"两小一大"，中间汽要大一点，开头和结尾汽开得要小一点。

这些"诀窍"是几代酿酒技师总结出的智慧结晶。这让高景炎深深地感受到了劳动人民的伟大，明白了实践出真知的道理。高景炎边学边干，逐渐地掌握了这些诀窍。

第二节　提交二锅头调查报告

除了到各车间实习外，高景炎偶尔也会回到检验科工作。1963年的一天，高景炎被领导派往北京食品酿造工业公司（以下简称"酿造公司"）的检验科开会。酿造公司与北京酿酒厂同属北京市轻工业局领导，该公司的检验科在业务上直接领导北京酿酒厂的技术检验科。

由于当时有关二锅头的资料比较零散，而且不同批次的二锅头口味会有些差别，市场上也出现了一些反映，所以在会上酿造公司检验科科长要求北京酿酒厂提交一份关于中华人民共和国成立后二锅头酒生产技术的调查报告。

▲青年高景炎

回到厂里，高景炎进行了汇报。穆科长就将这个任务交给了他，并嘱咐他："这份报告你要好好写。"

接到命令后，高景炎便立即行动起来。他将酒厂现存各种资料进行了收集整理，将制酒的每道工序梳理清晰，对二锅头酒的历史变化进行了总结，并将实习期间的所见所学与理论依据有机结合，找出二锅头质量产生波动的原因，再结合用曲的转变和酿造技术提出改进方案。

最终，高景炎撰写并上交了《国营北京酿酒厂"二锅头酒的质量调查"专题报告》，得到了上级的肯定和表扬。

这份报告观点鲜明、材料翔实、论据可靠，涉及二锅头品类的历史发展、工艺演变和质量变化等多个方面，明确指出"红星首创二锅头酒"；同时，提出了二锅头在生产过程中存在的问题，并从原料、制曲、工艺、容器、水、储存期等多个方面阐述解决问题的方法。该报告主要内容如下：

一、二锅头概况

根据北京酿酒厂所用曲菌的不同和时间顺序，二锅头酒的发展可分为五个阶段：第一阶段从1949年至1952年，采用大曲酿酒，首创了"二锅头酒"；第二阶段从1952年至1953年，为了加速周转以提高设备利用率和节省粮食原料，改用为白曲酿酒；第三阶段从1954年至1957年，第一次采用黄曲酿酒，同时正式使用酵母，效果良好，糖化力和液化力均较强，出酒率也大大提高；第四阶段从1957年至1962年，根据兄弟厂经验，按一定比例混合使用了黄、黑曲，出酒率又有了进一步提高；第五阶段从1962年开始，使用黄曲作糖化剂，同时严格操作规程和加强工艺管理，取得显著效果。

二、历年的成品质量变化

随着工艺改进、设备革新和先进经验的推广，二锅头的质量在逐步提高。不过由于不同时期使用的原材料和曲子有异，也带来了质量的波动。同时，人们的生活水平在日益提高，对酒的要求也更高。

三、当前白酒生产中尚存在的问题

鉴于人们对酒的质量要求愈来愈高，还需注意几个问题：要在酒的发酵周期、新酒储存时间、生产环境卫生、掐头去尾操作、酒库管理、辅料加入量、化验工作等方面加以改进。

四、今后的打算暨改进措施

（1）改变工艺，试用50%麸曲和50%大曲为糖化剂来混合发酵，并采取少加酵母和延长发酵时间至7～9天，以促进酯化作用，增加酒香和改善酒的风味。

（2）严格掐头去尾和准确取出蒸馏时的中馏酒部分，通过实验找出规律。

（3）在生产不断改进、操作水平大大提高和设备逐步趋于科学化的有利条件下，优选优良菌种进行不同曲种之间发酵对比，通过实验以增加酒的香味。

（4）严格控制酵母和曲子的质量，以及加强清洁卫生和杀菌工作，并健全中间品的质量控制。

（5）加强酒库管理，严格规章制度，加强设备管道检查，指定专人调酒。

在报告的结尾，高景炎提到："白酒酿造的全部过程是一个极其复杂甚至有点奥妙的过程。至今大部分还是凭经验操作，这就对提高质量带来了一定的困难。不过这并不是说白酒生产不可捉摸，随着微生物学、生物、化学的发展和酿造技术的提高，必定会逐步深化对白酒发酵的认识和找到提高质量的途径。"

虽然这篇报告与现今高景炎的技术论文相比显得较为稚嫩，但它详细讲述了从红星建厂到1963年的红星二锅头酒生产状况及发展变化的过程，指出红星二锅头是二锅头品类的始创者，是研究二锅头早期发展最翔实的珍贵史料。

▲《国营北京酿酒厂"二锅头酒的质量调查"专题报告》（一）

薯、大米等。从生产实践证明，使用红粮作原料来酿酒为最佳，但由于种类的多样化，在工艺和操作上难于掌握，故表现在成品酒的质量上有波动。疏松用的辅助材料亦是各种各样，例如高粱糠、花生皮、稻皮、稻草、棉子壳、谷糠等，一定程度上也影响了白酒风味的提高。

附：白酒酿造的主要过程：

工艺过程：淀粉→糊化→糖化发酵→白酒。

生产过程：原料→粉碎→配料→糊化→冷凉加曲→蒸馏→酒精→白酒成品／饲料
辅料↗　　　　出池↑　　　　　　　　　　　　　　酵母、水
　　　　　　　糖化发酵←入池封泥

说明：

白酒工业是将淀粉经过糖化，再进行发酵而生成酒精的工业。要达到这个目的，就得求助于糖化剂来完成。我厂一直采用的是曲子糖化剂，根据曲菌的不同和时间的先后，可以分成如下几个阶段。

第一阶段：1949～1952 采用大曲酿酒，首创"二锅头酒"。

第二阶段：1952～1953 为了加速周转以提高设备利用率和节省粮食原料，在这时期内改用了白曲酿酒。

第三阶段：1954～1957 第一次采用黄曲酿酒，同时正式使用酵母，效果良好，糖化力和浓化力均较强，出酒率也大大提高。

▲《国营北京酿酒厂"二锅头酒的质量调查"专题报告》（二）

第三节　严把二锅头质量关

一年的实习结束后，高景炎回到了检验科。穆科长为他安排了工艺检查的工作，负责检查厂里的白酒、葡萄酒、果露酒、酒精、溶剂等产品的生产工艺是否按照工艺规程执行。

在寒冬的某一天，高景炎照常对一批刚生产出来的二锅头进行质量检查，发现这批酒瓶底有沉淀物。这批酒大概有一万多瓶，当时由于厂里库

房少，产出的二锅头就放在露天的仓库中。

高景炎不敢含糊，立刻将这一情况汇报给科长，并表示："为了保证质量，这批酒不能出厂。"

但供销科却不同意将这批酒返工，因为当时二锅头在市场上的供应非常紧张，有钱也买不到，只有在逢年过节的时候每家每户才能凭副食本购买两瓶。要是返工的话，就会影响市场供应。

高景炎不为所动，始终坚持自己的观点。他对科长说："我们要把住质量关，这批酒绝对不能出去。"科长也非常支持高景炎，同意对这批酒进行返工，并让他查明原因，为什么会出现这种情况。

高景炎运用在大学学过的化学分析，对酒中的沉淀物进行化验，分析出里面的东西有两种成分——铁和钙。经过排查，确定有两方面原因：一方面是由于生产用水的硬度高，造成了钙盐沉淀；另一方面是生产用的器具里有部分铁管生锈，融进了铁。

高景炎找出问题后，就联合车间改进用水，上了软水处理设备，用阳离子树脂对水进行处理，将水质变软，并将铁管更换为其他材质的管子，彻底解决了二锅头酒有沉淀物的问题。

北京酿酒厂是一级防爆单位，从建厂之初就有警卫全副武装在厂门口站岗。高景炎的同学来探望时只能在传达室会面，有时候赶上饭点儿，他也只能买些饭菜，请同学们在传达室里一起吃。防爆的级别之高可见一斑。酒精车间和溶剂车间更是重中之重。为此，科长安排高景炎到卫生防疫站学习检测、分析二氧化碳和氧气含量的方法。他

▲ 1949年警卫在实验厂门口站岗

学成归来后，就挑起了检测工房安全的担子，为工房里的防爆工作提供数据支持。在每次检测前，为防止摩擦爆炸，他不能穿带铁掌的皮鞋进入车间，连鞋底钉了铁钉的都不行。

后来，因为厂里的葡萄酒储存时间长了会出现铜和铁的破败病，国家对葡萄酒里铜和铁的指标也有要求，为了解决葡萄酒的浑浊问题，科长又让高景炎到卫生防疫站去学铁、铜的分析化验方法，学习如何控制葡萄酒里铁、铜含量的方法。他回来以后就去葡萄酒车间进行推广，非常有效。

高景炎在化验分析方面进步得很快，科长心里非常高兴。他对高景炎说："你工艺见长，就让你再兼一个化验室组长。"

于是，高景炎升了职，从技术员成为化验室的组长，一边干着化验分析，另一边继续进行工艺检查的工作。

第六章

扶持郊县酒厂，引领北京酒业发展

第一节　北京酿酒总厂成立，结识王秋芳

为了加强对北京市食品酿造工业生产的统一领导，有利于组织专业化生产和协作，促使生产进一步适应市场需要，改进和提高行业及企业管理水平，1965年8月20日，北京市轻工业局根据北京市工业生产委员会《关于组织北京酿酒总厂等三个总厂的批复》，将所属北京市食品酿造工业公司一分为二，成立北京酿酒总厂和北京食品总厂。

北京酿酒总厂（以下简称"酿酒总厂"或"总厂"）下辖北京酿酒厂、北京葡萄酒厂、北京啤酒厂、北京双合盛啤酒厂四个直属厂，地址设在朝阳区建国路179号。酿酒总厂除领导四个直属厂外，还归口管理昌平县制酒厂、大兴县制酒厂、顺义县杨镇制酒厂、顺义县牛栏山制酒厂、通县牛堡屯制酒厂共五个县属厂。

总厂为管理好归口企业，制定了《对区县工业企业归口管理办法（草案）》，对郊县酒厂实行"七管两不变"管理。

▲《关于成立北京酿酒总厂、北京食品总厂的通知》

▲北京酿酒总厂大门

"七管":根据市有关文件的规定,一是管规划,即统筹规划区县工业的发展方向;二是管计划,即安排年度生产、基建计划;三是管供应,即供应生产、维修等所需物资;四是管质量,即完善工艺技术,掌握产品质量；五是管设备，即配置必要的设备；六是管价格，即管理产品价格；七是管销售，即管理产品销售。上述七项管理权均由酿酒总厂行使，酿酒总厂负责输出酿酒技术和人才，统筹归口厂所需的粮食、煤炭等物资，统一安排归口厂产品销售，协调各方关系，全方位扶持郊县酒厂生产二锅头酒。"两不变"：人权、财权仍归区县所有。

▲北京酿酒总厂全景俯视

1966年"文革"开始后，总厂撤销了科室，高景炎被迫停止了自己喜爱的技术工作，被分配到厂里的宣传组干起了宣传工作。由于父亲曾加入国民党，高景炎成了"造反派"的目标，但是他坚持走自己认为正确的路，经常参加老工人和老干部组织的活动。"造反派"被高景炎的态度激怒了，声称要将他揪出来批斗、示众，高景炎却不予理睬。因为得到了老工人的保护，所以他每次都能化险为夷。

经历了短暂的波折后，高景炎逐渐静下心，投入知识的学习和专业技能的提高上。他认为自己干的一直都是技术方面的工作，始终都是要再回到技术岗位的。

1972年10月,由于北京郊县酒厂所产的二锅头酒质量良莠不齐,为提高北京市特别是郊县酒厂二锅头酒的质量,总厂决定重新组建技术科。高景炎立即申请归队重返技术科。但由于申请提交比别人慢了一步,技术科人员已满,厂里只能先将高景炎分到计划科担任统计员。一年以后,高景炎才如愿回到了技术科。

归队后,高景炎不仅回到了自己最擅长的技术工作岗位,还成为白酒组长,在这里他遇到了自己的新领导——北京酿酒厂的建厂元老王秋芳。

▲北京二锅头酒传统酿造技艺第七代传承人王秋芳

王秋芳生于1926年,为北京二锅头酒传统酿造技艺第七代传承人,1949年参与制订《传承北京二锅头的分析方法及产品质量标准草案》,1951年参与新菌种选育工作并获国家科技奖。她是中华人民共和国第一位国家级女评酒委员,1952年第一届全国评酒会的酒样全部由王秋芳等分析鉴定。她后又出任第二、三、四届全国评酒会的评委、专家。她是红星的建厂元老,我国著名的白酒、葡萄酒和果露酒专家,为北京二锅头酒传统酿造技艺的传承、创新和实现机械化生产做出了重大的贡献。

高景炎就在王秋芳的指导下开展工作。

王秋芳对高景炎要求很严格。每次高景炎写的论文和规章,她都会逐字逐句地审阅。有一段时间,他在工作上曲折不断,遇到了不少困难,因此心中总是有一股无名火,想压压不住、想发发不出。王秋芳见状,并没有直接劝导他,更没有批评他,而是给他留了一张纸条:"高景炎,德国哲学家康德有一句话,生气就是拿别人的错误来惩罚自己。放平心态,很多东西都需要去忍受。"高景炎看后,犹如醍醐灌顶。他发自肺腑地对人说道："王老这句话,我至今都很受用!"

王秋芳不仅育人有方,更是"爱才如子"。记得有一次,高景炎无意之中说了一句:"晚上想看看书也不行,台灯灯罩不好。"没想到第二天王秋芳就从自己家里给他拿了个灯罩。高景炎至今回想起这件事,仍会觉得心头一暖。

让高景炎印象最深刻的,是他刚刚回到技术科不久,春节前的一天,王秋芳把技术科的同事们召集在一起,对他们说:"明天中午咱们搞个会餐,把菜票都统一起来,一起买菜,你们回去每个人也都准备些好菜来。"

第二天中午人都到齐后,王秋芳整齐地摆出了总厂生产的各种产品,白葡萄酒、红葡萄酒、白兰地、红玫瑰露、白玫瑰露、橘子酒、青梅酒等应有尽有,随即说了句:"大家都喝!"大伙闻言,也都不含糊,推杯换盏起来。结果那天谁都没少喝,但谁也没喝醉。王秋芳不禁伸出大拇指,说:"嘿!之前我不知道,原来你们都能喝酒!"

后来,大家才明白王秋芳此举的用意:造酒就要懂酒,懂酒就要爱酒,爱酒就要喝酒!

在高景炎的心中,王秋芳是他非常尊敬的师长和领导。2017年,他为王秋芳写了一篇文章《颂王老》。

该文内容如下:

> 王老是我的老领导和良师,是我国著名的酿酒专家。她虚心好学、刻苦钻研、求真务实、敢于创新,为发展北京酿酒业和中国葡萄酒、果露酒工业,成果累累,功不可没!更难能可贵的是她"严于律己、宽以待人,生活简朴、清正廉洁,淡泊名利、无私奉献"的高尚品格,受到大家的爱戴和称颂!
>
> 我个人作为王老的弟子,在事业上能有今天的进步,是与她的培养教育、关心指导密不可分的。我为有王老这样的导师,感到荣幸、自豪和骄傲!
>
> 为表达我对王老的感恩之情,赋一首顺口溜献给她老人家!

导师王老，德高望重。

知识渊博，技艺高超。

传承创新，贡献突出。

艰苦朴素，廉洁自律。

爱国敬业，一心为公。

我辈师表，后人楷模。

▲王秋芳（左一）与高景炎（右二）指导酒厂生产

第二节　任职归口科，肩负大任务

20世纪70年代归口厂的特点，一是产品单一、布点分散，各厂管理基础较差；二是技术力量薄弱，临时工、季节工多，工艺技术不易掌握；三是生产设备落后，维修力量不足。

为了便于工作，总厂采取业务科归口管理方法，由生产计划科协助主管厂长协调总厂与归口厂和区县工业局之间的关系，并根据当时各归口酒厂的特点，采取了"四包四帮"的措施帮助各归口酒厂发展。

"四包"是指：①负责制订远景发展规划和年、季、月生产计划，综合统计并考核生产和技术经济指标执行情况。②负责按计划供应原料酒粮、煤炭以及维修材料。③协同商业部门安排归口厂的产品销售和产品价格的审批。④负责管理生产技术、产品质量、新产品试制、科研和重大技术革新项目。

"四帮"是指：①工艺技术方面，通过办培训班，组织参观学习，帮助归口厂培训生产和分析化验技术骨干，提高各厂生产技术水平，改善产品质量。②区县解决不了的原材料和一般设备，总厂千方百计帮助解决。③组织开展全市酿酒协作组活动，组织参加全国地区协作会议，帮助归口厂提高企业管理水平。④按照"革新、改造、挖潜"的精神，帮助归口厂改造生产设备、改进生产技术，发展生产，改善劳动条件。

为了做好这些工作，总厂专门设立归口工业科，专职管理归口厂。高景炎被任命为归口科首任科长。他按照"七管两不变"和"四包四帮"原则开展工作。

高景炎定期和不定期召开归口厂负责人会议，采取讲形势、交任务、共同研究和协商解决问题的方法，推动归口厂的管理工作。凡是中央和市委的重要指示，他均及时传达到归口厂，使党和政府的方针政策尽快贯彻到基层，使酿酒系统的工作争取做到五个统一，以便对全市白酒生产统一指挥调度。对于个别的重点问题，由高景炎牵头与总厂有关科室人员联合下到归口厂调查研究，帮助归口厂予以解决。

高景炎在归口厂负责人会议上，除传达中央和市政府指示精神、讲形势、交代任务外，还帮助各厂解决挖潜增产和上马新产品中的具体困难。在高景炎和总厂领导统筹规划、全面安排下，有关科室密切配合，在财力、人力、技术、原材料、设备等方面给予帮助和支援。

第三节　帮扶郊区厂，生产二锅头

过去北京的二锅头白酒只有红星牌一种，远远满足不了群众需要。1972年以前产量也不多，每年还要拿出二百吨供各省市作对比样用。另外，每年"十一"、春节之际，还要由外事部门等单位运往世界各地的我国驻外使馆、外事机构共庆佳节。每年仅有五六百吨酒供应首都市场，数量实在不多。群众的呼声、市各级领导的指示，使工厂有了压力。当时，总厂受环境限制增加产量比较困难，于是采取开源节流的办法增加市场供应量，将总厂生产的供应同仁堂药厂的高度酒改由通县酒厂供应，北京葡萄酒厂配酒用的由总厂生产的白酒改由昌平酒厂供应。虽然矛盾有所缓解，但仍满足不了市场需求。

为了适应消费者对二锅头酒日益增长的需求，总厂统一安排、扶植各归口白酒厂生产二锅头酒。高景炎在归口科的一项主要工作就是负责向郊区白酒厂提供技术输出和生产咨询服务。

为了统一各厂对二锅头酒生产的操作和标准，高景炎等人先对北京各白酒厂的情况进行了统计，每个厂有多少发酵池子、多大产能，全部整理成资料，再根据各个酒厂的特点制定工艺规程。他编写了教材《白酒讲义》，下到归口酒厂授课，指导各归口厂严格按照二锅头酒生产规程统一操作，然后对生产的成品酒进行质量鉴定，确保质量合格后才能投放市场。高景炎手把手地教会他们熟练掌握二锅头酒酿造技艺，为北京酿酒工业的发展培养出一大批专业骨干力量。

总厂的技术人员一边进行技术指导，一边深入各归口酒厂调研。当时北京有多少酒厂、有多少发酵池、有多大产能，他们都了然于胸。高景炎和白酒车间老技师张永和经常合作，一起下厂指导。老技师负责挑毛病，高景炎负责讲课，两人配合得非常默契，深受各酒厂的好评。

这段时期高景炎带领总厂的技术人员走遍了北京市所有的酒厂，足迹遍布顺义县牛栏山酒厂、大兴县酒厂、昌平县酒厂、通县酒厂、密云县酒厂、延庆县酒厂、平谷县酒厂、房山县交道酒厂、顺义县杨镇酒厂、海淀酒厂、仁和酒厂、朝阳酒厂、京都酒厂等。但这个"走"，不是走马观花，而是负责向归口管理的郊区白酒厂提供技术输出和生产咨询服务。

那时的交通极不便利，高景炎每次去郊区县酒厂，都要乘坐长途公交车。这些公交车不仅每天的班次很少，而且有时候还要倒几趟车，如到怀柔的汤河口酒厂，需要先坐车到东直门，换乘去怀柔的长途车，到了怀柔以后还要再坐一趟去往汤河口酒厂的长途车。到延庆去，首先要坐公交车到北郊市场，然后换乘去延庆的长途车，到了延庆再换乘到永宁。最麻烦的还是去密云县酒厂，要一大早出发，到东直门换乘去密云的长途车，再由密云换乘去密云水库的车，而去密云水库的车只有一趟，上午10点出发，下午4点返程。高景炎等赶到厂里经常是接近午饭时间了。他们不顾辛劳，抓紧时间谈工作，午饭时间也是边吃边谈；下午指导车间生产，给工人们讲课，然后下午4点之前赶到车站，乘车返程——如果没有赶上这趟车，从酒厂到密云车站的6公里路，就只能靠两条腿走了。

▲高景炎与直属厂、归口厂领导签订协议

有一次到延庆开会，一去就是一整天，高景炎一早就将自己的儿子送到厂里的托儿所，并跟厂里的同事打了招呼，请他下班时帮忙把孩子先接到他家。晚上6点半高景炎回到市内，就直接去同事家里接孩子，结果到了后发现孩子没在，原来同事把接孩子的事给忘了！高景炎赶紧出门坐一路公交车回到厂里，到了托儿所，孩子已经哭得一塌糊涂了。

当时有些归口厂的基础设施还非常简陋，生活也比较艰苦。高景炎到房山区的交道酒厂去讲课，该酒厂没有会议室，就在一个汽车库前挂上一块小黑板，工人们露天席地而坐。虽然条件艰苦，但因地制宜、因材施教，工人们的听课热情很高。

由于各地方酒厂的工人学历较低，所以在讲课的时候，高景炎将各个工序归纳成通俗易懂的顺口溜，让工人能够听得懂、记得住。例如：

合理配料：稳准配料利发酵，调节酶料醅水壳。掌握规律摸经验，优质高质低消耗。

用曲适量：用曲适时活力强，操作严细混拌匀。适温接种防烫曲，工艺规程要遵守。

低温发酵：低温入池缓发酵，利酶保醅产量高。清香纯净酒味正，降温控酸效果好。

封面踩池：发酵过程忌通气，料醅入池即封角。翻边裂缝易染菌，踩池防酸大有益。

装甑蒸馏：装甑需要手脚勤，酒醅撒的细又松，两干夹湿上汽匀，两小一大要记清。

回醅排酸：蒸醅冲酸助挥发，扬醅排酸促氧化。减少发酵阻碍物，弃废纳新好处大。

曲种、酵母、发酵三位一体：麸曲酒母质量好，发酵旺盛杂菌少。陈放曲子霉能降，酒母适时防衰老。干燥低温曲种保，各代酵母衔接好。季节交替培时到，优质高效用量少。

环境清洁：杂菌滋生酸剧增，发酵不良它造成。灭抑净排要兼顾，除菌没酸实可行。

在帮助各郊县酒厂生产出二锅头酒后，为保证二锅头酒的质量稳定，总厂还设立了流动红旗制度，对各郊区县酒厂的产品进行评酒、排名，给质量好的厂颁发流动红旗。在荣誉的感召下，各郊县酒厂"比学赶超"，努力提高自己的产品质量，使得二锅头酒在北京市遍地开花，基本满足了北京百姓对二锅头酒的需求。

1980年，为了更好地统一操作标准，总厂组织各归口厂参加交流会，但由于开会时各厂安排来参会的人太多，效果不是很理想。于是高景炎就将各个酒厂分区划片，以长安街为界，成立了一南一北两个协作组。厂子还是原来的厂子，但会议要开两次。尽管这么做会让作为主办者的高景炎付出更多的时间和精力，但便于各酒厂之间集中交流、相互促进。

两个协作组成立后，每次开会高景炎都会向参会人员讲述当前的行业形势、发展方向，并现场组织品酒，对好的酒做出肯定，不足的地方提出改进意见，推动了北京酿酒行业的长足发展。

▲总厂扶植部分郊区县酒厂生产的二锅头等白酒

第四节　组织协调，研发多香型白酒

过去在北京好的白酒只有清香型二锅头酒一种，和首都的地位不相称。高景炎在协作组开会时，也经常听大家提及。后来北京市下达了指令：北京是全国政治、经济、文化中心，白酒不能只产二锅头酒，还要开发一些其他香型的白酒。这与王秋芳、高景炎等专家们的想法不谋而合。

研发京产多香型白酒的重任落到了总厂技术科的肩上。在总厂统一安排和大力协调下，由王秋芳和高景炎带队，组织各厂积极攻关、试制多香型白酒。

首先是确定在牛栏山酒厂试制浓香型白酒。1970年，在北京市糖业烟酒公司的支持下牛栏山酒厂的工程师曾去泸州老窖学习，将泸州老窖的窖泥带回北京，在牛栏山酒厂里找了一个地方，将带回的窖泥作为种子，再搭配池塘里肥沃的泥土后进行培养。由于当时还没厂房，就在山坡上找了一块地方挖了几个池子，将培养好的窖泥抹在池子里，并采取工人、干部、技术人员三结合方法，试制出了兼香型的北京红粮大曲。

有了红粮大曲的经验，高景炎与牛栏山酒厂的领导和工程师再去泸州老窖以及洋河、双沟等酒厂登门拜访，学习浓香酒工艺，最终试制成功北京大曲、北京特曲和北京醇。

▲ 红粮大曲、北京大曲、北京特曲

1974年，又决定在昌平酒厂展开试点。在白酒泰斗周恒刚亲自指导下，组织多位专家，研制成功麸曲酱香型白酒，命名为燕岭春酒。上市后，酱香型白酒受到消费者欢迎。

此后，高景炎和总厂副厂长田志远、党委书记张阳明、技术负责人龚文昌和昌平酒厂副厂长郝忠五人，奔赴茅台酒厂学习酱香型酒的生产技术，并请求茅台的技术人员来北京现场指导。茅台的党委书记当即表态："当然可以，北京的任务、昌平的任务就是我们茅台的义务！"回到北京后，高景炎将这个好消息告诉了王秋芳等，大家都非常高兴。

没多久，茅台酒厂就将自己的制曲师傅、制酒师傅等都派到了昌平酒厂进行指导，并把茅台的曲子和母糟拉了过去。在茅台酒厂的无私帮助下，经过王秋芳、高景炎和

▲ 华都酒

昌平酒厂领导、技术人员与车间工人的不懈努力，产品终于试制成功，并定名华都酒。该酒酱香突出、香气幽雅、醇厚丰满，空杯留香长，具有大曲酱香型酒的典型风格，上市后受到各方面的好评。

昌平酒厂的实验成功，让大家心里都有了底。高景炎等人又先后在海淀酒厂按汾酒的工艺技术试制成功了华燕酒；扶持大兴酒厂学习五粮液工艺，试制成功了醉流霞；在大兴酒厂引进绍兴的黄酒工艺，开发了元红酒、加饭酒、善酿酒、香雪酒等几种黄酒；扶持通县酒厂学习凌川酒工艺，试制成功了通州老窖。

这样一来，在王秋芳和高景炎等人的指导下和全市厂家的共同努力下，北京市有了各香型的地产白酒，丰富了首都市场，对北京白酒的多元化发展起到了重大作用。

在1984年轻工部举办的全国酒类质量大赛中，当时已经当上副厂长的高景炎在王秋芳的帮助下，组织北京各酒厂提交了23种酒样参加评比。结果北京的23个产品全部获奖，达到了获奖率100%，获奖产品数和获金奖产品数均居全国第一位，这份荣誉是北京酒业的骄傲。

▲ 密云县人民政府聘高景炎为工业技术顾问团成员的聘书

1984年，高景炎发表了一篇文章《前进中的首都酿酒工业》，详细地介绍了当时北京酒业蒸蒸日上的情况。

文章提到，35年来，北京酒类产品总产量已从数十吨发展到近20万吨；品种由10余种发展到133种，其中啤酒14种、葡萄酒30种、果露

47

酒 25 种、白酒 59 种、黄酒 5 种；产品行销全国 29 个省市区，有较高的声誉，而且每年有 5000 多吨名、特、优新产品供应出口和旅游等特需，深受国内外消费者的喜爱和赞赏。

文章指出，为了不断提高产品质量，增强应变能力，首都的酿酒工业已经建立了葡萄、大麦、酒花等原料基地，培养出了一支比较雄厚的技术力量和职工队伍，并且有自己的专业科研机构——北京市发酵工业研究所的密切配合。因此，近几年来，在科研攻关、新产品开发、新技术推广和引进消化吸收等方面又取得了一系列新的进步。据统计，从 1979 年恢复科技成果奖励制度以来，四年中共有 50 项分别获得国家经委优秀新产品金龙奖及轻工业部、市政府和一轻局科技成果奖。一些落后的工艺、设备已经和正在被新工艺、新设备逐步取代，新花色、新品种、新规格不断涌现，不少技术改造和科研成果开始转变为生产力，经济效益和社会效益大大提高。至 1983 年，全市已有 42 个酒类产品荣获国家、轻工业部和市的名优酒称号（其中中国红葡萄酒和桂花陈酒分别荣获国家金、银奖），占品种总数的 31.6%。1984 年的产品产量比上一年又有较大幅度的增长。

文章强调，首都的酿酒工业企业，正在依靠科技进步，加快前进步伐，以围绕"一个中心"（以提高经济效益为中心），狠抓"两个开发"（搞好产品开发和技术开发），达到"三个进步"（啤酒、葡萄酒等重点产品的质量、工艺技术水平、主要原材料和能源消耗，在 1990 年前达到国内同类可比产品的先进水平）为目标，以改革精神，努力搞好"转轨变型"，生产更多更好的美味佳品，丰富、繁荣和满足首都市场需要，为立足国内打出口、为冲出亚洲走向世界、为开创首都酿酒工业新局面而奋斗！

第五节　参加工作队，情洒汤河口

1976 年，北京市开展普及大寨县经验的运动，在各县成立普及大寨县工作队。北京市第一轻工业局（之后演变为北京一轻总公司、北京一轻控股有限责任公司等，以下均简称"一轻"）从下级单位抽调人员到怀柔，支持当地普及大寨县的工作。高景炎认为自己年轻，也需要历练，主动向上级申请。上级接受了他的请求，将他分配到怀柔县汤河口去普及大寨县并支援当地的汤河口酒厂。与高景炎同行的还有总厂的党委副书记齐德顺。

到了汤河口酒厂后，高景炎对当地的情况很吃惊。这里工人的工钱很低，按工分计，吃饭时食堂里只有窝头，没有菜，连酱油也买不起。酒厂的设备也非常落后，卫生条件也不过关。这使得高景炎暗下决心要做一些实事，改变这一切。

▲高景炎工作照

高景炎首先对酒厂的情况进行了实地考察，制定了一套科学有效的改进方案。

第一步是抓生产曲子的卫生问题。做曲子的时候要进行菌种的培养，前面几道工序必须是无菌，不能有别的杂菌干扰。高景炎就将无菌室增加了几道隔离门和紫外线消毒设备，并规定工人要先洗澡，并且要穿着隔离服才能入内。

第二步是抓通风曲的生产。厂里制曲用的是通风制曲，但是厂里经常停电。有一次曲子快要做好的时候突然停电了，停电以后没法通风，曲箱内的温度不断升高，大家都急得要命，就问高景炎怎么办。高景炎说："快去给我拿几个竹竿来！"竹竿送到后，高景炎就跳到池子里，拿竹竿"咔咔咔"在池子里插了好多窟窿，通过这种方式将温度降了下来。降温以后高景炎说："差不多了，赶紧挖出来吧，别放在里边了，烧坏就麻烦了！"这件事过后，总厂从其他单位调来一台发电机，解决了酒厂停电的问题。

第三步是解决生产设备落后的问题。汤河口酒厂的冷却器和甑桶都非常老旧。高景炎就找到密云酒厂，让他们支援一个，帮酒厂解决了这一问题。

最后是解决酿造工艺不规范的问题。高景炎与工人同吃、同住、同劳动，一边参加一线生产，一边对工人进行技术指导，帮助酒厂把整个工艺流程从头到尾梳理了一遍。酒生产出来后，由于没有比较好的储存条件，高景炎就让人把酒存放在曲房，利用曲房里面温度高的特点对酒进行热处理，加速它的老熟过程。三个月左右，工人们打开一尝，哎哟！口味比原来要好多了。这个时候正好赶上总厂一个季度一次的评比。高景炎就让人拿到总厂参加评比，获得了前三名的好成绩。

尽管工作队的工作是临时的，但高景炎的思想却没有临时观念。他始终把自己当作酒厂的一名职工，把自己的工作置于厂党支部和工作队长的领导之下，做到事前请示、事后汇报，积极主动当好配角，发挥助手和参谋作用。

在设备短缺、原材料供不应求、面临停产的情况下，高景炎总是千方百计帮助他们克服困难，及时保证了生产的正常进行，做到了急生产所急、想生产所想。为了提高白酒的质量和降低粮耗，他与职工一起分析问题找原因，制订改进措施。同时，本着干什么学什么的原则，他多次到各班组给职工们上技术课，帮助他们研究多出酒、出好酒的办法。通过高景炎的努力，酒厂生产的二锅头质量反映良好，且原粮单耗由1976年的3斤/斤酒降到1977年的2.5斤/斤酒，创造了历史最好水平。

高景炎还努力改善职工的生活条件。为了让大家能吃得好一些，高景炎和齐德顺利用每月回城一次的机会，从北京带过来水疙瘩（一种咸菜），与工人们一同分享；他们见到厂内伙食缺油，就把食品总厂工作队支援他们食用的30斤鸭油全部转给了厂食堂，还帮助他们购进一台废旧的烧水锅炉，经改装解决了工人的生活用水；随着运动的深入，根据公社党委的指示和厂党支部安排，通过广泛发动群众多次反复讨论，又帮助他们汇总整理，制订出全厂各个岗位的岗位责任制，人手一册，定期检查，收到良好效果。

从北京市区到汤河口，要先从东直门坐车到怀柔，再换乘到汤河口的车，这趟车一天只有两班，没赶上的话就要等到第二天。怀柔到汤河口的路不算太好走，要翻过三道山，经常发生交通事故。

有一次回京休假后，高景炎和齐德顺像往常一样带着水疙瘩坐公交车去汤河口。当天赶上下大雪，车开到一半被拦了下来，因为雪下得太大，怕发生危险，整条道路都封了。这可急坏了齐德顺，他对高景炎说："我和他们说好今天要回去，可不能不回去啊！"高景炎也急了，回道："你回去我也要回去啊，这可怎么办呀！"这时，他们听到旁边有人说现在有运煤的卡车还往那边走，因为那边缺煤。

正好旁边过来一辆煤车，高景炎和齐德顺就跑过去问司机到哪儿去，司机说要去汤河口。齐德顺就问能不能搭车一起去，司机说："搭我车没问题，不过车里没地儿，你们只能坐在后面的煤上。"结果两个人坐到煤车上，冻了一路。车不敢开太快，几个小时后，他们终于返回了汤河口。到了厂门口一下来，厂里的职工都不认识他们了，脸全是黑的。高景炎和齐德顺互相看着对方黑不溜秋的样子，也都被逗乐了。

除了在酒厂工作，高景炎等人还经常利用业余时间深入职工宿舍开展谈心活动，主动配合厂党支部做思想政治工作，并到职工家家访，与群众建立了深厚的友谊。

7月的一天，高景炎和齐德顺骑自行车去一名住在山沟里的职工家中家访。回程时由于是一条下山路，高景炎即使不蹬自行车，车速也非常快，结果骑到了土坑里。他整个人从车上翻下来，立刻就昏了过去，眼镜和手表也摔碎了。

这可把齐德顺急坏了，附近没有任何人家，想找人帮忙也没法找，只能拼命叫高景炎的名字。过了大概有20分钟左右，高景炎醒了过来，只觉得头昏脑涨。

高景炎怕齐德顺担心,就跟他说:"我没事儿了,走吧。"于是,他硬骑上自行车回到了汤河口酒厂。回来后,齐德顺让高景炎去卫生所检查。卫生所的人看过后说:"万幸,没什么大事,但有点儿外伤。"高景炎躲过了一劫。

之后高景炎在向汤河口公社汇报探访的情况时,公社的领导跟他们说当地人从来吃不到冰棍,能不能在这个厂子里试制冰棍。

高景炎顾不上头上的伤痛,联系了食品总厂的负责人,向他说明了情况,想请他带一些做冰棍的设备。食品总厂非常支持,给他运过来冷冻箱和做冰棍的模子。之后高景炎又自己跑原材料、请技师、搞配料,亲自操作,在全厂职工的共同努力下,在食品总厂工作队的支持帮助下,仅用一周时间就成功生产出可口的冰棍。

▲《参加普及大寨县工作队的情况汇报(1977.10—1978.10)》手稿

高景炎让山区的百姓破天荒地吃到了冰棍后,自己却趴下了,脑袋怎么也不舒服。回城后他到宣武医院就诊,被确诊为脑震荡后遗症。医生让他好好休息,但他还是回到了工作队。

普及大寨县经验工作结束的时候,高景炎被评为普及大寨县优秀工作队队员。这一年,高景炎与该厂职工同学习、同劳动、同生活、同工作,既密切了关系又促进了思想觉悟和业务水平的提高,还跟时任汤河口的公社党委书记刘永才结下了深厚的友谊。回到厂后,高景炎向上级提交了这一年的情况汇报和心得体会。

第七章

贡献卓越，荣膺二锅头国家级传承人

第一节　推广新菌种，提高二锅头出酒率

北京酿酒总厂在制曲工艺方面一直都走在行业前列。从20世纪50年代开始，首先从大曲改为麸曲，之后又从匣子曲改为帘子曲，再改为通风制曲，最后到液体曲，不断地突破创新。

1978年4月，总厂将正在汤河口普及大寨县工作队的高景炎临时召回，让他去大兴酒厂建立试点，组织实施"UV-11"新菌种制曲用于二锅头酒生产的研究。

"UV-11"菌种是中科院微生物研究所诱变选育的，具有酶活性高的特点，对于提高出酒率至关重要。

为探讨该菌种是否适合于北京白酒生产，该项目由总厂领导周补忠、王秋芳牵头，高景炎、施炳祖、姜德田等人共同参加实施。

节约粮食、提高白酒出酒率，始终是白酒生产的重要课题。菌种的生理特性及培养的好坏直接影响到出酒率和质量。当时国家标准规定65度的二锅头酒一斤，原粮单耗为2.5斤，但在实际生产中已经降至2.2斤，总厂希望通过这一试验，进一步降低原粮单耗。高景炎担任此项科技攻关的主力。

这个实验第一步需要找到培育"UV-11"的科学方法。首先要在试管中对种曲进行扩大培养，然后做成帘子曲在帘子上进行培养。培养时，每隔一小时就要检查一次温度，观察它的生长规律，找到适合其生长的温度，还要不断地翻倒，控制帘子曲的生长温度，整个过程需要50多个小时。为了准确记录数据，高景炎在这50多个小时内一直没有睡觉，定时检查温度，一刻都没有离开工作岗位。

菌种培养成功后，就需要找一个酿酒班进行生产试验。当时酒厂工人的奖金是按照出酒率高低计算的，由于大家担心选用新菌种会降低出酒率，影响到自己的工资，所以全厂二三十个酿酒班，没有一个敢参加。于是高景炎就和大兴酒厂的领导商量，确定试验班的成绩暂不纳入全厂的业绩考核，奖金按照酿酒班的平均水平发放，这才找到了实验酿酒班。

当时一般采用通风曲制曲，用曲量在15%左右。在试验中，高景炎利用"UV-11"糖化率高的特性，将用曲量逐次递减，最后将用曲量降至10%。每斤酒的原粮单耗也降到了2斤以下，甚至达到1.8斤，使出酒率大大提高，当月试验班的出酒率达到了全厂第一。

一个多月的实践证明，在不影响出酒率的前提下，该菌种制曲不但大大节约麸皮，还能节省劳动力和曲房面积。取得预期效果后，总厂召开全市白酒工业现场会，号召各厂推广使用。为了尽快在全市推广"UV-11"制曲，总厂于1979年8月，在通县酒厂举办全市制曲训练班，给各厂培训骨干，9月在通县酒厂再次召开现场会。

从此，各厂先后开始在白酒生产上使用"UV-11"制曲。1979年12月底全市11个麸曲白酒厂全面普及推广。在普及使用以后，各厂先后出现多种染菌现象，高景炎等代表总厂先后两次召开经验交流会，总结归纳了染菌产生的原因和防治方法，提出了严格把好菌种、原料、卫生和管理四大关的具体要求，从而保证了新菌种安全过冬。1980年3月，以一个月的时间，总厂组织有关厂的制曲骨干，在朝阳酒厂继续开展协作攻关，摸索其安全度夏的条件，并召开专业会议推广交流。"UV-11"制曲质量稳步提高，全市出酒率逐步上升，不断创造历史最高的水平。自使用"UV-11"

制曲以来，粮食白酒吨酒耗粮逐年下降，且用曲量减少，效果显著。列表如下：

年平均吨酒耗粮　　　　　　　　　　　　　　　　　　　　单位：斤

年度	全市平均	昌平县酒厂	大兴县酒厂	牛栏山酒厂	通县酒厂	杨镇酒厂	延庆县酒厂	密云县酒厂	平谷县酒厂	朝阳酒厂	交道酒厂
1977	4774	4574	4754	4686	4788	5056	5062	5202	4952	4980	5776
1978	4476	4244	4388	4538	4472	4418	4912	4812	4688	5248	5444
1979	4272	4138	4254	4164	4298	4222	4484	4740	4668	4758	5022
1980	4114	3994	4048	3948	4064	3828	4272	4208	4300	4234	4382

提高出酒率，历来就是白酒行业的重要课题，既能降低成本、增加利润，又可节粮增产，使有限的原料发挥更大的作用，促进生产，符合当时多、快、好、省的要求。

1980年8月，高景炎在他所写的名为《谈提高白酒出酒率》的文章中，用一组数据形象地说明了提高出酒率的重要性。其中说道："1978年全市生产粮食白酒16670.2吨，总耗用酒粮7461.6万斤，原料出酒率为44.7%；1979年原料出酒率为46.8%。如果1978年的出酒率达到1979年的水平，则全年的白酒实际产量，只需耗用酒粮7121.5万斤。这就是说，出酒率提高2.1%，可以节约酒粮339.6万斤，相当于4245亩田地一年的产量（亩产以800斤计）或全总厂（包括各郊区白酒厂）8000多名职工一年的口粮。可见提高出酒率与节粮关系极大。"

高景炎指出，提高出酒率也是提高产品质量的一个措施，必须严字当头，加强管理，认真把好原料、曲子、酒母的质量关，坚持合理配料、低温入池、定温蒸烧和稳、准、细、净的科学操作法。

文章将提高出酒率的方法分成五个部分

▲《谈提高白酒出酒率》手稿

进行说明：

一是努力提高麸曲、酒母质量。在生产中，必须严格把好菌种、原料、卫生、管理四道关。二是必须采用合理的制酒工艺。首先要合理配料，这是制酒工艺的基础；其次要低温入池，严格控制酸度；最后要适当减少入池水分，合理使用辅料。三是垫好底糟，加强发酵管理。四是缓慢蒸馏，接净酒尾。五是化验一定要指导生产。

第二节　响应号召，组织二锅头降度

20世纪80年代，中央领导对酿酒工业提出"要从人身健康上限制白酒浓度，严格控制白酒的生产数量，培养新的消费习惯"的指示精神。高景炎对此相当重视。

白酒低度化是白酒的一个发展方向。据专家分析，人民生活水平提高后，要求不同了，饮用白酒将由"过瘾型"向"享受型"发展，开始注重营养和保健。在市场上，对暴烈、浓壮的高度酒有偏好的主要是上了年纪的老酒民，而年轻一代的酒民则偏好平和、柔顺的低度酒。所以，市场对于低度酒的消费需求也越来越大。当时河南的"张弓"等低度酒在市场上非常畅销，企业的经济效益也十分可观。

此时北京市场上的各种二锅头酒均为多年延续下来的65度烈性酒。

1985年4月，高景炎组织有关力量着手开展降低酒度的工作，并提出发展低度酒的核心思路：发展低度酒，要保持酒的香和味，不能简单地在勾调环节调配降度（尽管这是当时业内相对普遍的做法），而应当从酿酒生产的全过程入手，在改进工艺、改进设备、勾兑调配等环节下苦功，探索出一条变单纯调制型为生产调制型的优质低度白酒发展途径，以确保低度酒的酒体风格达到低而不淡的要求。

在高景炎的组织下，由任可达、聂玉芬组织试验攻关，并通过各厂积极摸索降度工艺，调配试制55度酒，降度成功。

总厂经前后九次组织召开专家、领导、商业消费者座谈会及论证会、品评会等，其中进行三次大型品评鉴定讨论会，广泛征求意见。在品评中专家一致认为：降度酒在工艺上采取了有效措施，酒液澄清透明；在香和味上均保持了北京二锅头酒的固有风味，降度可行。

总厂确定将65度二锅头酒分别降至55度和56度两个品种。而后，为适应市场消费的需要，先后试制成功56度精品二锅头、56度和55度特制二锅头酒。

▲ 降度前的65度红星二锅头酒　　▲ 降度后的55度、56度红星二锅头酒

1986年10月，市物价局批准二锅头降度不降价，试销一年。1986年四季度，各厂产的降度酒先后上市，消费者反映良好，降度工作进展顺利。

酿酒总厂组织的二锅头酒降度工作具有重大意义。1987年3月22日，由国家经委、轻工业部、商业部、农牧渔业部在贵阳市联合主持召开了"全国酿酒工业增产节约工作会"，从维护人民身体健康出发，对白酒提出了要降低耗粮、发展低度酒的要求；提出了"四个转变"的发展方针，即高度酒向低度酒转变、蒸馏酒向酿造酒转变、粮食酒向果类酒转变、普通酒向优质酒转变。

1988年，高景炎发表了名为《如何发展北京的低度白酒》的文章，阐述了发展低度白酒的必要性，倡导北京各酒厂紧跟发展形势，充分利用北京地区大专院校、科研所密集和专家数量多及新技术引进等得天独厚的有利条件，大力发展低度白酒。

▲《如何发展北京的低度白酒》手稿

第三节 统一感官评语，制定二锅头"宪法"

1982年，在老师王秋芳和总厂原厂长齐志道的大力举荐下，高景炎被提拔为总厂副厂长。

升任副厂长后，高景炎仍然把工作的重心放在了对北京所有酒厂的科研和技术指导上，组织有关科室，指导和帮扶各直属厂和归口厂加大科研和新技术推广、新产品开发的力度，同时鼓励和引导各厂以市场消费为导向，开展质量创优工作。

在总厂的统一管理下，北京许多品牌的二锅头酒如雨后春笋般涌现出来。各厂均遵照高景炎等人制定的工艺流程和操作规范进行生产，但同样的操作手法，由于酿酒技师的熟练程度不同，所蒸出来的酒质量和产量有明显的差异。

为了统一北京二锅头酒的产品质量标准，高景炎开始着手编写《二锅头酒产品工艺规程》《红星牌二锅头酒产品操作规程》《红星牌特制二锅头酒工艺》三份教材，将二锅头酒的理化指标和卫生指标等全部统一到质量标准上。

每隔一段时间，总厂都会组织郊县酒厂进行一次二锅头酒评比，评委由各厂工程师担任，按色、香、味、格打分。高景炎根据相关文件对各厂评委进行培训，统一了感官评语，提高了大家的评审质量。例如，以前有的评委只写"无色透明"，现在就要按标准写"无色透明、无沉淀、无悬浮物"。还有的以前就写"香"或"甜"一个字，这些之后也都要照按规范用语来写。

为了保证各厂的二锅头酒质量，除照例组织郊县酒厂进行二锅头酒评比以外，总厂每一季度都要进行一次市场抽查和质量鉴定，从市场上抽取各个酒厂生产的二锅头酒产品。如果发现有质量不合格的现象，立即告知该酒厂并提出改进建议。

在总厂管辖全市酒类生产企业的几十年间，北京二锅头酒没有发生过质量事故。这些和高景炎等人严格控制北京二锅头酒产品质量的工作密不可分。

高景炎所编写的这三份教材当时被奉为二锅头酒生产的宪法级文献，为推动北京二锅头酒的发展做出了不可磨灭的贡献，至今仍有很大的借鉴和指导作用。

1986年，高景炎因积极从事各项技术协作工作，表现出色，得到了一轻和全厂的肯定，出任酿酒总厂厂长。

第四节　总厂改革，开创二锅头发展新出路

1987年，国家深化经济体制改革，计划砍掉行政性二级公司。酿酒总厂坚决服从和配合国家的经济体制改革，将直属的5个厂全部移交给一轻直接管辖。

失去了对直属厂行政权力的北京酿酒总厂一下子变成了只负责管理本

部的"小兄弟"。以前,酿酒总厂对归口厂的管理是无偿的,收入来源主要靠各直属厂每年上缴的管理费,直属厂移交后,管理费没有了。如何养活本厂的二百多名职工,成为摆在高景炎面前的一大难题。

有人认为总厂已经是个空壳子,应当散伙,各奔前程,但也有人认为总厂还没有到山穷水尽的地步,还保留着一批专业的技术和管理人才。何况当时红星二锅头酒在二锅头品类北京市场竞争中占有绝对优势,而"红星"商标的所有权归总厂所有,只是一直由酒精厂在使用(当时的白酒车间就设在酒精厂)。

危机可以逼人奋进,将坏事变成好事。经过研究,高景炎和总厂党委书记张菊明首先进行了机构改革,把机关科室、经理部、机械厂、房管所和劳动服务公司等单位合并成为统一核算的法人机构,精简科室,减少行政管理部门,增加经营、开发、技术咨询服务单位,并全部实行承包责任制。技术咨询部对外提供技术咨询服务,受到厂家的好评,1988年即实现营收40万元。新成立的经营协作部和实业部,也都取得了较好的经济效益和社会效益。如总厂于1987年2月与密云县的北京龙凤酒厂(以下简称"龙凤酒厂")签订了开发、技术咨询服务协议书,共同开发浓香型大曲酒,提高粮食白酒质量,健全和完善制度。此为有偿服务,以酒类产品销售收入1%收取服务费。

一系列机构改革措施很快让总厂走出困境,不但经济效益好转,而且大家的劳动热情空前高涨。

为了进一步扩大业务范围、提高企业经营效益,高景炎和张菊明等管理层决定凭借总厂在归口管理郊区县酒厂时积累的丰富经验和广泛的人脉资源,开展横向经济联合业务,承包郊区县酒厂。

当时龙凤酒厂已经连续三年亏损,经营困难,1987年亏损额高达190万元。为了扭转连年亏损的局面,密云县政府决定对龙凤酒厂进行承包经营,并面向社会公开招标承包者。

密云县政府认为酿酒总厂夺标对搞活企业最有利,因此密云县政府给酿酒总厂发出了"英雄帖"。为此总厂组织了一个由厂长、副厂长、总工程师、总会计师组成的精干班子，前去竞标。1988年4月10日，密云县政府对北京龙凤酒厂承包经营权进行招标。通过现场答辩，酿酒总厂最终中标。

▲龙凤酒厂资产经营招标承包宣讲答辩会

▲高景炎在龙凤酒厂资产经营招标承包宣讲答辩会上

中标后，高景炎马上与龙凤酒厂的领导班子开会，会议决定由总厂提供工艺规程和质量标准，联合生产55度红星牌二锅头酒；由总厂提供红星牌二锅头酒商标和瓶盖，按价结算。

同时，总厂组建承包组进驻密云龙凤酒厂，改进该厂的经营管理和工艺技术，实行"吨酒工资含量"等措施，调动员工积极性。

半年以后，龙凤酒厂扭亏为盈，之后效益逐年上升，三年累计缴纳利税600多万元，职工们笑逐颜开。

密云县政府也按照契约，每年以返还利润的方式付给总厂酬劳。总厂承包龙凤酒厂的事例，后来还被作为城乡结合一体化发展的典型。在1991年国家领导人出访苏联时，携带的礼品中就有龙凤酒厂生产的特制红星牌二锅头酒。

▲酿酒总厂承包龙凤酒厂时期生产的红星牌特制二锅头酒

1990年1月，酿酒总厂又与延庆县八达岭酒厂进行联营。八达岭酒厂也是连年亏损，1988年亏损额达180万元，1989年略有好转，但成效甚微。

▲北京酿酒总厂八达岭酒厂班组长以上干部会

联营后，总厂派驻3人进入八达岭酒厂领导班子，分别负责生产、技术和管理。1990年，八达岭生产的瓶装红星二锅头酒达到1.2万吨，产量翻了10倍，实现利税800多万元，成为延庆第二纳税大户。延庆县时任县长安钢评价说：在延庆上百家城乡联营企业中，八达岭酒厂是最好的一家。酿酒总厂不但帮助我们取得了这样好的综合经济效益，更重要的是把大工业的文明带给了农民。

由于对龙凤酒厂承包和与八达岭酒厂联营获得成功，酿酒总厂多次得到北京市经委、体改委的通报表扬。

1991年11月4日，一份署名为贺阳、穆东银、杨玉林的报告《改革才能发展　发展才有前途——北京酿酒总厂是如何转轨变型的》，介绍了当时北京酿酒总厂变革的情形。文章内容如下：

改革才能发展　发展才有前途
——北京酿酒总厂是如何转轨变型的

三年前放弃了所属企业、行政权力和管理费的北京酿酒总厂，如今不但"吃饭"毫无问题，自身真正变成了经济实体，而且带动了京郊一批酿酒企业的发展。在众多行政性二级公司苦于转轨之路，有的甚至求助于"翻牌"之际，酿酒总厂的路子却越走越宽，他们是怎么干的呢？还是让我们来看看它的改革发展之路吧。

北京酿酒总厂成立于1965年，是当时试办托拉斯的产物。经过20多年的努力，总厂不但拥有北京啤酒厂、北京酒精厂、双合盛五星啤酒厂、北京葡萄酒厂、北京东郊葡萄酒厂等几个大中型企业，还带动了京郊区县一批大小酒厂，建立起门类齐全的北京酿酒工业体系。但是，在传统体制的影响下，总厂本身逐渐变成一级纯粹的行政管理机构，越来越不适应改革与发展的需要。为适应改革的形势，从大局出发，1987年10月，总厂一班人经过慎重研究，主动提出将所属的5个酒厂上交北京市一轻总公司直接管理，其他行政权力也随之上交。这样酿酒总厂自身，从统管全市酿酒行业企业的"一国之君"，变成了只管本部270多干部职工的"一城之主"。用工人们的话讲，总厂同原所属企业从原来的"父子"关系变成了"哥们儿"关系，而且总厂还是"哥们儿"中最穷的一个。

企业和行政权力上交了，一年60多万元的管理费吃不上了，270多人怎么活下去，成了最紧迫的问题。从当时已经改革的行政二级公司的作法、有关领导部门和总厂职工的意见看，摆在总厂领导面前的路大体有三条：一是散摊，二是与一个企业合并，三是用行政手段把一部分原所属厂捏在一起形成一个新的经济实体。围绕总厂今后道路的问题，干部职工议论纷纷。特别是过去长期直接管理企业"发号施令"，一旦上交，使许多同志产生了一种失落感，觉得干了半天，落到了这般地步。不少同志埋怨领导，认为不应主动拱手上交企业；有的同志在外面找好了工作单位，只等总厂解散走人……

面对这种不利局面，总厂厂长高景炎、党委书记张菊明首先组织领导班子就酿酒总厂的改革和发展前途进行了认真深入的讨论。大家分析了形势和总厂自身的优势后认为，只有不断改革才能生存，才能发展；只有改革和发展，才有光明的前途。放弃了行政权力，不再吃管理费，一时不适应，是有个"饭碗"的问题，但是危机可以逼人奋进，坏事可以变为好事。总厂还远远没有走到山穷水尽、一无所有的地步，一批技术、管理专门人才的存在，是总厂最大的优势，靠着他们，完全可能在不太长的时间内，打一个翻身仗。

领导班子认识一致了，目标明确了，他们开始着手做干部职工的思想工作。召开了多次不同类型的座谈会，让大家各抒己见、畅所欲言，然后有针对性地进行启发、引导。党委书记张菊明号召大家振奋精神，转变观念：总厂不但不能散摊，还要不断改革，不断发展，要主动地有意识地把自己从改革的对象变成改革的动力，彻底抛弃"等、靠、要"的思想和无所作为的精神状态，依靠自己的力量，扬长避短，使总厂重新振兴起来。

在最艰难的日子里，党政一条心，拧成一股绳，深入细致、苦口婆心地做每个人的思想工作，总厂领导不知度过了多少不眠之夜。功夫不负有心人，干部职工的情绪稳定了，信心增强了，酿酒总厂开始走上了新的改革发展之路。

根据战略目标，首要的任务是通过改革体制和转变机制，把行政管理型的总厂改为真正的经营实体。实现自主经营，迅速取得经济效益，做到自食其力，自己养活自己；在此基础上，增加财力，扩大经济实力，以求不断发展壮大。为此，总厂采取了一些有力措施。

一是改革机构。把原机关科室、经理部、机械厂、房管所、劳动服务公司5个单位合并，成为统一核算的一个法人；精简合并科室，减少行政管理部门，增加经营、开发、技术咨询服务单位。技术咨询部门的13个人，原先都是科室人员，这个部成立后他们边学边干，对外咨询服务受到厂家好评，1988年当年挣回技术咨询服务费40万元。新成立的经营协作部和实业部也都收到好的经济效益和社会效益。

二是层层承包。总厂机构改革后的7个经营、开发、咨询服务部门，全部实行了承包。总厂给他们定出明确的创收指标和相应的奖罚办法，他们又层层分解落实，直到每个人。承包涉及的人数占到全体干部职工的80%左右，全厂形成了积极进取、奋力开拓的新局面。

三是开展横向经济联合。总厂不满足于横向联合上的"小打小闹"，一有机会，他们就要干大事业。1988年4月，酿酒总厂刚刚从改革的"阵痛"中恢复过来，就在密云县的公开招标中投标，并以处于压倒性优势的经济效益指标和治厂方案，承包了连续三年亏损、1987年亏190万元的全市白酒亏损大户——密云龙凤酒厂。总厂派去了精干的经营管理班子，带去了技术和管理"软件"，当年就使这个厂扭亏为盈；三年累计为密云县上缴利税600万元；今年预计可完成产值1000多万元，销售收入3600万元，实现利税360万元。这个厂目前呈现出前所未有的大好形势。1990年年初，酿酒总厂又同延庆县的八达岭酒厂实行了联营。八达岭酒厂过去以生产其他酒厂再加工用的原酒为主，1988年亏损180万元，1989年扭亏，略有盈利。联营后总厂派出3人分别负责生产、技术和管理，进入八达岭酒厂的领导班子，使这个厂的瓶装二锅头酒产量一月一翻，全年达到1.2万吨，是上一年的10倍；使八达岭酒厂1990年实现利税800多万元，成为延庆县的第二利税大户。延庆县长安纲说："在我们延庆上百家城乡联营企业中，八达岭酒厂是最好的一家，这是城市大工业真心诚意帮助农村发展工业的联营，酿酒总厂不但帮助我们取得了这样好的综合经济效益，更重要的是把大工业的文明带给了农民，我们塞外乡村太需要这种文明了。"

经过几年的努力，酿酒总厂已基本完成了向经营实体的转变。除自食其力外，1988年实现利税63万元，1989年70万元，1990年120万元，今年预计200万元。

企业效益好了，"吃饭"的问题解决了，总厂领导并未就此满足，他们想到的不是自己一个厂，而是全北京酿酒行业的健康发展。高景炎兼任北京酿酒协会会长，他并没有因为总厂失去了行政权力就对协会的事放手不管。他认为，没有行政权力，对自己搞好协会工作，也许正是件好事，他为行业协会由"官办"转为"民办"提供了一个契机，协会要以提供服务取胜，而不是以行政权力取胜。出于强烈的责任感和探个水落石出的愿望，高景炎和张菊明从总厂科室中抽调干部，加强协会的常设机构，抽调技术人员组建了酒类产品质量检测站；还组建了北京酿酒职工学校，开办班组长培训班、中专班、工程技术人员培训班、大专班等，几年来共培训590人次，为全市酿酒行业厂家输送了人才。三年来，酿酒协会在全行业的生产、信息、财务、统计、物价管理、产品创优、质量检测监督以及企业间联合、行业内协调等方面为会员企业提供了大量的服务。其中多数是无偿的，走出了一条不依靠行政权力而依靠热情诚恳的态度和周到热心的服务办好行业协会的路子。协会的工作范围越来越宽，协会的凝聚力越来越强，特别是对郊区县的企业来说，协会几乎成了它们的"娘家"。

我们碰到的几个县委书记、县长，说到酿酒总厂，说到酿酒协会，没有一个不称道的。

三年多的改革，三年多的酸甜苦辣，锻炼了高景炎、张菊明，也锻炼了全体干部职工。改革使酿酒总厂的整体素质得到提高。

——人员素质提高了。过去总厂单纯行政管理，不少同志没有机会去生产经营实践中锻炼；现在要亲自去搞技术开发、咨询服务、直接从事生产经营活动以致承包其他企业解决一系列难题，客观上逼着大家去学习、实践，改革又为每个愿意拼搏的人提供了一展身手的舞台，使他们在较短的时间内学到了过去多年没有学到的东西。特别值得一提的是，通过三年的艰苦奋斗，不少同志心理素质大大提高，克服困难、顽强奋斗、自力更生的精神增强了，对改革和发展的信心增强了。

——经营能力增强了。从纯行政管理到自己去经营，这个变化不算小。三年中完成这个转变，不能说是轻而易举的。但酿酒总厂硬是走过来了，而且形成了一种见缝插针、灵活应变的能力。今年，他们还准备搞两个中外合资企业，经营范围上，也想朝一业为主多种经营方向转化。

——管理水平上去了。同过去相比，酿酒总厂的管理水平有了较大提高。过去行政管理，机关科室同下面几个大厂之间没有切身的责任利益关系；现在的体制、承包以及共求生存发展的客观形势，都迫使各级在加强管理上下功夫。三年下来，面貌大有改观。

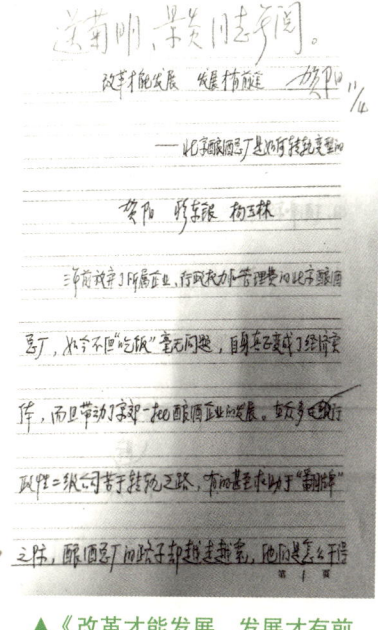

▲《改革才能发展　发展才有前途——北京酿酒总厂是如何转轨变型的》手稿

谈到几年来坎坎坷坷的历程，高景炎、张菊明不胜感慨，他们说："这几年使我们认准了一条，必须坚持不断地改革，因为只有改革才能生存、才能发展、才有光明的前途。"

1990年2月20日，总厂成立了红星牌二锅头酒联营办公室，负责红星二锅头酒商标管理和对联营单位的生产、质量、销售的衔接、协调、平衡等工作。总厂通过几年的横向联合不仅没有"散摊儿"，反而涅槃重生，成为效益、声誉俱佳的经济实体。

同时，以品牌为媒介，以联营生产为方式，总厂探索并成功开辟了红星二锅头大发展的新路子。红星二锅头的产量因此大增，不仅填补了市场缺口，增加了国家税收，而且"盘活"了总厂，"救活"了一些郊县酒厂，实现了多赢。

尽管工作干得风风火火，但高景炎始终认为自己不适合行政岗位。1991年，他不再担任厂长职务，改任酿酒总厂的常务副厂长。他卸去了行政担子的束缚，继续专心钻研酿酒技术。

1991年起，总厂开始实施集团化发展战略。在对市场、企业的具体情况进行剖析后，总厂决定以名牌产品为龙头进行企业调整。

1993年2月16日，北京酿酒总厂更名为北京红星酿酒集团公司，并根据经营需要保留北京酿酒总厂名称，为独立核算、自负盈亏的全民所有制企业，隶属一轻。

1999年12月，高景炎从北京红星酿酒集团公司光荣退休。退休后，高景炎并没有颐养天年，而是继续为酒业鞠躬尽瘁，成了集团公司的技术顾问。

之后，北京红星酿酒集团公司在市委、市政府领导和一轻支持下，将自身经营性的优良资产经评估后入资，与北京京泰投资管理中心等于2000年8月共同成立北京红星股份有限公司（以下简称"股份公司"或"红星公司"），集团公司作为母体继续存在。高景炎改任股份公司的技术顾问。

▲高景炎参加北京红星股份有限公司工会第一次代表大会

第五节　实至名归，荣膺二锅头国家级代表性传人

北京二锅头酒技艺诞生于清康熙年间的源升号，真正得到发展则是在中华人民共和国成立后，其中流砥柱就是红星酒厂。作为二锅头技艺的正宗传承者、创新者、发展者、引领者，红星酒厂为二锅头酒的兴旺发达做出了不可磨灭的贡献。高景炎则以他的钻劲儿和韧劲儿、知识和能力、胸怀和气度成为红星的杰出代表，被誉为北京酒业的领军人物。

高景炎几十年的足迹与二锅头紧密相连，无愧于该技术宗师的称号。

2008年6月14日，国务院公布了第二批国家级非物质文化遗产保护名录，北京红星股份有限公司申报的"北京二锅头酒传统酿造技艺"被列入国家级非物质文化遗产名录。

参与非物质文化遗产评定的有关专家，如华觉明、周嘉华、李士靖等，在论证意见上这样写道："北京二锅头传统酿制技艺源于元代烧酒，成型于清康熙十九年（1680年），历史悠久，工艺独特。在老五甑发酵法、混蒸混烧、看花摘酒等技艺的基础上，形成了'掐头、去尾、取中段'等特色工艺。北京红星二锅头是中国酿酒史上第一个以酿酒工艺命名的白酒，以'甘润醇厚、绵甜爽净、回味悠长'而闻名全国、饮誉世界，是中国清香型白酒的典型代表之一。'红星'全面继承了北京二锅头传统酿制技艺，是这一技艺的正宗传承者。红星二锅头酒酿制技艺传承脉络清晰，地域特色鲜明，体现并见证了我国博大精深的酿酒文化，具有重要的历史、文化、科学价值。同意'北京二锅头传统酿制技艺'申报北京市非物质文化遗产名录，并推荐申报国家级非物质文化遗产名录。"这一意见是对"红星"在二锅头酒传统技艺的传承和保护工作方面给予的肯定和赞许。

▲ 2008年北京二锅头酒传统酿造技艺入选第二批国家级非物质文化遗产名录

由于高景炎在二锅头酒传承与发展中做出了卓越贡献，2009年6月，作为二锅头酒传统酿造技艺第八代传承人，他被中华人民共和国文化部认定为该技艺的代表性传承人，成为北京二锅头酒传统酿造技艺唯一的国家级代表性传承人。

▲ 2009年6月高景炎被认定为北京二锅头酒传统酿造技艺国家级代表性传承人

▲ 高景炎之北京二锅头酒传统酿造技艺国家级代表性传承人证书

第六节 提携后人，创办"高景炎奖励基金"

高景炎热爱自己的事业、自己的岗位，不断地探索和追求，为企业和行业无私奉献自己的力量。

滴水之恩，定当涌泉相报。高景炎认为，他能取得今日的成绩，离不开红星对他的培养和支持，他对红星始终报以感恩之心。

他常常在想，在自己有生之年给红星的后人留下点儿东西，为红星培养更多技术上的精英，为推动红星的发展乃至推动全国酒业的发展做出自己应有的贡献。

高景炎说:"真正有过拜师仪式的,是红星的几位传承人。"这些传承人具备丰富的酿酒知识,但高景炎对他们有着更高的要求,时刻提醒他们,要常去白酒车间,去实践踩曲、烧酒。因为只有亲身体会,才能真正掌握理论。

高景炎还时常鼓励传承人去参加行业里举办的各种活动。每次协会组织活动,他都会让协会通知红星,给传承人创造提高水平学习行业先进经验的机会。

▲高景炎为红星传承人等技术人员授课

高景炎认为,入选中国非物质文化遗产名录不仅仅代表一种荣誉,更重要的是如何把祖先留下来的精髓保护好、传承好、发扬好。高景炎在被认定为北京二锅头酒传统酿造技艺唯一的国家级代表性传承人后,他每年都在第一时间把国家颁发的代表性传承人补助费全部捐献给红星,希望红星将北京二锅头酒这一传统酿造技艺发扬光大。

高景炎的这一想法得到了红星公司的认可和大力支持,2011年,红星公司成立了国家级代表性传承人——高景炎大师传习所。传习所面向大众开放,能让大众目睹正宗二锅头酒的酿制,明了二锅头古法酿造流程,同时展示二锅头酒文化。由高景炎举办"非遗"展演和传承教学,有力促进了非遗传承保护和社会推广。

▲高景炎在传习所对传承人进行指导教学

2017年，红星公司邀请了第七代传承人王秋芳，第八代传承人高景炎、任可达，与第九、十代传承人相聚一堂，以"传承、创新、发展"为目的进行了深入的交流，并对红星二锅头未来的发展提出了宝贵意见。

四代传承人齐聚一堂，一张合影记录了四代传承人师徒相聚的历史时刻，同时也见证了通过他们共同的努力，让北京二锅头酒传统酿造技艺得以传承发扬！

▲北京二锅头酒传统酿造技艺第七代传承人王秋芳及第八至第十代传承人合影

为表彰高景炎做出的巨大贡献，北京红星股份有限公司决定在高景炎80岁寿辰之际成立"高景炎奖励基金"。2018年9月11日，时任一轻总经理、北京红星股份有限公司董事长阮忠奎，红星公司总经理肖卫吾，党委书记冯加梁等高管，与二锅头技艺传承人欢聚源升号博物馆，庆贺高景炎大师八十华诞并举办"高景炎奖励基金"成立仪式。

"高景炎奖励基金"由高景炎捐出的传承人补助费和北京红星股份有限公司出资组成，为传承光大国家级非物质文化遗产——北京二锅头酒传统酿造技艺，推动公司持续健康发展而成立。基金的年度利息用于奖励在二锅头技艺方面做出突出贡献的员工。

仪式中，总经理肖卫吾宣读了设立"高景炎奖励基金"的决定，董事长阮忠奎和高景炎一同揭牌。阮忠奎致辞说："'每个人心中都有一颗红星'这句话正适合高老，他饱含着对红星的一片深情，为红星付出了全部的心血，值得每一个红星人的尊重。我代表红星祝愿高老身体健康、万事如意，同时也祝愿我们的未来更加辉煌。"

高景炎也发表了热情洋溢的讲话，他说："红星人对我长期以来的尊重、信任、关心、爱护，令我万分激动，向各位致以崇高的敬意表示衷心的感谢！我要活到老、学到老、干到老，为了红星二锅头的传承和发扬、为了红星的未来，继续发挥余热！祝愿红星在一轻的领导下，更上一层楼，再攀新高峰！"

2019年3月，在2018红星表彰大会上，高景炎向红星优秀员工聂建光颁发了高景炎奖励基金，并发表了热情洋溢的讲话。

▲高景炎与阮忠奎为"高景炎奖励基金"揭牌　▲高景炎与一轻、红星公司领导合影

▲红星公司总经理肖卫吾宣读设立"高景炎奖励基金"的决定

▲红星公司党委书记冯加梁发表讲话

▲高景炎向红星员工颁发"高景炎奖励基金"

▲高景炎在"2018红星表彰大会"上讲话

第七节 红星高照，树立二锅头品类新标杆

1949年5月，华北酒业专卖公司实验厂成立。作为北京地区第一家国营酿酒厂，接到的第一项任务，便是生产一批迎接新中国诞生的献礼酒。经过全厂员工的日夜奋战，终于在1949年9月成功酿制出第一批红星二锅头酒。由于出色完成献礼酒的任务，实验厂职工被特批参加开国大典，红星也因此成为唯一获此殊荣的酒企。

红星二锅头是驰名中外的北京特产，京味文化的亮丽名片。21世纪初，红星作为北京二锅头品类的开创者、技艺传承者和创新者，依托数十年技艺积累与创新，推出红星青花瓷系列酒，开创了高端二锅头酒的先河，打

破了北京无地产高档白酒的局面。

红星献礼酒的酿造技艺与奋斗精神传承至今。2019年，适逢中华人民共和国成立70周年、红星建厂70周年之际，红星集深厚的技艺积淀，为提升二锅头品类价值，正本清源，满足特定消费人群的个性化需求，进军全国白酒的高端市场，推出了"红星高照·宗师1949"，再次向祖国献礼。

▲ "红星高照·宗师1949"

"红星高照·宗师1949"是由高景炎带领二锅头技艺传承人、国家级评酒委员、首席技师等酿酒骨干，将二锅头酒传统酿造技艺与现代科技相结合，精选优质高粱为原料，以红星独有的强化清香大曲，经传统地缸固态发酵，固态蒸馏，采用古法看花摘酒技艺酿制的地道精华酒。他们秉承红星"承受一切，酿造美酒"的奋斗精神潜心钻研，以一颗赤诚匠心，力求把每一个细节都做到极致。

▲ 高景炎与参与酿制"红星高照·宗师1949"的传承人

该产品一经亮相，就引发社会各界广泛的关注。从此，二锅头不仅是百姓餐桌的当家酒，更是国际市场和重要场合的高端京酒首选。"红星高照·

宗师 1949"是紧跟时代发展，把握消费升级的市场机遇而倾心打造的宗师级二锅头产品，为红星系列产品打开品牌的成长空间和价值空间，树立了二锅头品类的价值新标杆。

业界评价，红星高照是二锅头酒精华中的精华，是正宗高品质的呈现，也是一颗酿酒初心的传承。

第八节　奋斗五十七载，荣获红星功勋奖

2019年11月9日，北京红星建厂70周年庆典在北京雁栖湖国际会展中心隆重举行。整个庆典以回顾红星70年艰苦创业、开拓创新的发展历程为主题，追溯历史、抒发情怀、彰显匠心。庆典环环相扣，精彩纷呈。

在庆典中，红星公司为高景炎颁发了典礼中第一个奖项——红星功勋奖，以感谢他将个人理想与企业使命紧紧相连，用毕生心血发展红星基业，书写了红星发展史上浓墨重彩的一笔！

在颁奖仪式上，高景炎先生看着台下已独当一面的红星年轻一辈，深感欣慰，随即发表了感人肺腑的讲话，包含了对红星的寄语、对后辈们的期望，他说：

57年前，23岁的我刚刚毕业，租了一辆三轮车，带着我的全部行李家当，走进了北京酿酒厂，也就是咱们的红星厂，开始了一名红星人的职业生涯。

57年后的今天，已经80周岁的我，参加了今天的盛典，心情非常激动。因为红星的70年，上面书写着我的全部青春年华和人生奋斗历程；

红星的70年，见证了新中国白酒发展的各个阶段；

红星的70年，也是新中国二锅头酒业发展的70年；

红星的70年，就是几代红星人初心不忘、艰苦奋斗的70年；

红星的70年，成就了如今'每个人心中都有一颗红星'的硕果；

八百年的二锅头，不仅仅是一种酿造技艺，它同时也是民族文化的一种历史传承；在老一辈红星人的带领下，我很有幸成为北京二锅头酒传统

酿造技艺的代表性传承人。去年在和领导商议后，我把国家每年颁发的补助费全部捐献出来并与公司的出资共同成立高景炎奖励基金，用以奖励在传承创新国家级"非遗"——北京二锅头酒传统酿造技艺中做出突出贡献的红星员工，希望能够为红星培养更多优秀的后备人才；能够在当今这么好的时代氛围里，把这项技艺传给红星的后来者，这对于我来说就是一项人生之幸事！

在红星建厂70周年的今天，又获得了红星功勋奖，这不仅仅是给我这一个80岁红星人的奖励，也是给全体红星人的一项荣誉和表彰。作为一名红星人，我要活到老、学到老、干到老，为红星二锅头的传承和发扬、为红星的未来，继续发挥余热。祝愿红星更上一层楼，再攀新高峰！

▲高景炎在红星公司成立70周年庆典上讲话

第三篇

与酒业结缘,从一厂之长到行业泰斗

第八章

参与组建中国食品工业协会白酒专业协会

第一节 成立白酒专业协会

1981年，为加强食品行业的管理，中国食品工业协会成立。它是中国食品工业第一个跨行业、跨地区、跨部门的综合性大协会。

1984年，中国食品工业协会决定成立中国食品工业协会白酒专业协会（后更名为"中国食品工业协会白酒专业委员会"，简称"中国白酒协会"）。在此之前，白酒作为食品行业里的大产业分属十几个部门管理，一直没有一个专门的组织进行统筹、规划和协调。成立白酒协会的目的是要在白酒行业的体制上进行改革，加强对白酒的行业管理，进一步推动全国白酒行业的健康发展，更好地为企业服务。

1984年11月28日，中国白酒协会筹备会在北京西直门内大街172号总政招待所3号楼216号房间召开。会议开始前，有人发现一直不见高景炎的身影，主办部门得知后赶忙派人去找，但找遍了整个会场都没有找到。

在场的人都十分了解高景炎，他早就应该坐在自己的座位上了，就算是厂里有什么事脱不开身，他也会提前通知一声。大家猜不出原因也找不到人，最后还是决定打电话到总厂问一下。

高景炎确实没在会场，此时他还在总厂办公。原来由于工作人员的疏忽，邀请文件上面忘记写酿酒总厂的名字，所以高景炎一直都没有收到中国食品工业协会发来的通知。筹备组查明原因后，立刻给总厂补发了邀请文件，并打电话让高景炎先过来，回头再将手续补齐。

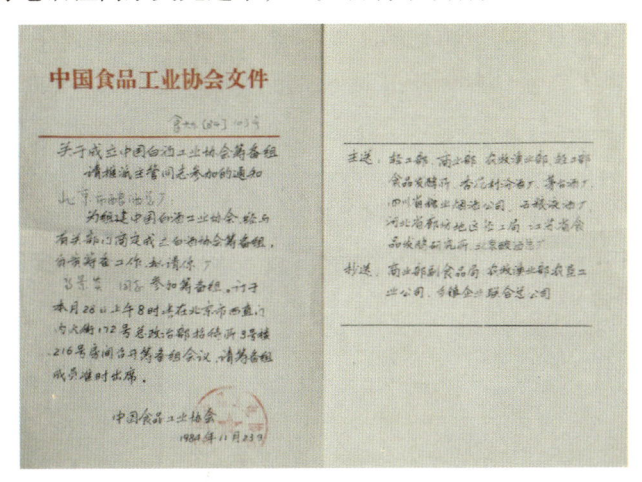

▲中国食品工业协会邀请通知文件

此后，高景炎参与到协会的筹建工作中。通过众人的努力，1985年8月1日，国家经济委员会批准中国白酒协会成立，正式命名为"中国食品工业协会白酒专业协会"，并希望协会破除部门和地区的界限，为全行业企业服务，促进中国白酒工业的技术进步。

▲国家经济委员会批准中国食品工业协会白酒专业协会成立文件

通过讨论,大家决定在山西太原举办成立大会并将协会总部设在山西杏花村汾酒厂,由高景炎负责成立大会的组织实施。大会的开幕词、闭幕词和协会成立的纪要,全部由高景炎亲自执笔。

1985年9月15日至19日"中国食品工业协会白酒专业协会成立大会"在山西省太原市召开。中国食品工业协会、轻工业部、商业部、农牧渔业部的相关负责人,省、市食品工业公司以及各名优酒厂、大专院校和科研单位的代表共216人参会。

▲中国食品工业协会白酒专业协会成立大会代表合影

会议研究了协会今后的主要工作,讨论并通过了《中国食品工业协会白酒专业协会章程》和《中国白酒工业技术开发公司章程》,最终选举产生了白酒协会第一届理事会和常务理事会。推选了秦含章、周恒刚为名誉会长,苗志岚为会长,申树魁、朱桂初、杨文华、沈怡方、常贵明、雷万海为副会长,文景明为秘书长,聂凤岗、高景炎为副秘书长。酒界泰斗沈怡方、高月明,茅台酒厂季克良,五粮液酒厂刘沛龙,北京酿酒总厂高景炎等十余名著名白酒专家为常务理事。

会议期间,秦含章、周恒刚两位老专家做了学术报告,各企业和科研单位的代表也作了专题发言,交流了经验。中国食品工业协会会长杜子端、山西省人民政府副省长白济才、山西省人民政府秘书长李玉明等领导亲临大会并作了重要讲话。

第二节 任劳任怨，做好分内事

中国白酒专业协会经过一段时间的运作后，不少会员开始反映将总部放在山西对业务往来不太方便，希望把总部迁到首都北京。

苗志岚会长对这个意见非常重视，把山西和北京的常务理事们召集过来商量，经过讨论大家形成了统一意见：定好的总部地址不便更改，但可以在北京设立一个白酒专业协会驻北京办事处，在那里开展协会的主要工作，解决来往不便的问题。

于是协会就在北京总政招待所租了两间房子，设立了北京办事处。工作人员除了高景炎外，还有轻工业部的酿酒专家辛海庭、李鹤鸣，昌平酒厂的会计刘代凌，商业部的聂凤刚和农业部的牛业武等人。

高景炎在组织了几场会议后，发现不少白酒厂的思想比较保守，认为传承的香型工艺不能改变。所以在交流会上，很多厂家都专挑跟自己产品香型有关的内容听，生产酱香型酒的厂家要听酱香型的内容，生产浓香型酒的厂家要听浓香型的内容，对其他香型的内容不感兴趣。

针对这个问题，高景炎听取苗会长的建议，以全国17大名酒厂为主体，按香型成立多个协作组。然后把属于各香型酒的企业，分到每个协作组中去。协作组工作开展得很顺利，效果也非常不错。

之后，一些名酒企业负责销售的领导也找到高景炎，反映每次开会的内容都只是技术交流，经营管理也应该展开交流，于是高景炎又把商业部刘锦林处长请进来，定期举办营销工作经验交流会。

在协会工作期间，他们还把全国各厂每年的经营数据进行了信息汇总，为中国酒业留下了非常宝贵的历史资料。同时，高景炎还参与组织创办了一本内部刊物——《中国白酒协会会刊》，前后共出版了八期，定期公布协会所作的白酒行业产量、销量、利润、税收等统计数据和行业形势分析，及时报道行业动态，传播技术创新，宣传发展经验。

▲ 1994年中国白酒协会凤型组第六届会议代表合影

因为秘书长不在北京，所以很多工作都由高景炎去处理。高景炎一边要处理总厂的事务，一边还要对协会的工作负责，忙得不亦乐乎。

高景炎认真负责的工作态度受到了众多协会成员的肯定，但随之而来的也出现了一些不和谐的声音，有些同志在背后指指点点，说："高景炎耍阴谋诡计，要把白酒协会挪到北京来，其实是他想当秘书长！"

对这种捕风捉影的中伤，高景炎并没有在意。因为高景炎的父母从小就教导他不要争名夺利，要低调做人。他自己也一直秉承"和为贵，忍为上"的态度做好每一件事。

他继续全心全意地为全国白酒行业服务，在推动企业间、部门间、地区间联合协作的宗旨下开展工作，促进了白酒行业的健康发展。几年下来，高景炎获得了行业内人士的广泛好评，用自己的行动使谣言不攻自破。

2018年，中国食品工业协会白酒专业委员会授予高景炎"中国白酒历史贡献与杰出成就奖章"，以表彰他对行业做出的贡献。

第九章

主持创建北京酿酒协会

第一节 兼顾各方，组建北京酿酒协会

1987年，国家深化经济体制改革，计划砍掉行政性二级公司，北京酿酒总厂积极响应，主动取消了自己的二级管理公司职能，将自己改制成与市属酿酒企业平等待遇的、自负盈亏的酿酒企业，不再对北京酒业承担行业管理、协调的职能。

总厂没有了管理职能，但北京酒业依然需要一个行业组织，于是高景炎与党委书记张菊明商量，由北京酿酒总厂牵头，组织全市酿酒企业联名发起成立"北京酿酒协会"，以行业服务、行业协调促进行业发展，调动企业自主经营的积极性，发挥行业管理的功能。

在北京酿酒总厂的组织协调下，1987年4月24日，北京酿酒协会在北京啤酒厂召开了成立大会。会议选举产生常务理事十七名，选举北京酿酒总厂技术顾问王秋芳、北京市糖业烟酒公司经理王书田二人为名誉会长，选举北京酿酒总厂厂长高景炎为会长，选举北京酿酒总厂总工程师任可达、北京酿酒总厂党委书记张菊明、北京市糖业烟酒公司副经理袁卫东

三人为副会长。原北京东郊葡萄酒厂厂长于长水任专职秘书长兼办公室主任。

▲北京酿酒协会成立大会

经市经委批准：北京酿酒协会挂靠在北京酿酒总厂，在北京市食品协会指导下开展工作。北京酿酒协会，是从事酿酒产品生产、经营、科研的企事业单位自愿组成的社会经济团体。

北京酿酒协会是在改革开放搞活经济、政府简政放权转变职能的过程中成立的，是根据"按行业组织、按行业管理、按行业规划"的精神，联合各生产厂家、商业部门、科研单位以及学术团体等组建的。它承接了酿酒总厂对北京酒行业进行管理、协调的职能，在计划经济向市场经济转变中发挥了重要作用。协会的主要任务是：贯彻党和国家的要求，维护企业合法权益，在政府和企业间发挥桥梁和纽带作用，推动北京酒业持续健康发展。

第二节 殚精竭虑，推动北京酒业发展

北京酿酒协会成立以来，为北京酒业发展做出了突出贡献。

一、为企业申请减免产品税和包装税

20世纪80年代，生产环节统一征收产品税。当时白酒市场萎缩，白酒企业经营遇到困难，协会积极与市税务局协商为部分企业减免了产品税，同时采取产品包装费用在生产企业环节不计入产品价格中的方式，使白酒包装税先征后退，仅1987年至1991年协会就为北京白酒企业申请减免产品税和包装税4000多万元，实现了酒类产品只征酒水税，包装物不纳税，有利于企业的生存和发展。1991年后，北京市与各区县政府实行了财政包干，协会又帮助大中型骨干企业与所在区县政府签定上交利税承包协议书，减轻了企业负担，提高了企业积极性，使北京酒企在1994年后得到了快速发展。

二、协调酒类产品价格

计划经济时期实行酒类产品价格审批制度。1987年后协会承担了企业与政府之间的价格协调工作。其主要任务是：调查调价产品生产成本，听取企业价格调整意见，组织召开有市物价局、二商局物价处、一轻物价处、糖烟酒公司物价科参加的价格协调会，会后由企业写调价报告，协会写调价申请报告，向一轻物价处申报，由市物价局批准生效。1989年国务院决定全国名优酒产品调价，协会组织了北京名优酒价格全面调整工作。1992年，全国酒类价格改为备案制（茅台酒、泸州特曲酒、汾酒、二锅头酒除外），协会又承担起企业间价格协调工作。因北京二锅头酒在当年是计入国家价格指数的产品，直到2005年价格才全面放开。

三、为企业培训各类人才

三十年间协会举办了16期"白酒品酒员培训班"，1期"白酒勾调员培训班"，1期"白酒化验员培训班"，4期"啤酒品酒员培训班"，1期"物

价员培训班",1 期"经营厂长培训班"。有 900 多人次参加了各类培训班,为企业培养了大批人才,并于 1988 年、1995 年、2001 年用先培训考评后聘用的方法组建了三届"北京市白酒评酒委员会",定期品评北京市白酒新产品,促进了北京白酒质量的稳定和提高。

▲ 2001 年 6 月北京酿酒协会第三届白酒评酒员培训班

四、促进企业间联营

1987 年北京酿酒总厂改制,1988 年协会积极促成了北京酿酒总厂承包龙凤酒厂,1989 年又促成了总厂与北京八达岭酒业公司联营,使"红星牌二锅头酒"增加了产量,提高了市场占有率,为以后红星二锅头酒的发展奠定了基础。1988 年,协会促成了总厂与通县酒厂的联营,共同生产"红星老窖酒"。其后,又帮助北京的酒厂完成了与山西原酒供应厂的联营。在企业改制中协会多次组织企业去外埠考察,提供兄弟省市的改制经验,协助企业与主管政府部门协商,并向各区县政府提供行业信息,促进了酿酒企业改革。

五、协调企业间矛盾,维护企业合法权益

维护企业合法权益是协会的宗旨,协调企业间矛盾是协会的工作重点。进入市场经济后,商标侵权、外包装侵权问题时有发生,协会都及时帮助协调。先后协调了"菊花白酒"商标侵权,"桂花陈酒"产权争议,"京都桶装酒"商标侵权,"醉流霞酒"产权归属,"甑流"酒诉讼案,"红星商标、牛栏山商标"侵权和"红星蓝瓶"侵权等争议。在"甑流"酒诉讼案件中协会为被诉企业挽回了400多万元的损失,为全行业生产"甑流"酒的企业挽回了2000多万元的损失,维护了企业的合法权益。

六、组织企业间交流学习

协会先后组织本市企业到内蒙古、山西、河北、河南、湖北、四川、贵州、天津、上海、重庆等省市区名酒企业参观交流。每年组织本市企业间交流。组织企业参加协会联席会进行交流,开阔了眼界,交流了经验,受到好评。

七、帮助企业挖掘企业历史文化

企业在申报"老字号""非物质文化遗产"和建设历史博物馆中,需要历史资料及工艺确认,协会给予了很大帮助,扩大了企业文化内涵。

北京酿酒协会的工作主要离不开高景炎、任可达、于长水三位同志,他们在协会工作长达三十余年,任劳任怨,主动为企业服务,为北京酿酒协会、北京酿酒行业的发展做出了突出的贡献。

高景炎担任协会会长20余年,直至2011年改任名誉理事长。在这期间,高景炎作为著名酿酒专家和地方协会负责人参与了许多国家层面的行业管理工作和各级政府委托的工作,参与了全国各大名酒企业的重大活动,熟悉最新的行业动态,指导了北京酿酒行业发展。

2017年,北京酿酒协会为表彰高景炎多年来为北京酒业发展做出的贡献,授予他"北京酒业领军人物"的殊荣。

第十章

参与组建中国酿酒工业协会

第一节 参与创立中国酿酒工业协会

1988年，国务院批准了轻工业部改革方案，其主要内容是精简机构、转变职能、实行行业管理。

1989年2月，轻工业部要求在食品工业中组建四个行业协会，其中包括中国酿酒工业协会。1989年5月，以轻工部食品工业司酿酒处为基础成立了中国酿酒工业协会筹备组。同年10月，在"全国酿酒工业政策研讨会"上，详细讨论了成立协会的问题。

1990年，当时的啤酒、黄酒、葡萄酒和酒精等行业的全国协作组又对组建协会的问题进行了讨论。1991年5月，在各酒种的行业活动中，又对协会组建进行了深入的探讨。

1992年初，为加速组建中国酿酒工业协会，协会筹备组成立了专门的办公室。同年4月23日至25日，协会筹备办公室在青岛市召开了中国酿酒工业协会筹备工作会。大型酿酒企业、行业技术协作组和省级协会的代表共24人参加了会议。会议一致赞同尽快完成协会的组建工作，并对工作中的若干具体问题提出了建设性的意见。

1992年6月22日，民政部根据社会团体登记要求，正式批准中国酿酒工业协会组建。而后，时任轻工业部副部长的潘蓓蕾点名北京酿酒总厂的高景炎和王秋芳参与中国酿酒工业协会的组建工作。主要任务是负责起草成立协会的一些文件、规章制度、领导讲话稿；负责对外联络工作，并组织会议，完成会务工作。

1992年10月3日，高景炎、王秋芳和吴佩海三人乘机到达安徽亳州的古井酒厂，为召开"中国酿酒工业协会成立大会预备会"做会务准备工作。

预备会议于1992年10月8日至10日在亳州市古井酒店召开，轻工业部食品工业司、政策法规司和白酒协会的领导，部分生产厂家负责人，部分省市区食品酿酒公司和酒类协会的代表等80余人参加会议。会议中，耿兆林、王延才、肖德润、王秋芳、高景炎等均做了重要发言。会议听取并通过了王延才作的《中国酿酒工业协会筹备情况报告》、肖德润作的《中国酿酒工业协会章程》的宣讲报告、王秋芳关于《中国酿酒工业协会组织条例》和高景炎关于《中国酿酒工业协会经费管理办法》的介绍与说明。

▲中国酿酒工业协会成立预备会全体代表合影

与会代表经讨论确定了"中国酿酒工业协会成立大会"的召开时间、协会的管理范围、各项管理规定等。高景炎、王秋芳、吴佩海等负责会务工作及若干文件的起草工作。全体代表对协会成立过程中所做的各项工作表示满意。

鉴于"第一次会员代表大会"的特殊情况，与会代表经过协商，决定会员代表由预备会分省、市、自治区划块，按酒类品种分配的名额推荐产生。与会代表经过讨论，根据条块结合的原则，提出了理事单位的推荐名单以及常务理事会和各分会、专业委员会组建的建设性意见，准备同时提交"第一次会员代表大会"审议通过。会议还通过了对全国酿酒企业的《倡议书》。

初战告捷，高景炎等三人紧接着又于11月乘火车到达山东省泰安市，为即将召开的协会成立大会做会务准备。

1992年11月25日至26日，"中国酿酒工业协会第一次会员代表大会暨成立大会"在泰安市举行。轻工部、商业部、农业部有关司局的领导，各酒种的协会、学会、协作组，各省市区酿酒企业及酒类管理部门的代表，与酿酒行业有关的科研、设计、教育、机械、新闻、出版等部门的代表300多人出席会议。

这是酿酒行业一次罕见的盛会，可以说是群贤毕至、少长咸集。因此会议中的一切都容不得半点马虎，这对承担会务工作的人来说是个不小的挑战。

会议分两个阶段召开，首先召开的是"中国酿酒工业协会第一次会员代表大会"，于25日上午举行，由高景炎主持。主要内容：①高景炎宣布大会领导小组名单，共11人，组长耿兆林。②耿兆林对协会筹备过程中民政部、轻工部、商业部、农业部和酿酒界同行所给予的支持表示感谢。③王延才作《中国酿酒工业协会筹备情况工作报告》。④肖德润作"关于中国酿酒工业协会《章程》《组织条例》《经费管理办法》和"理事推荐名单"的说明。

1992年11月25日下午，与会代表进行分组讨论，气氛热烈。各小组提出了许多建议和意见。25日晚，大会领导小组召开扩大会议，认真听取了各小组的情况汇报，充分肯定了代表们在讨论中所表现出来的认真负责态度。经过充分协商，会议对若干问题达成共识并推荐高景炎代表各小组作大会发言。

当晚，高景炎和吴佩海连夜起草发言稿，边讨论边写作边修改，通宵没有合眼。天亮时，他们洗了个澡，清醒一下，就又投入白天的工作中。

26日上午，会议进入第二阶段，召开"中国酿酒工业协会成立大会"，会议由肖德润主持。

高景炎首先代表四个小组作大会发言。他对小组讨论情况作了具体介绍，强调指出：大会领导小组认为代表提出的意见是客观的，是从关心爱护协会的良好愿望出发的；解决问题的原则是"求大同存小异，先干起来再逐步完善"。同时，建议本次大会责成第一届常务理事会对代表提出的问题进行通盘考虑和解决。

大会通过了协会《章程》《组织条例》《经费管理办法》以及223个理事单位名单、44个常务理事（单位）名单。选举耿兆林任中国酿酒工业协会理事长。

协会成立大会闭幕后，于26日下午召开了协会一届一次常务理事会。会议一致推举潘蓓蕾同志为协会名誉会长，选举青岛啤酒厂等5家企业和肖德润、王延才、刘锦林、胡勋嘉、高寿清5位同志为协会副理事长，通过高景炎为协会秘书长，主持日常工作，通过袁惠民、石维忱、王秋芳为副秘书长。至此，协会组建工作基本完成。

第二节　协调组建中酒协分支机构

中国酿酒工业协会的正式成立，是中国酿酒史上的一件大事。它的成立有其历史必然性。

首先是行业发展的需要。我国酿酒行业酒种多，企业多。企业规模不同，分属于不同的地区和部门，所有制形式也各不相同。因此，迫切需要建立一个跨地区、跨部门、全国性的统一的行业组织,改变多头管理的状况。

其次是市场经济的需要。随着改革的不断深化,酿酒企业必须转换经营机制,直接面向市场;政府也必须转换职能,从各部门管理转向全行业管理,从微观管理转向宏观管理,从直接管理转向间接管理。这就需要在政府和企业之间有一个行业组织,以起到桥梁和纽带的作用。

最后是历史传承的需要,成立中国酿酒协会有着深厚的基础。中华人民共和国成立以来,在酿酒行业内部已形成多种行业管理模式,如各酒种协会、协作组、协作会等。这些不同形式的行业组织都发挥了积极的作用。但随着改革的发展,大家都感觉到原有的行业组织与市场经济的要求还有距离,迫切需要有一个统一的全行业组织,其中包括各酒种的全国行业组织。同时为加强与国际酿酒协会、行会的交往,也需要有统一的行业组织,防止政出多门。

为此,中国酿酒工业协会成立之后,高景炎又参与到各个分支机构的组建当中。

1993年7月下旬,召开了中国酿酒工业协会啤酒发展工作扩大会,会上高景炎作了《关于组建啤酒分会的报告》。8月13日至14日,中国酿酒工业协会啤酒分会成立大会于山东省青岛市召开,高景炎到会。

1993年10月25至26日,中国酿酒工业协会黄酒分会第一次会员代表大会暨成立大会在浙江省绍兴市举行,高景炎到会。

1993年11月10日至21日,中国酿酒工业协会葡萄酒专业委员会成立大会暨第一次会员代表大会在山东省烟台市召开。会上高景炎作了《中国酿酒工业协会情况报告》。

高景炎在协会工作期间,还联系协调各省市区的酒业协会。例如,1993年12月,他参加"湖北省酿酒工业工作会"并到荆门市参加荆门市啤酒厂投产庆功会。

第十章　参与组建中国酿酒工业协会

▲高景炎与参加中国酿酒工业协会啤酒分会成立大会的部分代表合影

▲高景炎参加中国酿酒工业协会黄酒分会成立大会

▲高景炎参加中国酿酒工业协会葡萄酒专业委员会成立大会

95

1993年，经高景炎和《华夏酒报》领导沟通协商，该报成为中国酿酒工业协会的会报，耿兆林出任该报社社长，高景炎任副社长。协会与《华夏酒报》的牵手，既有利于协会的对外宣传和沟通，也有利于《华夏酒报》自身的发展。

第十一章

参与创办全国清香酒论坛暨中清技艺中心

第一节 华北白酒协作组的复兴

华北区白酒技术协作组(以下简称"华北协作组")成立于1964年。它是按照轻工部的要求,由山西、河北、内蒙古、天津、北京五个省市区的数家大中型白酒厂组建而成。华北协作组每年在五个省市区轮流组织召开为期四五天的会议,每次会议均由北京酿酒总厂作为活动的常任组长单位,承办的地方酒厂作为副组长单位。会议上各厂家争先恐后地发言,毫无保留地将本企业的先进管理经验和技术成果进行分享,并组织评酒活动,以谋求共同进步。

但华北协作组在"文革"期间曾一度中断,几近停滞。直到1973年,在天津酿酒厂提议下,由王秋芳与高景炎等人牵头,在各地方酒业工作者的共同努力下,重新恢复了华北协作组的运作,并以协作组为平台,向各省市区推广各项先进技术成果。

例如,1973年,北京酿酒总厂完成了"活甑桶"的研发。"活甑桶"即可以移动的甑桶,在蒸完一甑酒后,机械抓斗抓起甑桶,通过链道移动至固定地点，倾倒完酒糟后，再运回甑桶。整套设备成功实现了固态法生产白酒的机械化。不论是连贯性还是质量都比同时期的其他酒厂更加理想。当时《北京日报》曾发表过专题文章《依靠工人群众，加强技术改造》，宣传北京酿酒总厂的成果。

总厂的白酒机械化率先成功后，王秋芳与高景炎就通过华北协作组进行推广，为华北地区各酒厂提供新思路、新建议。

在华北协作组活跃的几十年间，华北区各酒厂通过技术交流，在工艺技术、设备改进等方面都有了很大的进步。

1991年，在高景炎等人的倡导下，在天津成立了由"河北省酿酒协会、山西省酿酒协会、北京酿酒协会、天津酿酒协会、内蒙古自治区白酒协会"等共同发起的"华北五省市区酿（白）酒协会联席会"。

"华北五省市区酿（白）酒协会联席会"继承了华北协作组的模式，每年组织一次活动，五省市区轮流承办，北京酿酒协会为常任组长单位，承办协会即为当年的副组长单位。联席会活动带动了行业间的交流，也促进了华北地区酒业的发展。

▲ 1997年华北五省市区酿（白）酒协会联席会议

2000年，在上海酿酒协会和重庆酿酒协会的提议下，高景炎等人又组织了"全国四直辖市酿酒协会联席会"。2006年，经与华北各酒协商议，决定将两个联席会合并到一起，成立了"华北五省市区暨四直辖市酿（白）酒协会联席会"。

在组建上述组织并开展诸多活动中，高景炎作为核心人物与山西省酿酒协会的沈正祥、河北省酿酒协会的范长秀，内蒙古自治区酿酒协会的范仲仁，天津酿酒协会的赵俊川，上海酿酒协会的吴建华，北京酿酒协会的任可达和于长水等并肩战斗，书写了感人的篇章。

第二节　提出白酒"六化"

进入21世纪后，中国的白酒产业已经产大于销、供过于求，市场竞争愈演愈烈。白酒面对多方挑战，除了来自烈性洋酒的挑战，还有来自国际资本、业外资本进入白酒行业的挑战，以及来自国产黄酒、啤酒、葡萄酒的挑战。

面对新形势，高景炎认为中国白酒要在继承传统工艺精华的基础上，不断地创新。只有在创新中求发展，才会在发展中再创新，稳中求进。为此，他殚精竭虑，于2010年提出了白酒发展要体现时代性、富于创造性、适应多样性、把握规律性的"四性"。此后，高景炎又针对白酒行业进入调整期的形势，结合市场消费变化及白酒行业的发展趋势，在"四性"的基础上加以改进，于2012年对白酒提出了"六化"发展之路："酿造生态化，适应环保政策要求，酿造生态酒，实现绿色生产；风格个性化，适应个性消费的需求；品种多样化，满足市场差异化趋势；弘扬酒文化，以文化引领，塑造品牌；实施机械化，提高效率，转变生产方式；迈向国际化，有市场国际化的视野，适应国际化需求，寻求走出去的机遇。"这些建议开阔了企业的眼界，拓宽了思路，明确了发展方向，体现了专家对协会和企业发展的智力支撑。

▲ 高景炎在会议中讲话

一、酿造生态化

高景炎认为：白酒酿造要回归生态化。企业必须要对消费者负责，让他们能喝到可靠、放心、安全的酒。

企业一方面要酿造出地地道道、原汁原味的纯粮固态发酵酒，承诺绝不添加任何非白酒自身发酵的物质。香气要幽雅、自然细腻，口味要绵柔、舒适、丰满、协调。要研制开发适应消费者尤其是年轻群体的新产品，另一方面还要从酿酒源头抓起，保证产品的质量安全。要专建原料基地，确保原料绿色、有机、无污染。酿造过程中的设备、容器、管道等要保证洁净完好，遵照环保部门要求清洁生产，严格把关，确保质量安全，产品必须符合国家质量标准和国家食品卫生标准。最后是务必保护好生态环境，要变废为宝，推广资源综合利用，大力发展循环经济，不产生新的破坏环境的污染，力求维持人和自然环境，以及酿酒与自然环境之间的和谐关系，走生态良好的文明发展之路。

二、风格个性化

高景炎提出：各酒厂在保留原有传统产品的同时，还应根据市场消费需求变化的新特点，及时调整和优化产品结构，加快产品升级换代步伐。

白酒产业应进一步解放思想，突破单一香型千年不变的禁区，吸收多种香型白酒工艺的精华，为己所用，继承又创新，依靠科学进步，走发展自己独特风格白酒的新路。

企业可从实际出发，在继承传统工艺精华的前提下，在稳定主导型拳头产品销量的基础上，集多种名优白酒工艺之长，采用多粮酿造、分离选育优良菌株用于强化糖化发酵剂，高温堆积，延长发酵期等研制复合香型酒，开发多种调味酒，用于勾兑调配生产出可满足消费者需求的有吸引力的时尚新品。不仅有传统单一香型，还有多香合一的复合香型酒。在香气之间、口味之间，香气与口味之间互相协调上下功夫。用消费者的话说，白酒要饮后不冲、不辣、不口干、不上头，要自然感好、绵柔感好、净爽感好、丰满度好、舒适感好、协调感好、回味感好，要突出香味复合化、风格个性化。

三、品种多样化

高景炎强调：根据消费者的需求，以"优化白酒产品结构，重视产品的差异化创新"为重点，针对"不同区域、不同市场、不同消费者群体的需求，精心研发品质高档、行销对路的品种"。

白酒要百花齐放，具有一定多样性，产品又要档次化、酒度系列化、价格层次化，满足不同消费需求，让消费者买得着、喝得起。同时又要熟悉市场，把握规律性。要根据一年四季的气候变化，不同节假日、不同地域、不同民族的饮酒习俗，有针对性地生产多品种、小批量的纪念酒、婚宴酒、生日酒、生肖酒、庆典酒、庆功酒等，以满足不同的消费需求。还要引导消费，倡导不劝酒、不酗酒、酒后不开车，树立文明饮酒、科学饮酒、和谐饮酒、适量饮酒、健康饮酒新风尚。

四、弘扬酒文化

高景炎常讲：中国白酒历史悠久，文化内涵深厚、丰富多彩，是我国珍贵的遗产、民族的骄傲。随着社会发展和市场经济的深入，各厂纷纷在酒文化上下功夫，想要品牌制胜，必须文化先行。尤其是党的十七届六中全会做出的进一步加强文化建设的决议，更提高了各厂弘扬酒文化的自觉性，一个以文化促发展的新潮流已经蓬勃兴起。

酒厂应借党的十七届六中全会的东风，抓住文化大发展大繁荣的有利时机，充分利用各自独特的人文和环境优势，建设好各自的酒文化博物馆，深入挖掘、整理、弘扬白酒业的历史文化、民族文化、企业文化、地域文化、酿酒文化、品牌文化、营销文化、饮酒文化等。为此，可以首先以酿酒文化，即在白酒传统技艺的精华上下功夫，作为国家地方非物质文化遗产加以保护，运用各种现代记录手段，查地方志和出土文物，拜访老曲师、老酒师、老技师，请他们"口传心授"，千方百计地抢救当地传统酿酒工艺的精华，搜集资料、汇编成系列教材，培养开发各自的人力资源，造就一批懂理论、能创新、会绝活、技术操作高超的接班人，这是确保白酒可持续发展的根本所在和百年大计。现在，中国酒文化正走向多元化，众多的白酒品牌丰富了中国酒文化的内含，这是酒文化发展到今天显现出来的新特征。要成就白酒品牌，就要弘扬酒文化，用好、用活酒文化，加强产品的文化宣传，引导消费，提升品牌在社会及广大消费者中的认知度和影响力。总之，要在坚持科学发展观的前提下，树立文化兴企的新理念，发挥文化的教化功能，树厂树人，树品牌树人，塑造为白酒发展做出积极而重要贡献的人文精神。以此为强大的精神动力，激发全体员工的光荣自豪感及使命责任感，调动群体的智慧和创造性，以文化促发展，开创白酒更加美好的未来。

五、实施机械化

高景炎总说： 传统的手工操作劳动强度大、劳动条件差，加上人力成本不断上升，生产环境的不断优化，客观上促进企业逐步实施机械化、自动化生产。机械化是实现白酒现代化工业生产方式转变的必然，也是提升行业水平所需要的。

白酒要做到大工业化的生产，必须要走机械化、自动化、信息化、智能化的路子。

鉴于白酒生产的特殊性，企业全面实施机械化还有很大难度，可考虑在过去搞过机械化的基础上，继续摸索改进提高，成熟一个，推广运用一个。如今，很多酒厂都在机械化上有所创新，做出了很好的部署。事实证明，只要敢想敢实践、不怕失败，在实施白酒行业机械化的道路上就一定会有新的突破、新的发展。

六、迈向国际化

高景炎告诫：中国的白酒在全世界烈性酒里面产量比重很大，但出口量不大。不少企业都就如何实现走出国门做出很多的努力，但进展不大。

分析其原因：一是对国际酒类市场不熟悉；二是推广力度不大，遇难而退，也可说是决心不大；三是没有找到合适的中介，或是产品的香气、口味、风格不对路以及受一些对口国高关税等的影响。

随着改革开放的深入发展，烈性洋酒、洋葡萄酒等纷纷进入中国市场，这对于我国白酒行业既是挑战又是机遇。白酒企业必须要有危机感、紧迫感，思想再放开一点，决心再大一点，步子再快一点，立志敢于同洋酒比高低，敢于同洋酒争天下。

为了加大出口，要有专业的班子和队伍组织攻关，也可联合有信誉、有实力的国内外外贸或华商、港澳商和台商共同促销。方法要灵活多样，一是出口到华侨、华人多的国家；二是出口到与中国近邻的周边国家；三是出口到与中国同属第三世界的国家。产品风格要接近出口国家消费者习惯、爱好，必须在香气、口味上加工改进，确保质量安全。全行业要共同努力，开创中国白酒"冲出亚洲、走向世界"的新天地。

▲高景炎在《汾酒文化》杂志上发表关于白酒"六化"的文章

第三节　参与创立全国清香类型白酒组织

由于清香类型白酒的历史悠久、文化内涵丰富、工艺风格独特，在华北酿酒业的版图中为最大的板块。因此，随着形势发展，华北联席会议的中心也逐渐偏重于清香类型白酒。

1996年高景炎等人以"华北五省市区酿（白）酒协会联席会"为基础，协助山西杏花村汾酒集团于8月先后举办了"全国清香型白酒协作会成立大会"和"全国省、市、自治区白（酿）酒协会联席会"。高景炎在会议上做了学术报告。

2004年7月，在清香类型白酒呈上升发展势头之际，在山西杏花村又召开了"华北地区清香类型白酒发展研讨会"，会议由高景炎致开幕词。代表一致表示："华北地区召开这次会议，反映了企业的愿望和呼声。这次会议开得及时，开得好。"

2008年，在华北五省市区酒业协会的推动下，在高景炎、沈正祥等人共同倡导、组织下，经研究决定以"华北五省市区酿（白）酒协会联席会"为基础班底，成立"全国清香类型白酒高峰论坛"（以下简称"全国清香酒论坛"）。

2008年6月19日至20日，第一届"全国清香类型白酒高峰论坛"在杏花村汾酒集团有限责任公司召开。参加高峰论坛的有汾酒、红星、牛栏山、河北衡水老白干、宝丰、江津、骆驼酒业、玉林泉酒业、劲牌等15个清香类型重点企业的领导，华北地区及直辖市的七省市区酿（白）酒协会的领导，山西白酒企业的领导，国内和山西多家媒体，共计代表111人。会议首先由高景炎致开幕词，汾酒集团郭双威董事长致欢迎词，中国食文化研究会常务副会长、酿酒老专家万良适作了清香类型白酒与健康、清香类型白酒与国际接轨等可持续发展战略问题的报告。

会议上各企业就清香类型白酒"跨越历史、挑战自我、携手未来、共同发展"进行了论述和交流，台湾地区金门高粱酒业公司等3个企业作了书面发言，著名酿酒专家沈怡方、高月明、王元太、毛照显作了高水平的学术报告。21名国家评委对近几年14个企业开发的25个中高档酒对照国家标准进行了品评，肯定长处，指出不足，提出改进意见。

会议严格按照协会工作规范，通过了章程，探讨了可持续发展的战略问题。会议时间虽短，但内容丰富，为共同发展清香类型白酒达成了共识。

创办初期"高峰论坛"每年均举办一次，虽然机构日渐庞大，但高景炎严谨办会的习惯却丝毫没有改变。2011年，第四届"全国清香类型白酒高峰论坛"在包头召开，为了确保论坛质量，会议决议改为每两年举办一次。

2013年，第五届"全国清香类型白酒高峰论坛"在北京顺义区召开，倡议成立"中清酒业酿造技艺发展中心"并申报成立"清香类型白酒文化研究会"，由研究会主办出版《清香天下》内部杂志。杂志以报道清香类型白酒生产经营企业动态，为清香类型白酒企业提供相关信息为主要内容，成为传播清香类型白酒文化、拓展清香类型白酒市场的有力助手。

2015年8月，民政部根据社会团体登记要求，正式批准组建"中清酒业酿造技艺发展中心"，为民办非企业、非营利性的社会组织。同年11月2日，"中清酒业酿造技艺发展中心成立大会"暨"第六届清香类型白酒高峰论坛"在太原隆重举行。山西汾酒集团董事长李秋喜任该中心理事长，高景炎、沈正祥等任副理事长，赵严虎任秘书长，樊文毅、李荣国、任志宏、尚青等任副秘书长。

通过"清香类型白酒高峰论坛"，在高景炎、沈正祥等人的倡议下成立了由全国二十多位清香类型白酒专家组成的专家委员会，由各白酒企业提出申请，每年组织专家到厂参观指导，提出针对性的建议。除此之外，还将各酒厂的三四十个国家级评委组成了评酒委员会。对各企业提交的酒样进行品评，写评语，找不足，提出改进意见。

如今"清香类型白酒高峰论坛"已成为中国清香型白酒行业交流、发展的重要纽带，推动了清香类型白酒发展。众人拾柴火焰高。上述工作的开展得益于酒界的一批热心人，当中有北京酒业协会的高景炎、任可达、于长水、李荣国，山西酒业协会的沈正祥、王元太及赵严虎、樊文毅，内蒙古酒业协会的范仲仁，河北酒业协会的范长秀，天津酒业协会的赵俊川、左润华等人。

"清香类型白酒高峰论坛"和"中清酒业酿造技艺发展中心"是以白酒香型为中枢，跨地区、跨所有制组建的全国性行业组织，在中国酒业发展史上属于开山之作，具有重大意义。

▲ 第七届全国清香类型白酒高峰论坛参会人员合影

第四节　历届清香类型白酒论坛的主题报告

高景炎的严谨不仅表现在会务工作上，对于会议主题与论坛内容的选定和要求也十分严苛。每次"清香类型白酒高峰论坛"召开前，他都要与山西酒业协会沈正祥共同协商，围绕选定的主题题目撰写发言稿，在会议上做引导性的主题报告。历届"清香类型白酒高峰论坛"主题报告的内容简介如下：

第一届论坛于2008年6月在山西杏花村召开，主题为"跨越历史、挑战自我、共同发展、携手未来"。

第一届论坛对清香类型白酒行业历史进行回顾，分析了存在的问题，提出了清香类型白酒复兴绝非一朝一夕的事，任重道远；要找出与其他香型白酒之间的差距，抓住白酒市场追求个性消费新理念的有利时机，充分发挥清香类型白酒的优势和特点，研究加快清香类型白酒共同发展的战略。

第二届论坛于 2009 年 11 月在河南宝丰召开，主题为"发挥优势，创新发展"。

第二届论坛通过对全国清香类型白酒近两年销售数据的分析，说明了清香回暖的市场趋势；系统地总结了当前清香类型白酒的优劣势，提出了未来清香类型白酒应该如何创新发展的看法。

第三届论坛于 2010 年 10 月在河北衡水召开，主题为"转变、提高、创新、发展"。

第三届论坛探讨了中国白酒的"十二五"规划，提出企业要以产品创新为发展思路，从经营实际出发，加大开展文明、科学、健康饮酒方式的宣传，逐步将企业做优做强做大。

第四届论坛于 2011 年 8 月在内蒙古包头召开，主题为"传承（酿造生态化，确保质量安全），创新（实施机械化，提升行业水平）"。

第四届论坛以清香类型白酒"十二五"期间转变发展理念为前提，倡导白酒酿造生态化，进一步提高白酒质量安全；推动白酒机械化作业，提升行业整体水平，促进清香类型白酒健康、有序的发展。

第五届论坛于 2013 年 9 月在北京顺义召开，主题为"大力弘扬清香文化，稳中求进共同发展"。

第五届论坛深刻剖析了清香类型白酒所具备的文化属性与物质属性，认为未来的清香类型白酒要在这两种属性上面不断创新，将其打造成"既是历史的又是当代的，既是传统的又是时尚的"可以品尝享用的文化产品。

第六届论坛于 2015 年 11 月在山西太原召开，主题为"创新开拓未来"。

第六届论坛认为企业发展要从一味地做大转向做新、做优、做强、做久；提出今后的白酒市场将呈现多层次、多元化、多区域、个性化突出的趋势，是质量、品牌、价格差异化的市场竞争。要做到产品创新、工艺操作过程创新、互联网创新、文化创新。

第七届论坛于 2017 年 8 月在北京怀柔召开，主题为"新理念促发展"。

第七届论坛对白酒企业纷纷探索白酒健康化、时尚化、年轻化战略做出了肯定，认为白酒的营销要适应新常态，应该争取新的消费者，把目光对准即将成为消费主力的年轻人，研究他们的爱好和需求变化；并从传承弘扬中华优秀传统文化和实施大健康战略分析得出中国白酒是一种特殊消费品；强调白酒业要善于继承，更好创新，才能跟上消费升级。

第八届论坛于 2019 年 11 月在河北衡水召开，主题为"传承非遗，创新驱动，高质量发展"。

第八届论坛认为白酒行业已进入新的发展时期，即消费升级、高质量发展时期，并对该时期的特点进行了说明，强调"传承"与"创新"永远是清香类型白酒未来发展的宗旨，提出风味导向和健康导向是白酒业科技创新的两大主题。

第四篇

与爱结缘,从苦读学子到酒业大师

第十二章

高景炎的大爱

1962年，高景炎告别校园生活踏入了红星的大门，从此掀开了他人生奋斗的新篇章。历经几十年风雨的洗礼，高景炎从刻苦攻读的学子升华为德艺双馨的酿酒大师。

在红星酒厂，他从一名普通的技术员成为归口科长、技术科长，最后任职技术副厂长和厂长。在酒业，他参与组建了中国食品工业协会白酒专业协会、北京酿酒协会、中国酿酒工业协会、全国清香类型白酒高峰论坛、中清酒业酿造技术发展中心、华北五省市区暨四直辖市酿（白）酒协会联席会等行业组织，并在其中担任领导职务。他曾荣获"北京酒业领军人物"奖、中国白酒历史贡献与杰出成就奖、北京红星股份有限公司红星功勋奖。同时，他还是北京市第十届、第十一届人大代表。他是北京白酒业首位教授级高工，享受国务院特殊津贴的专家，国家级非物质文化遗产——北京二锅头酒传统酿造技艺的国家级代表性传承人。

高景炎的人生丰富多彩，他取得的成绩令人羡慕，也给人以启迪。寻根溯源，高景炎成功的秘诀在哪里，很值得探讨。通过时间的印证和众人的诉说，高景炎是一个有大爱的人：爱国爱党、爱岗爱厂、爱酒爱酒业、爱亲朋爱同事。

高景炎因爱而有报国之志、有担当之勇、有创新之智、有谦恭之美、有精湛之艺、有大局之观。

毛主席说:"人是要有一点精神的。"高景炎就是因大爱而有丰富精神世界的人。

▲高景炎工作照

第十三章

高景炎的精神世界

一、高景炎有慎独慎微的律己精神

"严于律己"是成事之要、修身之本。高景炎"日省吾身",始终对自身严格要求,坚持按自己的行为标准做事。

1987年,北京酿酒协会成立,高景炎担任会长。北京酿酒协会要给他发放工作补贴,但他觉得自己只是为酒业做了一些分内事,就谢绝了。高景炎在担任北京酿酒协会会长的25年内从没有领取协会一分钱的工作补贴,也没在协会报销过任何个人费用,反而还把中国食品协会给他的补助费交回,做协会经费。2009年6月,高景炎被评定为北京二锅头酒传统酿造技艺国家级代表性传承人,享受国家和北京市政府每年拨发的工作津贴4万元。而他却将此津贴悉数上交给北京红星股份有限公司,作为成立"高景炎奖励基金"的资金来源之一。高景炎的这些举动着实令人钦佩,在行业内传为美谈。

高景炎日常生活俭朴,清心寡欲,不越雷池,不触红线。作为酿酒专家,他在全国酒业享有盛誉,但他从不摆架子,不谋私利。有的小企业想利用他的名声为自己的企业和产品做宣传,就私下给他送钱,被他严词拒绝。

二、高景炎有孜孜不倦的学习精神

高景炎十分注重"学习、学习、再学习",在求知的道路上不断前行。他勤于学习书本知识,也善于学习实践知识。

几十年如一日的积累与沉淀,让高景炎的业务能力达到了行业高端水平,成为酒业的权威专家。但他并没有因自己专家的头衔而自满,始终保持谦虚、学习的态度。他受邀到各地酒厂参观,每当看到有先进的新技术时,就会向当地技术人员虚心请教,待回到北京家中,他便将这些学到的知识整理总结、融会贯通。在下次行业交流会发言里对酒厂提出表扬,再带领大家一同学习,探寻发展白酒业新的机遇与可能。

高景炎不但学习专业技术,还十分注重政治学习,他刻苦学习毛泽东思想、邓小平理论、三个代表重要思想、科学发展观、习近平新时代中国特色社会主义思想。这些政治理论的学习,对高景炎的启发非常大,每读一遍,他都会有新的收获。

高景炎曾为北京市第十届、第十一届人大代表。他紧跟党中央步伐,多次在会议中强调,要全面落实党的方针,以改革和创新为动力,落实转变经济发展方式,调整经济结构和优化产业结构,提高经济发展的质量和效益,以扩大内需推动经济增长,为丰富繁荣市场、增加国家积累再立新功。

▲高景炎任人大代表时期出席证

高景炎的高徒之一,北京二锅头酒传统酿造技艺第九代传承人,现任北京红星股份有限公司首席技师李东升这样评价他:"师父是一个知识渊博的人,一个能力非常强的人,一个待人和蔼可亲、平易近人的人,我们酿酒行业称他为泰斗。他的学识、人品,绝对配得上这个称呼。师父身上的优点很多，但最让我感动的，就是他的那种学习能力。师父都八十岁了，看到他面对着这么厚的资料，能这么耐心地学习、批改，令人感动。这是我们这么多年一直在师父的影响下，得到的非常宝贵的经验，是我们终身受益的地方。"

▲北京市人大十届五次会议部分代表合影

三、高景炎有"活着干，死了算"的实干精神

高景炎可以说是一位投身酒业的实干家。他身体不算好，有人劝他"悠着点干"，他哈哈大笑："活着干，死了算！"

▲高景炎工作照

从北京酿酒总厂时期开始，高景炎就一直辗转于北京各郊区酒厂，向它们提供技术帮助、传授白酒知识。现在，他依然没有停止下厂授业的脚步，只不过与当年相比，范围已经由北京扩大到了全国。

每年，全国各地的很多白酒厂都会邀请高景炎到当地参观考察，想让这位老专家把把关提提意见。在参观过程中，高景炎始终抱着学习的态度，一面总结出企业存在的优势，一面指出企业存在的问题，并提出改进的方案建议。

如今高景炎已到耄耋之年，依然奔波于全国各地，满腔热情地为企业、行业服务。有人见他年事已高，怕他身体受不住，就劝他不要去了。高景炎却说："人家请我是尊重我，只要我还走得动路，我就一定要去！我也要向他们学习，每到一个地方我都不虚此行，受益匪浅。我要活到老，学到老，干到老！"

▲高景炎为酒厂授课

四、高景炎有专心、专注、专业的工匠精神

唯有专注而不放弃的坚持，才能获得令人瞩目的成功。高景炎有一颗"匠心"，他的成功来自他对工作几十年如一日的执着和专注。

1962年从无锡轻工业学院发酵工学专业毕业后，高景炎就被分配到红星酒厂，之后就一直从事与酒有关的工作。从最初任职基层的化验员，到参与技术管理工作，再到红星酒厂厂长，尽管高景炎职务上不断地改变，但他坚信不管什么样的职务，只要专心致志地干，就一定能干出成绩。

高景炎专注于技艺，执着于精益，追求于极致。他曾荣获红星公司、北京酒业和白酒行业的大奖。这些殊荣是对他传奇一生的最好总结，也是他一生专心、专注、专业的成果。

与高景炎共同工作的好友兼同事吴佩海曾这样评价他：高景炎生活十分简朴，没有什么特殊的要求和爱好。生拉硬拽他去唱歌，他也总是唱一首《小城故事》就"溜号"了。但只要一提起酒，他就神采飞扬侃侃而谈，大家都说高景炎"见酒生神"。我曾问他："你最大的乐趣是什么？"他脱口而出："酿造好酒。"可见，心无旁骛聚精会神于酿酒，专心专注专业于岗位，是高景炎成功的基石。

▲ 1985年，高景炎参加全国白酒协会名白酒厂座谈会

五、高景炎有与时俱进的创新精神

工匠的极致便是创新，高景炎的"创新精神"正是来自他专注、专业的匠心。

创新是随着技艺的进步慢慢浮现的，没有扎实的塔基，创新只能成为空中楼阁。正是因为高景炎不放过对每个细节的把握，才能在高超技艺的基础上实现新的突破与超越。

高景炎历来主张要学创结合，求变求异，开阔思路迎挑战。他始终将目光聚焦于行业的最前沿，于2010年和2012年先后提出了白酒"四性"和"六化"的发展之路，不断探寻行业发展的机遇。

他说："白酒是我国的国粹、珍贵的遗产、民族的骄傲。长期以来，以其独特工艺、风格赢得消费者的喜爱和欢迎。"

他指出："随着社会的进步、经济的发展、消费者消费水平的提高以及年龄结构的变化，白酒消费者开始不再把白酒当作一种简单满足生理需求或过酒瘾的饮料酒，而是追求对饮酒感觉的享受和带来的欢乐，同时面对市场上啤酒、葡萄酒、洋酒、黄酒等酒种的冲击，啤酒的激情、葡萄酒的高雅、洋酒的魅力、黄酒的营养都影响着消费者对酒种的选择取舍，很难维护白酒消费者对白酒不变的热情。"

他强调："这就要求我们白酒必须科学发展，承传统精华，启创新之路。必须不断解放思想，敢于创新，突破单一香型工艺千年不变的禁区，汲取其他香型工艺的精华，博采众长，为己所用，依靠科技进步，走自家独特风格创新发展之路。也就是说，必须在继承的基础上，开拓创新，依靠科技进步为'传统'注入新鲜血液，不断开发适应消费者需求变化的有魅力、有特色的新产品，要体现时代性、富于创造性、适应多样性、把握规律性，才能使传统又古老的白酒产业焕发新的青春活力。"

六、高景炎有上下求索的多思精神

学而不思则罔，思而不学则殆。高景炎勤于分析、勇于实践、善于总结，他能上下结合，与时俱进地提出酿酒行业发展的新思路。

他勤于思考，不盲目跟风，经常就我国白酒产业发展中值得关注的问题发表独到的见解。每次行业内出现重大变动时，他总能深思熟虑，提出解决的方法。

也因为这种精神，高景炎能言善写。胸中有山河，口中才会吐莲花。行业举办会议时，凡是高景炎参会，都要请他上台发言。但一篇激情澎湃、充满思想的演讲稿，不是一夜间就能迸发出来的。正是因为高景炎在生活和工作中不断地思辨分析，将知识积累起来，所以他每次的讲话都能做到生动、通俗、有趣，不会让听者感到枯燥，还能引起他们的共鸣思考。

除了善说，高景炎还爱写。他从事酿酒行业数十载，积累了许多宝贵经验，他将这些心得体会归纳总结，发表了《古为今用，洋为中用，开创发展中国现代白酒新途径》《香型不分糖化发酵剂进行评酒的探讨》等专业论文数十篇，获得行业内的高度评价。

为了给后世留下一份珍贵的财产，他与行业内多名专家共同合作，陆续出版了多部具有重要学术意义和实用价值的白酒技术专著。先后任《白酒生产技术全书》副主编，《白酒精要》《白酒品评、勾兑、调配》《清香类型白酒生产工艺集锦》主编，以文字的形式将酿酒经验保存下来，达到传承下去的目的。

▲《清香类型白酒工艺集锦》及其审定会合影

七、高景炎有"俏也不争春"的谦虚精神

高景炎是一个谦虚低调的人，他总给人留下谦逊随和、容易相处的印象。

高景炎尊重前辈，对指导和帮助过自己的人感恩不忘。他常跟人提及自己与龚文昌、王秋芳等老师们一起工作的事，逢年过节也都会去他们的家里探望。高景炎总说，如今他取得的成绩离不开老师们对他的培养和支持。对于这些，始终报以感恩之心。

高景炎不但对前辈恭敬，对同事也谦逊有礼。他求真务实、虚怀若谷，不居功不诿过，总会设身处地为他人着想，尊重每个人的劳动成果。有一次高景炎去参加采访，讲到当年他在组织北京二锅头降度的事情，他首先说到："这个成绩不只属于我一个人，出力最大的是任总（任可达）和小聂（聂玉芬），是大家一起干出来的。"

在整理本书附录要用到的高景炎所写的文稿时，他还特地指着一篇文章叮嘱道："这是别人写的，把我的名字也挂上了，你们不要把这篇文列入我的文稿中。"

▲高景炎与王秋芳、任可达品酒

八、高景炎具有知难而进的奋斗精神

与每个人一样，高景炎也会遇到艰难险阻。但面对困难时，他总是有着一股迎难而上的勇气。

困难是块试金石，专门来检验人生的成色。在总厂时，无论酷暑寒冬，高景炎都会乘坐长途公共汽车到郊区酒厂，风雨无阻；在组建协会时，他任劳任怨，加班到深夜已经成了常态；在当书稿主编时，他认真阅读每一份材料文件，逐字逐句斟酌、认真修改，连标点符号都不放过；在组织行业活动时，他不辞辛苦，每个细节都要亲自过问、亲自安排。

高景炎认为，若知难而退，一味逃避，只会越挫越衰；若迎难而上，知难而进，则会越战越勇。人生的意义在于战斗，唯有如此才能在遍地荆棘中寻找到通往胜利的道路。

高景炎常对他人讲："碰到问题，心态很重要。我们要记住一句话，唱好三支歌。"他倡导的一句话是："只要思想不滑坡，办法总比困难多。"他提到的三支歌是：唱好《国歌》，增加危机感和忧患意识；唱好《国际歌》，坚定自己救自己的理念；唱好电视剧《西游记》的主题歌《敢问路在何方》，坚信路在脚下。

九、高景炎有心胸宽广的大局精神

胸怀天下者，方能成大事。

高景炎是北京酿酒总厂的厂长，以推动北京酒业的繁荣为己任。他向北京郊县的归口酒厂无私传授二锅头酒酿造技艺，组织北京各归口酒厂开发多种香型的白酒，使首都酒业百花齐放。在1984年全国酒类质量大赛上，高景炎组织北京各酒厂提交酒样参加评比，参评的23种酒样全部获奖，成为北京酒业的骄傲。

高景炎是北京酿酒协会的会长，却醉心于全国酒业的发展。他推动全国白酒企业的交流合作，参与组建地方性、全国性等行业组织，并在其中担任领导职务。2018年，高景炎首次提出了"清香命运共同体"，倡导清香类型白酒企业互助互通，共同引领白酒行业新趋势，促进清香型白酒在新时代下的转型发展。

高景炎心系酒业，以利民之心为本，从北京走向全国，致力于酿酒行业的发展与进步。

十、高景炎有诲人不倦的帮扶精神

高景炎是一个热心肠的人，亲朋好友谁要是有了困难，他知道后总要站出来，尽自己所能提供帮助。许多白酒企业都得到过他的信息、建议，在他的悉心指导和鼎力支持下得以发展壮大。

高景炎提携后人，对周围的同事和年轻人循循善诱，无论有什么问题总是和风细雨地指出，从不发脾气。他时常鼓励红星的传承人要多参加行业举办的活动。每次协会组织活动，他都让协会通知红星，给这些传承人创造提高水平学习行业先进经验的机会。

因为高景炎常去各酒厂授课、指导工作，所以现在很多酒厂的技术骨干见到他，都会亲切地叫他"老师"。

但高景炎谦虚地认为自己不够格，称不上老师。他经常说："我自己只是沧海中间的一滴水，没有大家，就没有我个人。大家尊重我，我更要尊重大家！"

习近平总书记指出"人无精神则不立，国无精神则不强"。高景炎的精神、品格、言行、举止，赢得了红星员工和酒业同人的敬意。在庆贺他八十华诞的活动中，北京二锅头酒博物馆特请书法家挥毫泼墨，为他书写了一首藏头诗：高山仰止，景行行止。炎黄赤子，酒界宗师。

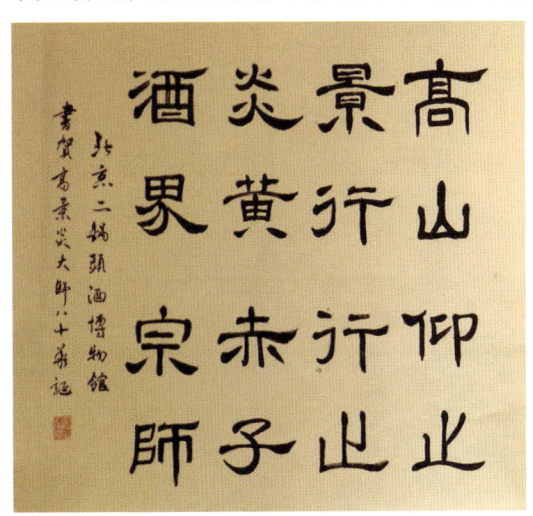

▲北京二锅头酒博物馆书贺高景炎先生八十寿辰

这首诗是高景炎人格魅力和卓越贡献的真实写照。如今他仍在为中国的白酒行业努力奋斗、探索追求！

2020年,北京二锅头酒博物馆特请知名书法家、知识产权出版社副总编辑李启章先生为高景炎先生题词:高山景行,炎黄酒仙。

▲知名书法家李启章先生为高景炎先生题词

我们衷心地祝愿高景炎先生健康、平安!

第五篇

附 录

第十四章

高景炎简历

1939年9月12日，出生江苏省常熟市。

1962年8月，无锡轻工业学院发酵工程系（本科五年制，现更名为江南大学生物工程学院）毕业。

1962年10月—1965年8月，北京酿酒厂技术检验科技术员兼化验室组长。

1965年8月—1968年3月，北京酿酒总厂检验科技术员兼化验室组长。

1968年3月—1972年10月，北京酿酒总厂宣传组副组长。

1972年10月—1973年10月，北京酿酒总厂生产计划科生产统计员。

1973年10月—1980年1月，北京酿酒总厂技术科白酒组组长，后改为郊区归口科科长、工程师。

1979年12月25日，加入中国共产党。

1980年1月—1982年9月，北京酿酒总厂技术检验科科长、工程师。

1982年9月—1985年2月，北京酿酒总厂技术副厂长、工程师。

1985年2月—1986年8月，北京酿酒总厂代厂长、工程师。

1985年，任中国食品科学技术学会常务理事。

1985年10月，参与组建中国食品工业协会白酒专业协会，先后任副秘书长、常务副秘书长，现任副会长、全国白酒专家委员会主任委员。

1986年8月—1991年1月，北京酿酒总厂厂长、高级工程师。

1987年4月—2012年4月，北京酿酒协会会长。

1988年，任中国食品科学技术学会工业微生物专业委员会委员。

1990年，国家标准样品酒类分技术委员会主任委员。

1991年1月—1993年2月，北京酿酒总厂常务副厂长、总工程师。

1991年8月22日，经北京市高级专业技术职务评审委员会评审通过发酵专业高级工程师（教授级）职务任职资格，并受颁证书。

1993年2月—1999年12月，北京红星酿酒集团公司副总经理、总工程师。

1992年9月—1996年4月，参与组建中国酿酒工业协会任首届秘书长。

1993年—2002年，北京市第十届、第十一届人民代表大会代表。

1999年12月，退休。

2008年，国家级非物质文化遗产评审委员会委员。

2008年，参与组建全国清香类型白酒高峰论坛并出任秘书长。

2009年4月，被北京市文化局认定为北京市级非物质文化遗产项目北京二锅头酒传统酿制技艺代表性传承人。

2009年6月，被国家文化部认定为国家级非物质文化遗产项目北京二锅头酒传统酿造技艺国家级代表性传承人。

2012年4月至今，北京酿酒协会名誉会长。

2015年，参与组建中清酒业酿造技艺中心并出任副理事长。

2015年12月，经北京人力资源和社会保障局特聘为北京市工程技术系列高级（正高级）专业技术资格评审委员会评审委员并颁发聘书。

2018年9月11日，与北京红星股份有限公司共同设立"高景炎奖励基金"。

第十五章

高景炎获奖简介

1963年，在国营北京酿酒厂期间，获北京市人民委员会授予的"北京市五好职工"荣誉称号。

▲ "北京市五好职工"奖章

1992年10月1日，中华人民共和国国务院为了表彰其为发展我国工程技术事业做出的突出贡献，特决定从1992年10月起发给政府特殊津贴并颁发证书。

2009年，被北京市文化局授予"北京市级非物质文化遗产项目北京二锅头酒传统酿制技艺代表性传承人"荣誉证书。

2009年，被国家文化部授予"国家级非物质文化遗产项目蒸馏酒传统酿造技艺北京二锅头酒传统酿造技艺代表性传承人"奖章及奖牌。

▲北京市级非遗代表性传承人荣誉证书 　　▲国家级非遗代表性传承人奖章、奖牌及绶带

2013年10月7日，被中国酒业金爵奖评委会授予第三届金爵奖中国领军人物奖。

2016年，被北京老字号协会评为2015—2016年北京老字号优秀传承人。

2017年4月，被北京酿酒协会授予"北京酿酒行业领军人物奖"。

2018年4月，高景炎与茅台酒厂季克良同获中国食品工业协会白酒专业委员会授予的"中国白酒历史贡献与杰出成就奖章"。

2019年10月，北京市商务局、北京市人才工作局、北京市人力资源和社会保障局、北京市文化和旅游局、北京老字号协会共同授予"北京老字号工匠"荣誉证书及奖牌。

▲北京老字号工匠荣誉证书

第十六章

高景炎的文章及讲话选登

第一节　主编参编的书籍

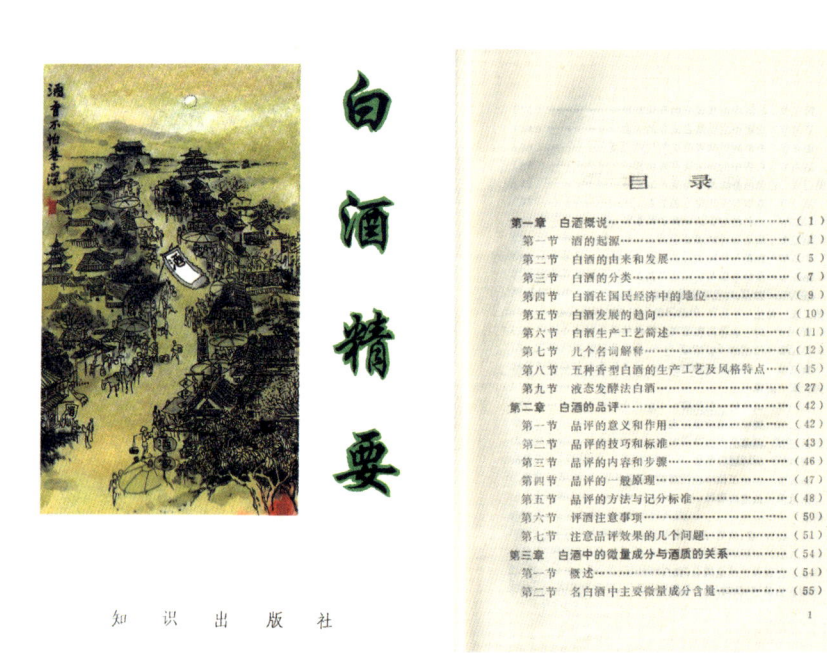

▲ 1993年12月出版的《白酒精要》

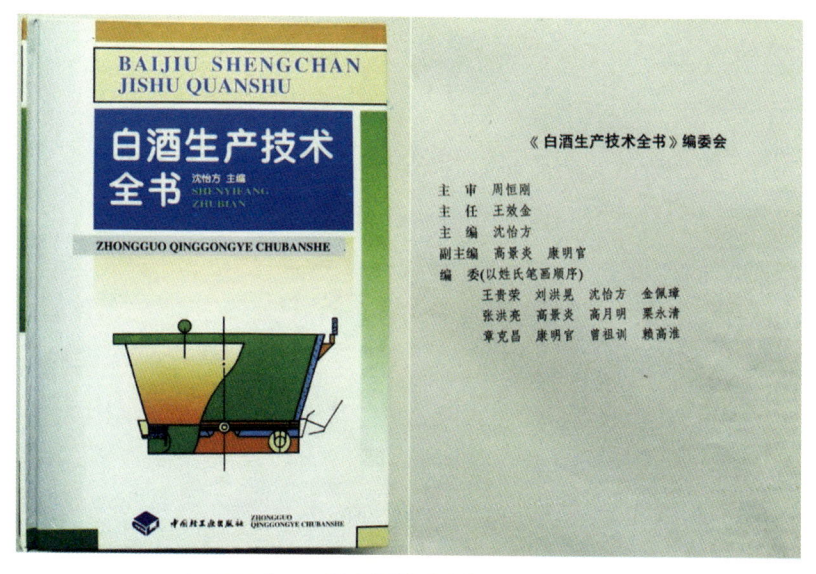

▲ 1998年10月出版的《白酒生产技术全书》

▲ 2018年11月出版的《清香类型白酒生产工艺集锦》

第二节　文稿选登

白酒讲课提纲

1981 年

高景炎

一、白酒的起源

讲白酒起源就得先讲酿酒起源。王厂长已向大家作了介绍，我这里再补充作一说明。

我国的酿酒生产，历史悠久。关于酿酒的起源，古书上有几种不同说法。

（1）公元前 21 世纪夏禹时的仪狄所创造。《战国策》中说："昔者（过去），帝女令仪狄作酒而美，进之禹，禹饮而甘之……"接着，它还记载了一个有关夏禹和酒的故事：禹饮过仪狄造的美酒后，并没有从此陶醉于饮酒，而是清醒地预言"后世必有以酒亡其国者"，遂疏仪狄而绝旨（香甜）酒。现在看来，这些虽然是古老的传说，不能作为历史来看待，但起码说明了：①仪狄奉令作酒，在这以前，早就会做酒了，他就不会是酒的创始人。②当时能做旨酒（香甜的酒），说明制酒的技术已有很大进步。③当时禹"绝旨酒"，厌恶酒，说明人们早有酒的概念，而且对酒的利弊有辩证的认识。

（2）公元前 11 世纪，周代的杜康所造。《事物纪原》一书中说："杜康始作酒。"今天河南省汝阳县的杜康村，据说就是杜康的故乡。在《汝州全志》中记载有这样一段话："城北五十里，杜康造酒，有杜水。"传说周代某帝王喝了杜康造的酒后，感到食欲大振，精神焕发，就封杜康为"酒仙"，赐名杜康村为"杜康仙庄"。1958 年前，那里还有"杜康仙庙"的遗址。

以上两个记载虽难确定究竟哪个可信，但可以说明一点，我国酿酒大约有三四千年或更长的历史。也就是说在仪狄或杜康以前，我国劳动人民早就会酿酒了，仪狄或杜康很可能是总结了前人的经验，在酿酒的操作和提高酒的质量上做出了一定的或重大的贡献（有诗为证："仪狄作酒而美""杜康善酿酒"），因而被人们所称赞，从而长期在民间流传着种种传说。总之一句话，酿酒的发明创造和发展，与其他生产技术一样，是我国古代劳动人民在长期的生活和生产实践中，反复观察、逐步认识后发明创始。

讲到这里，有人可能要问，你上面讲的只是酒是谁发明创造的，那么当初的酒是怎样出现和逐步被人们认识的呢？下面我就分几个时期，向大家作一简单介绍。

（1）从"猿酒"谈起。

大家知道，人是由猿逐步演变而来的。而最先发现酒、最早会做酒的就是我们的老祖宗——猿。历史记载是：先由野生水果（里面含糖），掉在山上或地上的坑洼内，经附在表面和空气中野生酵母的发酵作用，产生酒香扑鼻、酸甜爽口的天然果酒，引起我们祖先的注意。在《蓬拢夜话》中有这样一段话可供参考。古诗上是这样说的："黄山多猿猱，春夏采杂花果于石洼中，酝酿成酒，香气溢发，闻数百步……"这就是说，最先发现最早会做酒的是猿。所以也称作"猿酒"。它相似于现在我们喝的水果酒（如葡萄酒），唯一不同点，猿酒是天然形成的，后者是人为制成的。不过当时的猿，只是发现了野生水果酒，是坐享其成，不劳而获，靠天白喝酒。后来人工制造的果酒，是通过劳动获得的，由猿演变到人，才逐步认识到只要将水果破碎，放在容器中自然发酵，产酒后经皮汁分离就可制得初级原始的水果酒。以后随着生产技术改进，慢慢地发展到今天生产的果酒，下次将有别的同志讲。

（2）酒酿的发现。

随着社会发展，人类开始学会了农业生产，种地打粮，并且逐步懂得把成熟的谷物收藏起来备作食用。但是当时储藏谷物的设备很简陋，谷物易于因受潮或雨淋而发芽或长霉，就连装在陶罐内吃剩下的干饭或稀饭

（尤其夏天）也同样容易长霉。这些发芽和发霉的粮食继续浸泡在水中，粮食中的淀粉受谷芽（如同现在的麦芽）和空气中霉菌、酵母菌的作用引起糖化发酵，于是开始出现了天然的粮食酒（类似今天的酒酿）。当人们发现这种天然酒又甜又香（用现在的话来说，是发酵不完全，酒中还保留有未发酵的糖分），吃了以后浑身发热，精神振奋，有心人便开始意识到让粮食长霉和发芽来造酒，汉代《淮南子》一书中写道："清醠（àng，即酒）之美，始于耒耜（lěi sì，即古代耕种使用的农具）"，意思就是说这种美味可口的酒，创始于农业生产出现之时。从此我们的祖先就开始学会用粮食来酿酒，不过这种酒还不是今天的白酒，而是叫初级的原始黄酒（仍属类似今天的酒酿）。以后同样是随着生产技术的发展，这种初级黄酒专门改用江米做原料（也有用大米做原料）经过加酒药糖化发酵、压榨、过滤和煎酒着色，才逐步形成今天生产的一种黄酒。不过早在唐代，就已有压榨、过滤、着色的黄酒了。在李白的诗中有这样的记载："压酒劝客尝"，即请人喝酒前要进行压榨、过滤。另有一句是："玉杯盛来琥珀光"，就是指色泽比较深的黄酒。关于黄酒的种类生产方法，另由别的同志专门介绍，这里我就不多讲了。

（3）用曲蘖酿制黄酒。

根据上面讲的发现，我们的祖先经过长期经验的积累，逐步掌握了做酒的变化规律，就开始有目的地酿酒。在《尚书》一书中，总结了这样一段话："若作酒醴（甜酒），尔惟曲蘖（树木砍去后从残存茎根上长出的新芽，泛指植物近根处长出的分枝）。"意思就是说，要酿制酒，必须首先做出曲蘖，靠曲蘖把原料中的淀粉变成糖，靠野生酵母产酒。

这里解释一下，什么叫酒醴和曲蘖。古代人把酒度低而甜的酒，称作醴，饮后一般不易喝醉；而把不发霉的麦芽和谷芽叫蘖，把不发芽只长霉的粮食叫曲。有趣的是，我国用谷芽酿醴做酒度低而甜的酒，和巴比伦人用麦芽酿制啤酒，差不多出现在同一个时代。彼此之间，是否有什么联系已难以考证。但有一点是可以肯定的，巴比伦人因为没有发明出酿造高酒精度粮食酒的方法，所以始终停留在生产啤酒的水平上。而我国后来由于发现了曲（长霉不发芽的粮食），酿制出酒精度高的酒，于是酒度低而味甜的醴就逐渐被淘汰。据文字记载，公元前2000多年至公元700年，我国曲蘖同时并存，还规定了制酒的程序："仲冬之月，乃命大酋，秫稻必齐，曲蘖必时，湛炽必洁，水泉必香，陶器必良，火齐必得。"大意是说，阴历十一月间，给主管造酒的头领下命令，高粱稻米必须齐备，不得短缺；曲蘖必须新鲜，供应及时；浸蒸米饭必须洁净；泉水必须清香，没有怪味；酿酒陶器必须精良；火候（发酵温度）必须得当。在2000多年前就能制定出这样的酿酒规程，在全世界还是独一无二的。随着生产的进步，后来用曲酿酒压倒一切，就不再用蘖酿酒了。

曲的发现是我国古代发酵技术的最大骄傲，并给现代发酵工业带来极其深远的影响。有了曲才有今天的酿酒工业。关于曲的来历，古人也有种种说法。公元300年，晋朝人江统在《酒诰》中总结的几句话比较能说明问题，他说："有饭不尽，委馀空桑，郁积成味，久蓄气芳，本出于此，不由奇方。"用今天话来说就是，有吃不了的剩饭，扔弃在桑园，时间一长了，这些剩饭就发热（实际上就是发酵）开始产生酒味，再经长久储存，就发出一种芬芳的气味，酒本来就是这样产生的，并没有什么稀奇的方法。根据这种说法，最早的曲就是由空气中的微生物混入残粥剩饭繁殖而成。后来，凡是谷物以至豆类，不论生熟，整粒或粉末，只要是经过混入各种微生物的繁殖后的制品都叫曲。由于刚制成的新鲜曲，不易保存，就发展为晒干的曲饼、曲砖和曲块。这时的曲，同现在的大曲相似。当时曲的用途，除酿造黄酒以外，还用于制酱、做醋等。并在公元500—公元600年先后传到日本、朝鲜、印度、越南、老挝、柬埔寨、泰国及南洋各国。总之，我国古代劳动人民所创造的曲，是世界上最古老的微生物自然培养，古人虽然不能科学地理解微生物的存在，但通过实践掌握了糖化发酵规律，从而开辟了有目的用曲酿酒的道路。不过这时的酒，还只是属于今天生产黄酒的水平上。

（4）白酒的出现。

关于白酒的起源，也有各种不同说法。例如，有人认为可能是从唐朝开始，如唐诗中有"荔枝新熟鸡冠色，烧酒初开琥珀香"之句。有人则认为起源于元朝，比较明确的记载是明朝李时珍在《本草纲目》中的记载，他说："烧酒非古法也，自元时始创，其法用浓酒和糟入甑，蒸令气上，用器承取滴露，凡酸坏之酒，皆可蒸烧。"从这推断，白酒是由处理酸坏的黄酒开始演变而来的。可见白酒的确切历史，从元朝至今不过六七百年。也有人说起源于金代（1115—1234），在1975年河北青龙县出土文物中，发现有铜制烧酒锅。

总之今天的白酒，同其他各种酒一样，是我们的祖先经过长期实践，逐步改进提高才做出来的。一句话，就是酒是劳动人民创造的。再拿"酒"这个字来说，同样也是劳动人民创造的，许多古代出土文物上面的甲骨文象形字的记载，足以证明这一点。例如，古代储存酒是放在坛子中的（同今天的黄酒坛），但拿起来不方便，我们的祖先就想出一个办法，即用两根木棒，上下栓两条绳，插进坛子内，卡住坛口，一个人拿住露出坛口的一个木棒，就可把这坛酒提起来就走，再结合酒中含有较多的水，古人就把它画成象形文字"酉"，读作酒。久而久之，为书写方便，慢慢把凡有水字旁的都简化成三点水"氵"，从而出现了现在的"酒"字。

二、白酒的用途

白酒同其他酒一样，与人民生活有着密切关系，其用途如下：

（1）适量饮酒，其中的酒精对人的神经有刺激作用，会引起兴奋，产生舒适感，帮助消除疲劳。

（2）适量饮酒可以加速血液循环，使身体发热，可以驱寒，是煤矿工人、林业伐木工人、出海打鱼的渔民御寒的劳保必需品。

（3）逢年过节，欢庆胜利，大家举杯饮酒互相祝贺，表达人民欢欣鼓舞的心情，还可消愁解闷。

（4）白酒酒度高（如二锅头，酒度65度），用它既能代替酒精作为消毒剂，又可作为保存食物的浸泡剂。

（5）用作炒菜去腥的料酒。

（6）用白酒来配制药酒和补酒，可以起到医疗和强身健体的作用。不过，因白酒属于烈性酒，酒度较高，一旦饮用过量极易喝醉，有害身体，严重的会引起酒精中毒而死亡。尤其是有些代用原料酒，含甲醇较高（大于 0.12 克/100 毫升）经常喝会造成视力减退甚至失明。所以喝酒不能过头，必须适量，否则有害而无益。

三、白酒生产的任务

白酒不仅用途很多，而且它在国民经济中还有很重要的任务。主要如下：

（1）为市场提供商品起到繁荣经济的作用。

（2）为国家贡献财富。白酒的纳税率在各种饮料酒中最高，为 60%，即每吨酒向国家交税 1104 元，如按全市 1980 年共产白酒 37303 吨计，仅税金一项就向国家上缴 4118 多万元。以此推算，全国 1980 年共产白酒 187 万吨，全国仅白酒产品的税金一项，就向国家上缴 206448 万元。

1981 年饮料酒的税率

品种	税率
葡果酒	15%
啤酒	40%
黄酒	30%
酒精	5%

（3）为农业提供饲料，促进养猪产业的发展，猪多肥多粮就多，有利于农业增产。

四、白酒的成分

上面讲了白酒的用途、又讲了白酒生产的任务，说明白酒产品在国民经济中占有很重要的地位。那么，同志们就会提出这样一个问题，白酒里究竟有什么东西呢？换句话说，就是白酒中含有哪些组成成分呢？

简单地说，白酒中的主要成分就是酒精和水，其次就是构成白酒特有香味的酯、醛、酮、酸、酚、杂醇油（这些微量成分虽然量极少，但不能低估，它们的存在决定白酒的风味特点。例如，酯有己酸乙酯、乙酸乙酯、乳酸乙酯、丁酸乙酯等；酸有乙、乳、丁、已、丙酸等；醛有乙醛、乙缩醛、糠醛等）；还有有害杂质如铅、甲醇等。平时我们常喝的二锅头酒，商标上还注明酒度65度，这就是告诉我们每100毫升白酒中含有65毫升纯酒精，34毫升左右的水，1毫升左右微量的香味物质——酯、醛、酮、酸、酚等和有害杂质如铅、甲醇等。所以我们喝二锅头或其他白酒，主要喝的是酒精和水。不过，二锅头或其他白酒，与纯酒精又不一样，因为白酒比酒精的发酵时间长（白酒发酵时间少的4~5天，多的15天、30天、60天、90天、120天不等，而酒精发酵时间只有3天左右）。而且白酒有特殊风味，尤其是大曲酒，香好、味甜、柔和，纯酒精则相反，辣、刺激性大，喝多了要酒精中毒，伤眼睛。两者一比较，白酒质量大大优于酒精，说明我国人民对质量要求是很高的，再说苏联、波兰等没有白酒，他们平时喝的伏特加（我国叫俄斯克或俄得克，北京、青岛均有生产此产品对苏联出口）就是用酒精经活性炭脱臭过滤，再用水稀释至40度上下，即装瓶出厂投放市场（有的还加些香精香料来增香），因此我们可以骄傲地说中国白酒的质量就是比苏联的伏特加要好得多。

五、白酒的分类

（1）按原料分。

粮食酒（高粱、玉米）、薯干酒（白薯干）、代用原料酒（玉米糠、高粱糠、金刚头、粉渣）

（2）按生产方法分。

固态法白酒（大曲酒、麸曲酒），固态发酵，固态蒸馏；液态法白酒，液态发酵，液态蒸馏，有直接法和间接法（串、浸、调）；固液勾兑白酒。

（3）按设备分。

机械化白酒；半机械化白酒（单机机械化，一半手工，一半机械化）；手工生产白酒（名优白酒）。

（4）按用曲（糖化发酵剂）名称分。

大曲酒（又名麦曲酒），大曲培养1个月，存放3个月以上，发酵15~120天不等，储存3个月~4年不等，时间长。

麸曲酒（另加酵母，二锅头，快曲酒），麸曲培养24小时可使用，发酵4、5、7、21、30天，储存1个月、3个月、半年，时间短。

小曲酒（小曲也叫药曲或酒药），小曲主要含根霉酵母。

（5）按香型分。

①清香型（也叫汾香型酒），以汾酒为代表（二锅头也属此类香型），65%vol酒度，酒味清香爽口、顺和、纯净，适合北方人口味，主体香已确证是乙酸乙酯和乳酸乙酯（北京的金山曲酒、玉泉春也属此香型）。有的厂香不够就加这二酯，虽然香好了，但因是假的，酒体不协调，辣嗓子，且不符合卫生要求，都不允许加。发酵是地缸，一次投料，二次加曲（各10%），二次发酵，每次发酵20～28天，储存1～3年出厂。

②浓香型以泸州特曲、五粮液、古井、洋河等为代表，也叫泸香型酒，酒度55%、58%、60%vol不等，酒体芳香浓郁、清爽甘冽（甜），入口甜，落口绵，尾子干净，适合国内大部分人口味（偏向认为只有此香才是大曲酒），主体香是己酸乙酯和适量丁酸乙酯［北京特曲，北京大曲，卢沟桥特曲和大曲，醉流霞（仿五粮液）等也属此香型］。老五甑混烧，发酵15、30、45、60、90、120天不等，泥池发酵、储存0.5、1、1.5、2年以上不等。

③酱香型酒以贵州茅台、郎酒为代表，酒度53%vol，此酒以"低而不淡，香而不艳"著称，酱香味细腻、绵长、柔和，酒倒入杯内，空杯放置过夜，变化很小，甚至更香（空杯比实杯香），主体香气组成成份比较复杂，没有定案；石池发酵，2次投料，7次流酒，8轮发酵，9次蒸煮，每轮加曲发酵1个月，生产周期1年，储存3年，勾兑后再存放1年。北京代表昌平华都酒，1981年10月1日出厂（生产50吨）。

④米香型，桂林三花酒和全州湘山酒为代表，大米为原料，半固体半液体发酵，酒度不低于56%vol。主体香β-苯乙醇和乳酸乙酯。

⑤兼香型，湖北松滋白云边酒和黑龙江玉泉酒为代表，高粱为原料，兼有酱香、浓香生产工艺，酒体芳香优雅，酱浓谐调。

对当前白酒业所存在矛盾及发展方向的认识

1998年《华糖商情》第16期

高景炎

一、认清白酒行业严峻形势

白酒行业目前形势严峻，可以说处在大调整、大分化、大改组之中。白酒行业现在的主要矛盾是生产能力严重过剩和购买力的相对萎缩之间的矛盾。这个主要矛盾又派生和导致了下列矛盾的发生：

第一，发展速度快和慢的矛盾。

酿酒行业的两大支柱，一是白酒、一是啤酒。当前，啤酒经过一段平稳发展后又进入增速阶段，白酒在发展趋缓后进入负增长，两大酒种对照鲜明。

1997年，全国啤酒产量为1888.94万吨，同比增长12.31%，白酒产量为781.79万吨，同比增长2.43%。软饮料788.99万吨，同比增长19.2%。

今年1月份，全国啤酒产量79.32万吨，同比增长2.1%，白酒47.08万吨，同比增长-7.5%。

今年1至2月份，全国啤酒产量为178.98万吨，同比增长7.1%；白酒为88.39万吨，同比增长-16.3%。

今年1至3月份，全国共产啤酒320.41万吨，同比增长2.3%；白酒为127.21万吨，同比增长-12.3%。

啤酒的增长快，白酒的增长慢甚至出现倒退，是近年来酿酒行业的一个显著特点，尤其是白酒今年出现的负增长为历年少见。

第二，发展方式多和少的矛盾。

啤酒行业近年来发展速度加快，但企业个数却越来越少。80年代初，全国有啤酒企业800多家，到1996年减少至600家，到1997年又降为560家，这说明啤酒行业规模日趋扩大，结构日益优化。

白酒却反其道而行之，在发展速度越来越慢的情况下，企业个数却越来越多，据不完全统计为3.7万家，其中绝大多数为个体小酒厂，这反映出企业结构不合理的现状。

第三，酒类产品真和假的矛盾。

假冒伪劣商品成为社会的一大公害，酒类产品首当其冲，白酒又是重灾区。啤酒由于其资金含量、技术含量都较高，加上价低利小，因此造假较难，造假者也少。于是，大量的不法之徒把魔爪伸向了能获取较高"造假利润"的白酒。

不久前发生在山西朔州地区的假酒案震惊了全国，引起了上至国家领导人下至普通百姓的高度关注。鱼目混珠、真假难辨，使得不少人对白酒产生了恐惧感。许多平日青睐于白酒的人，也不得不对白酒敬而远之。

大家都知道现在越是好销的酒，假冒产品也越多，企业都有"打不胜打、防不胜防"之感。

第四，消费需求强和弱的矛盾。

随着人们物质生活和文化水平的提高，大家对酒类的消费越来越讲究"科学、营养、卫生"。因此，消费者对"酒度低、有营养"的产品需求日益增强。而对"无营养、酒度高"的白酒需求日益减弱。啤酒产量的快速增长和"葡萄酒热"的持续升温即是集中的体现。

另外，由于大量企业不景气、职工下岗等原因，购买力相对下降，需求不足。据国家统计局今年1月份对全国22大类轻工产品的统计，实现正增长的只有5大类，其余的17大类为负增长。在这样一种市场环境中，白酒的需求只会越来越弱而不可能增强。

第五，消费旺季长和短的矛盾。

实践证明，任何一个行业的发展程度都是同产品旺销的时间成正比。啤酒近年来的快速发展是同其淡季越来越短、旺季越来越长密不可分的。白酒行业恰恰相反，淡季日益加长、旺季日益变短。今年更发生了春节前旺季不旺，春节后淡季即到的情况。1月份出现负增长是白酒行业多年以来未曾有过的，确实令人震惊，也更加令人深思。

第六，广告力度大和小的矛盾。

市场经济体制结束了"酒好不怕巷子深"的封闭状况，酿酒行业特别是白酒企业最先领悟了"酒好也要勤吆喝"的道理。于是白酒企业蜂拥而上，广告大战愈演愈烈，近几年，中央电视台的连续几届"标王"均来自白酒企业便是突出的例证。一些白酒企业，也确实"喜乘"广告效应的"东风"，着实辉煌了一番。许多广告宣传力度较小的单位，对"标王"望尘莫及，痛感魄力太小误了大事。

但是，大力度的白酒广告却带来了社会舆论的不满，以及行业内部的指责和消费者的抵制。人们最终期待的广告效果并未完全实现，而行业所受的负面影响却日益显著。这个教训值得认真汲取。

除此之外，白酒行业还面临着一个很棘手的问题，那就是行业要求发展和国家限制发展的矛盾。

市场经济就是竞争经济，"逆水行舟，不进则退"，任何一个白酒企业都不会坐以待毙，都要争生存、求发展。

但国家则依据产业政策，实施政策导向，限制白酒的发展。

1997年初，国家工商行政管理局出台了限制白酒广告的一系列措施。

1997年夏，国家税务总局颁发了《以白酒为酒基勾兑配制酒一律按白酒纳税》的通知。

1997年末，中央电视台在黄金时段招标中对白酒下了逐客令。

1998年2月，国家有关部门联合发文，要求对白酒企业进行清理整顿，同时决定对白酒企业实行生产许可证制度。

1998年3月，财政部和国家税务总局发出《关于粮食类白酒广告宣传费不予在税前扣除问题的通知》，并明确规定此通知自1998年1月1日起执行。

总之，白酒行业面临着从上而下、从里到外的重重压力。如何把压力变为动力，是一个需要我们认真探讨的问题。

二、抓住白酒行业发展机遇

白酒行业目前的形势不容乐观，但我们也没有过于悲观的理由。

首先，尽管白酒增幅趋缓，但白酒在酿酒行业中的"老二"地位短时间内还无法动摇。相当一批白酒企业其经济效益在整个酿酒行业中仍居于领先地位,其中的主体就是国家知名白酒厂。

其次,尽管国家对白酒采取限制政策,但"限制"不等于"取消"。白酒作为中华民族的传统酒种任何时候都会有自己的消费群体。白酒应该被"改造",但它不会"消亡"。

再次,用辩证观点看,国家目前实行的政策既是对白酒的"限制"同时又是一种"爱护"。例如,国家对假酒的打击和曝光,在短时间内可能对白酒的销售带来一些负面影响,但从长远看则极为有利。又如,国家对白酒广告的限制有助于变无序竞争为有序竞争。再如,国家目前正考虑改变啤酒消费税的计征办法,而对白酒的消费税尚无提高的计划。

最后,当前的严峻形势对知名白酒企业来说既是一种挑战更是一种机遇,开发农村市场会大有活力。知名白酒企业的无形资产和有形资产都远远胜于其他企业,在优胜劣汰的竞争中处于明显的有利地位,只要善于把握市场、调整自己,前景无疑是光明的。

三、开创白酒行业新局面

认清形势就是认清白酒行业不能再一成不变地按老路走下去的现实,坚定信心就是坚定转变观念,开创白酒行业新局面的决心。三九集团的老总说:"思想解放黄金万两,思想封闭受穷受气。"这句至理名言值得我们深思和警醒。

第一,变单一所有制为混合所有制。

酿酒行业是过度竞争行业,必须进行所有制结构、行业结构和企业结构的调整。要适应政策优化国有经济、巩固集体经济、发展非国有经济。

第二,变产品竞争为资产竞争。

计划经济要求企业经营的是产品,围绕产品搞好供产销;市场经济要求企业经营的是资产,保证资产的保值和增值,产品营销则是资产经营的组成部分,目前,许多白酒企业正在通过资产的重组,实现低成本扩张,不断增强企业的实力。

第三,变单一经营为多种经营。

目前的市场竞争异常残酷,市场风云变幻莫测,为了抵御经营风险,具备条件的企业宜于实行多元化经营。

古井集团在这方面做出了有益的尝试。他们的业务范围除了以酒业为主外，还涉足药业、酒店、商业和房地产开发；除了以白酒为主导产品外，还经营葡萄酒、果露酒和啤酒。多彩的产品开发路线为古井集团铺就了多彩的路。

第四，变封闭经营为开放经营。

酿酒行业不是关系国计民生的行业，引进外资不会危害国家的经济安全。目前，啤酒企业、葡萄酒企业大量引进外资和先进技术、先进的管理方式，在一定程度上促进了行业的发展。

相比之下，白酒行业在对外开放方面明显落后于兄弟酒种。国家颁布的《外商投资产业指导目录》只规定了知名白酒为限制投资项目，但并未禁止各白酒企业与外商进行其他项目的合资合作。利用知名白酒企业的品牌优势、销售渠道和资金实力积极招商引资，是当前亟须解决的一个问题。

当然，在对外开放的过程中，白酒企业要认真汲取兄弟酒种的经验和教训，力争把控股权掌握在我方手中，力争创出我们民族自己的品牌，力争国有资产的保值和增值，不断提高酿酒行业的对外开放水平。

第五，变低价格战为高科技战。

为了争取市场份额，众多白酒企业大打低价格战，表现形式多种多样，一种是公开降价，一种是有奖销售，一种是高额回扣和奖励。在"让利不让市场"的思想指导下，企业利润水平明显降低，其带来的直接后果便是科技投入减少，行业的技术升级缓慢。

摆在我们白酒企业面前的一个主要任务，就是各企业之间的竞争要由价格战变为质量战、服务战和科技战，通过技术的更新换代推动行业的健康发展，通过提高产品的技术含量来扼制假冒产品的冲击。

第六，变传统经营为现代经营。

传统的营销注重"产品、价格、渠道、促销"这四个环节，这是属于传统营销战术的4P。现代营销更注重营销战略的研究，这就是"探查（市场调研）、分割（市场组合）、优先（确定目标市场）、定位（树立品牌形象）"。这新的 4P 是市场营销战略的组合。此外，企业为了保证营销战略的实现，还必须适用另外两个 P：一是"政治权力"，即企业必须懂得怎样与国家或政府打交道；二是"公共关系"，即企业怎样才能在社会公众心目中树立起良好的形象。国外和国内许多企业的成功实践表明：企业战略性营销计划必须先于战术性营销组合的制订，才能在激烈的商战中立于不败之地。

现在，许多企业都把营销做为自己的首要工作来抓，国家经济贸易委员会不久前也专门召开会议要求企业重视和做好营销工作。营销工作的好坏决定企业的兴衰。市场经济体制的建立，要求企业的营销工作必须从日常管理转移到以营销战略管理为核心上来，真正从营销战略的高度来把握企业的发展，我们连续几届召开知名白酒企业营销工作研讨会，目的就是做好市场营销这篇大文章，开创白酒行业的新局面。

中国白酒工业的展望

2005 年

高景炎

有千余年发展历程的中国白酒，产量时增时减，有上有下。但总的趋势是不断发展、再发展；进步、再进步。进入 21 世纪以后，中国白酒的发展方向是什么？这是每个酿酒工作者都十分关心的问题。

一、优质、低酒度、低粮耗、卫生、营养、可混饮，是中国白酒发展的方向

优质：就是总结、发扬传统工艺，多生产优质白酒，扩大优质白酒在白酒总产量中的比例，实现普通酒向优质酒转化。

低酒度：就是在现有基础上，继续降低成品酒酒度，争取用较短时间，把白酒平均酒度降至 40%vol（体积分数）以下，实现高度酒向低度酒的转化，使中国白酒酒度与国际烈性酒酒度趋于相近。

低粮耗：就是与低酒度一致，切实依靠科技进步，不断采用新原料、

新菌种、新工艺、新设备，在保证产品质量的前提下，千方百计地提高原料出酒率，节约酿酒用粮。同时解决好酒糟的综合利用课题。

卫生：就是确保酒质纯净、安全。要采用高新技术，尽量减少酒中不利于健康指标的成分（种类和含量），以减轻饮酒对人体的副作用。

营养：下大力量改善"中国白酒基本无营养"的缺陷。通过吸取黄酒、啤酒、葡萄酒、果露酒有营养的优点，采用外添加的先进科学技术等多种途径，增加白酒的功能性，使其不仅是嗜好品，而且是一种营养品。

可混饮：就是合理科学地调整白酒中香味成分构成，彻底除去影响白酒色泽的物质。使白酒加冰、加水、加其他"绿色"饮料而不变味。

二、名优白酒、新型白酒将成为中国白酒的主体

传统的名优白酒将有选择性地发展。那些酿造技术进步，香味成分明了，适应全国大多数人口味的名优酒类将得到进一步发展。

各香型名优酒之间相互借鉴，吸取了各家之长处的新香型、新品种将得到发展。

具有当地气候、土质、原料等优势，风味独特的名优白酒产品，将长期存在，并将会以基酒流通的形式向全国扩散。

酒精工业的进步，优级食用酒精产量的扩大；各类酒香味成分分析工作的进步；勾兑、调味技术的成熟；将使新型白酒得到发展。

三、加强管理，健康、有序、适度发展中国白酒

整顿生产和流通环节，扶优限劣，树立名牌，组建大的酒业集团，实现"两个根本性转变"，是白酒行业遵循市场规律，向前发展的方向。

制定法规和政策，加强宏观调控力度，依法规范白酒生产和流通秩序，以保护、发展民族工业，使白酒的历史性、文化性、民族性得到充分发挥。同时通过生产和消费的相互作用，逐步培养新的文明饮用习惯，促进白酒消费的增长。

走健康、有序、适度发展之路：

健康：是指按正确的指导方针，顺利向前发展，减少误导，减少波折，防止行业出现大起大落。

有序：主要是加强管理，提高中国白酒的利税积累水平，这是一件促进杂粮转化增值、利国利民的好事。

适度：就是要控制生产总量，控制生产规模的无限度增大。限制耗粮高的品种，限制酒度高的品种。使行业结构调整、企业结构调整、产品结构调整有条不紊地顺利进行。

继承与创新同行

2010 年 10 月 19 日

高景炎

白酒同黄酒、京剧一样，是我国的国粹，珍贵的遗产，民族的骄傲。长期以来，以其独特工艺和独特风格赢得消费者的喜爱。但是，随着社会的进步、经济的发展、消费水平的提高及年龄结构的变化，白酒消费者开始不再把白酒当作一种简单满足生理需求或过酒瘾的饮料酒，而是追求对饮酒感觉的享受和带来的精神欢乐，同时面对市场的啤酒、葡萄酒、洋酒、黄酒等酒种的冲击，啤酒的激情，葡萄酒的高雅，洋酒的魅力，黄酒的营养都影响着消费者对酒种的选择取舍，很难维护白酒消费者对白酒不变的热情。这就要求我们白酒必须科学发展，承传统精华，启开放创新之路。也就是说，必须在继承的基础上，开拓创新，依靠科技进步为"传统"注入新鲜血液，不断开发适应消费者需求变化的有魅力、有特色的新产品，要体现时代性、富于创造性、适应多样性、把握规律性，才能使传统又古老的白酒产业焕发新的青春活力。

下面就这"四性"谈点个人不成熟的浅见，不当之处，恳请大家批评指正。

一、要与时俱进，体现时代性

具体来说，要加快调整、优化产品结构，以产品创新求发展，做到香味复合化，风格个性化。香气要幽雅、自然、细腻，口味要绵柔感好、舒适感好、丰满感好、香气与口味协调感好，以培养适应年轻消费者群体的需求。可以自由勾调，加冰、加水不浑浊，可以加果汁等混合饮用，也为白酒参与国际酒类市场竞争开辟新途径。同时要牢牢记取三鹿奶粉的深刻教训，严把质量关，产品质量必须符合国家质量标准和卫生标准，确保白酒质量安全。并且要在实施低碳经济、循环经济上下大功夫，节能减排降粮耗，保护好生态环境，确保白酒企业的生存和发展。酿酒原料要绿色有机无公害，设备管道容器洁净完好，酿酒工序要清洁生产。

二、要学创结合，富于创造性

要深入学习实践科学发展观。好字当头，又好又快健康持续发展，必须不断解放思想，敢于创新，突破单一香型工艺千年不变的禁区，吸取兄弟香型工艺的精华，博采众长，为己所用，依靠科技进步，走自家独特风格创新发展之路。要敢想敢实践，不怕失败，一次成功就是推动进步的生产力。可以考虑用"三多"产调味酒：一是用多粮作制曲酿酒原料；二是用大曲、小曲及其酒醅中分离选育的多种有益微生物（嗜热芽孢杆菌、地衣芽孢杆菌、红曲霉等）接种到制曲原料中培制强化大小曲作糖化发酵生香剂；三是融合多种香型工艺的精华，高中低温大曲结合、大曲与小曲结合、清浓酱香工艺结合的纯粮固态发酵调味酒。也可以分不同香型产酒进行勾调出成品。还可以在发酵窖上作探索：有可移动翻转的不锈钢发酵缸；有地下、山洞发酵窖；有窖内上部条石窖产酱香、下部泥窖产浓香；另有在甑桶中部增加一个箄子，仿董酒串蒸等。总之不要再有框框，要勇于突破，超越自我，继往开来必高远。

三、要百花齐放，适应多样性

要研制开发适应不同消费地区（东西南北中）需求的产品，做到酒度系列化，产品档次化（高、中、低），品种多样化。既有单一香型、一香为主的兼香、复合香；又有浓郁香气，清雅香气，口味绵柔、醇厚、醇甜等的新品种，不拘一格，各显神通。只要消费者接受、欢迎和喜爱，产品就有生命力。

四、要熟悉市场，把握规律性

要了解总结四季变化的饮酒规律，不同节假日、不同地区和不同民族的饮酒习俗，有针对性生产多品种、多规格、小批量的喜庆酒、生日酒、生肖酒、纪念酒、礼品酒等，以满足不同季节、不同层次的消费需求。

让我们在党的十七大和十七届五中全会精神指导下，以改革和创新为动力，落实转变经济发展方式，调整经济结构和优化产业结构，提高经济发展的质量和效益，扩大内需，推动经济增长。为丰富繁荣市场，为增加国家积累，为支援"三农"再立新功！共创白酒业更加美好的明天！

浅谈饮酒文化

2011年

高景炎

什么是酒文化？我说不好。个人理解是除酒的历史文化、酿造文化、地域文化、民族文化、品牌文化、营销文化、企业文化等以外，应有饮酒文化。这也是多年来我们白酒行业的热门话题。广西一位文联主席说得好："文化是民族的灯塔，文化也是酒的灯塔。酒是依靠文化的光芒来闪烁的。酒离不开文化，如同凤凰离不开美丽的羽毛。"我们可以自豪地说，中国酒所承载的文化丰富多彩，内含极其深刻。从饮酒文化看，其中的"酒德"和"酒礼"是核心。

古代中国凡祭祀、庆典、送行、接风、对外交往等，必设佳宴、必备美酒。《礼记·乡饮酒义》中对酒食的摆放，酒宴中的座次、举杯、敬祖、答谢等，也都有一定之规。为了防止酗酒骚扰闹事，将滥饮列入禁酒法令；为了活跃欢乐、愉快的气氛，还规定了形式多样的酒歌酒令等。通过这些活动营造庄严肃穆或欢声笑语的氛围。

在日常生活中，其突出体现在酒宴上。其中一些礼仪、礼节还延续至今。不少地区还保留"先干为敬"，待客或聚会首先要通喝前三杯，甚至有主不喝客要先饮三四杯等的习俗；还有敬酒，晚辈或下级在碰杯的时候，酒杯要低于对方，以示尊敬；与饮酒有关联的，比如酒桌新上的每一道菜都要首先转到主位等。这种主客、上下、长幼有序、以敬为礼就是中国酒文化的体现。

现在，中国酒文化正在走向多元化，众多的白酒品牌更加丰富了中国酒文化的内含。这是酒文化发展到今天显现出来的新特征。品牌制胜，文化先行。要成就白酒的品牌力，就要用好、用活饮酒文化，给消费者带来精神的欢快和共鸣。这就要求我们在继承传统"酒礼""酒德"的基础上，创新塑造、弘扬中华民族博大精深的古今饮酒文化，加强宣传，引导消费，树立高雅和谐饮酒的新风向。

为此，参考著名养生专家洪昭光教授对养生、健康要求的一、二、三、四、五和著名白酒老专家沈怡方教授倡导的酒道，建议我们白酒生产和营销企业，都来宣传适量、健康、科学、文明饮酒，提倡饮酒一、二、三、四、五：

一是饮什么酒。要饮与自然环境和谐的酒。具体来说就是要饮回归自然采用绿色无公害的原料、清洁生产生态方式酿制的酒；原浆原味的纯粮固态发酵的、不添加任何非白酒自身发酵物质的酒；符合国家产品质量标准和国家卫生标准的安全可靠、质量信得过的放心酒。

二是人与饮酒要和谐。做到两个"不"，不劝酒、不酗酒。对每个人来说，能喝多少就喝多少（留有余地，不超量）；想喝什么，就喝什么；想怎么喝，就怎么喝；可以加水、加冰、加果汁或饮料混合饮用，不强求于人，文明、和谐饮酒。

三是人与健康要和谐。牢记三句话：适量饮酒有益健康（舒筋活血，利于血液循环），过量饮酒有害健康，节制饮酒无害健康。说白了，饮酒与人的健康要和谐。

四是要强调"四结合"饮酒。这就是说饮酒与吃菜、吃饭、饭后吃瓜果要和谐互补；不能光喝酒，不吃菜也不吃饭，会伤害身体，不利健康。

五是引导"五个和谐"饮酒新风尚。要改变饮酒方式，从快饮、畅饮、豪饮转变为：

一是细品慢饮（不一口闷），要感受酒的温暖，给饮酒者以芳香四溢、口味醇和、暖心暖意的舒适感。

二是边饮边叙。把饮酒作为一个交流平台，联络感情，增进友谊，和谐高雅饮酒。

三是形式多样，饮酒与弘扬中华民族博大精深的酒文化结合，吟诗作画，有弹有唱。营造欢腾、浪漫、畅享欢快幸福的气氛。

四是安全健康饮酒。提倡"暖饮"。即酒温与体温要和谐。因为人的味觉最灵敏温度为 21～30℃，所以饮酒前，对酒稍稍加温至 30～35℃，虽有少许酒精挥发，但可散发酒的香气，又减少刺激感，有利于与体温接近平衡，达到人体体温与酒温的和谐。而且为了他人的安全健康，必须强调饮酒不开车、开车不饮酒，严禁酒驾。

五是休闲享受。把饮酒从过酒瘾的消费习惯或是一种负担，变为一种生活、一种品质、一种情怀和一种享受的和谐新风尚。视饮酒是一种乐趣，观其色、闻其香、品其味，妙在其中，其乐无穷。

第三节　讲话选登

全国清香类型白酒企业高峰论坛开幕词

2008 年 6 月在第一届全国清香类型白酒高峰论坛上的讲话

高景炎

各位领导、各位专家、同志们、朋友们：

大家好！全国清香类型白酒企业高峰论坛现在开幕了。我代表这次高峰论坛的组织单位——华北地区和直辖市七个省市区酿（白）酒协会联席会对大家的光临，表示热烈欢迎！

为了办好这次高峰论坛，山西省酿酒协会和主办单位山西杏花村汾酒集团有限责任公司提前做了充分准备，付出了辛勤劳动和巨大努力，借此，我代表全体与会同志向他们表示衷心感谢！

我们这次高峰论坛是处于喜、忧同在的重要时刻召开的。忧的是一个多月前，5 月 12 日四川汶川发生的特大地震灾害，当地人民生命财产安全遭遇严重损失，举国悲哀，让我们一起再次为汶川大地震遇难同胞默哀一分钟（默哀毕）。喜的是还有五十天，全国人民盼望已久的第 29 届北京奥运会就要隆重举办。可以说我们这次高峰论坛具有不同寻常的特殊意义。

是化悲痛为力量，乘奥运的强劲东风，共兴清香类型白酒大业的盛会。只要我们做好本职工作，办好各自的企业，推动清香类型白酒又好又快、和谐健康、科学持续发展，就是以实际行动，对地震灾区和北京奥运会的最大、最好支持！

大家都知道，近几年来，清香类型白酒经历了一段萧条期后，开始复兴、回升，有业内人士鼓励说："清香类型白酒的第二个春天来到了。"据不完全统计，清香类型白酒的龙头老大——汾酒，还有河南宝丰集团、衡水老白干、青海青稞酒、重庆江津小曲酒、北京红星和牛栏山二锅头等，它们的销售收入、产销量和实现利税，每年都以两位数的幅度增长，形势确实喜人。但是，与兄弟香型白酒的先进企业比，我们还有很大差距。例如，思想不够解放，科技创新、品牌建设和文化创意步伐慢，同一清香类型分支流派多、个性概念模糊，产品中低档多、高档少，营销工作滞后，广告宣传力度小，企业之间缺乏交流、往来少等，都值得我们深思！正如最近一期《华夏酒报》指出的，"清香复兴绝非一朝一夕之功，任重道远"。

为此，我们举办这次论坛的目的，就是要回顾历史，分析现状，与兄弟香型白酒对比找差距；要深入贯彻党的十七大精神，落实科学发展观，抓住食品消费转型，追求安全、健康，追求品位与价值，追求个性消费新理念的有利时机，充分发挥清香类型白酒的优势和特点，探讨清香类型白酒扩大市场占有率、与国际接轨争取出口等可持续发展战略。希望大家在交流发言中，开阔思路，开拓出路，围绕论坛的主题畅所欲言、献计献策，为清香类型白酒"跨越历史、挑战自我、共同发展、携手未来"，做出新的更大贡献！

为了开好这次会议，昨天晚上我们这次论坛的组织单位和主办单位又专门召开了预备会。经协商确定，会期两天。第一天（6月19日）上午论坛正式开始，组织单位代表致开幕词，东道主、主办单位致欢迎辞和领导讲话。下午半天，进行重点企业的研讨交流。尤其要指出的是，我们邀请到百忙之中的山西省委原常委、秘书长，山西省政协原副主席、现中国食品文化研究会常务副主席、我国白酒界著名老专家万良适先生，七省市区外清香类型白酒企业的同行和青海青稞酒有限公司、宝丰酒业有限公司、湖北劲牌有限公司、云南玉林泉酒业有限公司、黑龙江北方佳宾酒业公司等领导莅临会议传经送宝，让我们向他们再次表示热烈欢迎！

第二天（6月20日）上午由德高望重的老专家沈怡方教授、高月明教授、王元太高工、毛照显会长给我们作学术报告。借此机会，我代表全体与会同志对他们不辞辛苦，光临会议指导，致以崇高敬意和衷心感谢！下午先安排参观汾酒集团有限责任公司，然后由组织单位代表山西省酿酒协会沈正祥会长作论坛总结（论坛纪要由主办单位会后印发给大家）。有关参会企业带来近年来开发的中高档产品的品评，由主办单位负责，组织参会企业的国家评委与论坛同步进行；新产品的展示布置在会场后台，请大家观看。

第三天大家可以各自回程。如与会企业有其他活动，可自行安排。下次论坛再相叙！

预祝在大家共同努力下，首届论坛圆满成功！

谢谢大家！

2008年华北地区暨直辖市酒业联席会开幕词

2008年10月16日

高景炎

各位领导、同志们：

大家好！

2008年华北地区暨直辖市酒业联席会，今天在这里正式召开了。首先我代表七省市区酒业协会联席会，对大家光临会议，表示热烈欢迎！

这次会议得到了河北省怀来县委、县政府，白酒、葡萄酒协会范长秀会长，中粮集团酒业总公司的大力支持，尤其是得到中国长城葡萄酒有限公司领导的重视，专门抽出十多位中层以上干部，全力以赴在人力、物力、财力上为会议提供了极大方便和热情服务，还有张家口市长城酿造集团公司同样付出很大努力！请允许我代表全体与会同志，一并向他们表示衷心感谢！

我们大家都清楚，2008年我国酿酒行业将继续保持稳定、快速增长的发展态势。从目前的消费趋势来看，继白酒、啤酒、黄酒之后葡萄酒正在进入寻常百姓之家，并开始成为家庭饮用的又一酒种。随着人们收入水平和生活水平的提高，特别是中产阶层的发展壮大及消费结构的升级，葡萄酒消费量快速增长，在酒类消费中的比例也不断提高。据有关资料统计，2007年我国葡萄酒产量达到66.5万千升，同比增长37%，创历史最高水平；实现利润16亿元，同比增长23.6%，全年产量中干葡萄酒占62%（约32.5万千升），而且行业的集中度越来越明显，其中张裕、王朝、长城（沙城、华夏、烟台）、威龙等重点骨干企业合计产量已占全国葡萄酒总产量的40%左右。联系我们七省市区葡萄酒行业实际情况，尤其是河北的两个长城，天津的王朝等，无论从工艺技术、加工设备到产品质量等方面都达到国际先进水平。他们各有独特优势和基础。

我国第一瓶干白、第一瓶干红分别产自河北沙城和昌黎，第一个中外合资、中方控股的王朝葡萄酒公司组建在天津，有品牌、有声誉、有影响、有实力，值得我们为他们骄傲，分享他们的光荣。

白酒行业与葡萄酒行业形势基本一样，取得令人鼓舞的成绩。2007年全国白酒规模以上企业1160家，完成白酒总产量439.95万千升，同比增长22.4%。实现利润163.52亿元，同比增长63.8%。今年1—5月，白酒行业继续保持平稳较快增长，经济效益增幅再创新高。白酒规模以上企业的产量、销售收入、利润与去年同期相比又分别增长18.8%、33%及63%，联系我们七省市区白酒行业实际，山西杏花村、内蒙古河套、衡水老白干、红星和牛栏山二锅头、天津津酒、重庆太白、江津和上海神仙等，同样是形势喜人，产品质量在稳定基础上又有新的提高，产品结构调整力度大大加强，经济效益年年大幅度增长，可喜可贺！

所有这些，都是我们七省市区酿酒战线广大员工顽强拼搏、开拓创新、辛勤劳动的成果，是党领导下改革开放的丰硕成果。今年又是改革开放三十年，北京奥运会圆满成功，神舟七号载人飞船实现中国人首次太空行走，党的十七届三中全会刚刚胜利闭幕，因此我们这次会议，不仅时机好而且具有重要现实指导意义，是我们七省市区葡萄酒、白酒行业深入贯彻落实科学发展观，不断创新、求真务实、共谋发展的动员会。同时也是"好"字当头、又好又快发展生产、严把质量关确保食品安全、节能减排降耗实现循环经济的经验交流和发展战略研讨会，还是互相学习、互相促进、联络感情、增进友谊的联谊会。

希望大家充分利用这次难得一叙和学习交流的机会，安下心来，集中精力，自始至终参加会议全过程，共同努力，开好这次会议。

关于会议议程已印发给大家，我这里不重复介绍了，最后对河北省酒协、中粮集团酒业公司，尤其是中国长城葡萄酒有限公司为这次会议付出的巨大努力和辛勤劳动，再次表示衷心感谢！

预祝这次会议圆满成功！

谢谢大家！

发挥优势　创新发展

2009年11月在第二届全国清香类型白酒高峰论坛上的讲话

高景炎　沈正祥

一、现状

近两年清香类型白酒企业快速发展，2008年全国白酒产量569.34万千升，销售收入1574.85亿元。根据中国酿酒工业协会调查，其中清香类型白酒产量约占21%，较2001年调查的12%增加了9个百分点，销售收入约占14%，清香类型白酒复苏明显。

从骨干企业看，2008年销售收入，汾酒集团由2007年29亿元提升到了33亿元，红星、牛栏山、衡水老白干等清香类型中大型企业销售额各达15亿元左右，重庆江津、以生产小曲清香为主的劲酒、青海互助青稞等公司销售额超5亿元，湖北石花酒厂销售额3.5亿元，还有一批如内蒙古骆驼、云南玉林泉、河南宝丰、内蒙古鄂尔多斯、山西梨花春、汾阳王、黑龙江北方佳宾等销售额亿元以上的企业，而且近几年销售增速都在两位数。2009年1—9月，这些骨干企业仍然是两位数增长。

从市场看，汾酒、牛栏山、红星、衡水老白干、宝丰等品牌，消费者认知度越来越高，有的品牌从地域性向全国性过渡，产品档次从中档向高档发展。如汾酒，21世纪初本省市场占到公司销售的90%以上，今年预计省外市场将占公司销售额的40%，产品原是以玻璃瓶汾酒为主，当前绝大部分是老白汾酒和青花瓷汾酒；台湾金门高粱酒是清香类型白酒，2004年开始在大陆地区销售，销售额逐年增长，2004年至2007年，四年销售额4000万元，2008年增加达到了6000万元，2009年预计1亿元。

清香类型白酒复苏已是不争的事实，发展趋势很好，但要重振雄风，尚待时日，如果产量要占到白酒总量的三分之一，特别是销售额占到白酒业的三分之一，其任重道远，必须付出艰辛的努力和经受住市场的考验。

二、优势与不足

当前广大消费者由注重香气向注重口感转变，由喜欢某种香型向某一品牌转变，这种转变促进了清香类型企业扩大市场份额，促进了清香类型白酒快速发展。在此阶段，企业要清醒地认识当前清香类型白酒存在的优势和劣势，扬长避短，以此来扩大市场份额，提高市场竞争力。

首先谈一谈清香类型白酒的劣势，主要有：

（1）口感方面的不足。

清香类型符合年轻消费者饮酒习惯，符合发展趋势，但是在当前消费习惯尚未完全转变的时候，口感便出现了不足。

清香类型白酒口感优势是爽净、自然、舒适；不足是入口不如浓香型白酒绵柔，口味不如酱香型白酒幽雅、细腻。2008年全国首届清香类型白酒企业高峰论坛由25个国家评酒委员对25个中、高档酒进行了品评，评语充分说明了这一点。

（2）文化底蕴深厚，但尚需加大现代化力度、加大推广力度。

清香类型白酒品牌文化底蕴深厚，国务院公布的第二批国家级非物质文化遗产名单中，白酒酿造技艺占15个，其中清香类型白酒酿造技艺占6

个，即汾酒、宝丰酒、衡水老白干、北京（红星、牛栏山）二锅头、梨花春白酒，占到白酒的三分之一，但是多数品牌没有找到正确定位和核心做法，就是品牌文化建设走的较早的企业也尚需努力，要找到历史与时尚的结合点，改变注重历史多、结合时尚少的现状。

（3）技术研究尚需继续努力。

清香类型白酒工艺特点是，发酵设备多是地缸，也有贴瓷砖的水泥池子。传统工艺中，强调不仅要用清水洗净，而且要用花椒水洗刷消毒后原料才能入缸发酵，这种洁净的发酵设备和工艺有利于促进清洁生产，有利于贯彻《中华人民共和国食品安全法》（以下简称《食品安全法》），提高产品质量；还有优势是在保证质量前提下出酒率高。这对于不断上涨的粮食价格、降低生产成本起到关键作用，也是清香类型白酒成为主体市场的主要原因之一。

但是近几年来，一些企业对这项工作重视不够，出现了出酒率有所下降等情况。为此，需要创新工艺、技术设备，即利用其他酒种的成熟经验和利用现代生物工程技术、食品风味化学技术、现代先进设备、现代分析技术等来提高产品质量，提高清洁生产水平，创新产品风格个性，在保持传统的基础上，在产品和品牌创新方面多下功夫。

（4）清香类型企业团结程度不够尚需加强。

四川浓香白酒骨干企业在地方有关部门领导下，集体合力向全国推广浓香型白酒，使行业形成了学习浓香、生产浓香的大气候。而清香类型白酒由于生产企业分散，没有形成类似四川一样香型非常集中的产区，也缺乏组织清香类型企业齐心协力共同促进香型发展、形成全行业学习清香、生产清香的大气候的牵头单位。

而且清香类型白酒还有一些企业领导思路不活跃、缺乏战略布局，市场开拓意识不强，存在小富即安的思想等问题。因此，清香类型白酒需要共同协作、团结一致形成合力，增强清香类型白酒集体拼搏市场的竞争能力。

虽然清香类型白酒存在劣势，但是经过这么多年发展，它的优势日益凸显：

（1）消费者消费习惯逐渐转向清香类型白酒。

随着生活水平的逐步提高，人们消费习惯开始转变，由过去喜欢吃大鱼大肉，转向现在喜欢吃清淡素雅的蔬菜，由过去吃咸，逐渐转向吃淡。消费习惯的转变，也带动了饮酒习惯的改变。饮酒习惯由过去喜欢喝香气较重的浓香型白酒，转向清香纯正、清雅、协调，入口绵甜、醇厚、爽冽的清香型白酒。

（2）清香类型白酒更适合年轻消费者。

我国很多业内人士一直在说"年轻消费者喜欢自由勾调、喜欢低度酒类饮品，白酒不能培养年轻消费者，消费后继无人，是夕阳产业"等行业发展的悲观言语。然而清香类型很多产品能够自由勾调，可以加冰、加果汁等饮用。

在2008年10月苏鲁豫皖白酒峰会的品评会上，由沈怡方专家主持进行了不同香型白酒加水、加果汁后的品评，大家一致认为，开发夜场年轻人饮用酒，清香酒比浓香酒好。

清香类型白酒自由勾调的特性，可以培养年轻消费者。

（3）技术促进清香类型白酒发展。

总结清香类型白酒发展滞后的原因，与白酒技术研究滞后有一定的关系。这几年，清香类型白酒企业纷纷加大了技术投入，建立了国家实验室，加强了行业间技术交流，使清香类型白酒生产技术快速提升；对酒中的物质成分进行了深入分析，研究了酒中对人体的有害、有益物质，生产了更顺口、饮后不上头、醉酒后不口渴的酒；同时开发了许多符合市场需求的产品，从而满足了消费者的健康需求，促进了清香类型白酒发展。

（4）清香类型白酒更适合国际化。

清香类型白酒是我国白酒中与国际通行的烈性酒伏特加等最为接近的酒种，为此深受其他国家消费者的喜欢，如满洲里很多俄罗斯消费者喜欢我们的清香白酒。这为白酒出口、参与国际竞争提供了基础，与其他香型相比，它更适合与国际接轨。

清香类型白酒还有文化底蕴深厚等很多其他优势，在这里就不一一讲述。

从清香类型白酒优势看，它还是很有发展前途的。我们要有信心将清香类型白酒做得更好。

三、清香类型白酒的创新发展

刚才谈到了清香类型白酒的劣势和优势，也看到了清香白酒美好的未来，那我们应该如何更好地发展？下面谈谈我们的看法。

（1）企业发展目标。

有目标，才有发展动力。进入21世纪白酒行业发展的主要指标是销售收入。结合清香类型白酒企业的具体情况，经过三至五年发展，企业销售收入的发展目标分为下面六个档次，年销售收入100亿元、50亿元、30亿元、10亿元、5亿元、1亿元。

（2）依靠品质制胜。

从今年6月1日起，全国开始贯彻执行《食品安全法》，各企业必须认真贯彻执行，贯彻得好，促进企业可持续发展，贯彻得不好，必然严重制约企业的发展，甚至给整个行业带来重大影响。

为更好地贯彻《食品安全法》，提出三个思路：一是建议大中型企业生产经营的主品牌的主导产品采用纯粮固态法工艺，执行固态法标准，不添加食用酒精及非白酒发酵产生的呈香呈味物质。二是企业采购的原辅材料（包括食品添加剂）全部都要有标准，有检验，只有完全合格的原辅材料才能投入生产，才能保证产品安全。三是必须严格工艺操作、严格监督管理，不符合要求的不进入后一步工序，有瑕疵的产品不出厂销售。

（3）发挥优势提高产品竞争力。

白酒界权威沈怡方先生在2008年清香类型白酒企业高峰论坛上指出，清香类型白酒的口感向两个方向发展，一是醇厚性，二是清爽性。醇厚性清香类型白酒在白酒溶胶理论和美拉德反应理论指导下，采取适合的技术措施，克服上面讲的口感方面的不足，且适当增加白酒中金属离子的含量，加速白酒老熟；在勾调中，用好的调味酒，提高勾调技艺，增加入口绵柔度。美拉德反应产物对于白酒的口感幽雅、细腻起着决定性作用，台湾金门高粱酒在2007年太原国际蒸馏酒论坛得到的综合评语是芳香、幽雅、细腻、柔和，这与其工艺中混合使用中高温曲和中低温曲，流酒温度较高有关。

（4）开发时尚产品，培养年轻消费群。

上面讲了，清香类型产品能够自由勾调，符合年轻消费者的饮酒方式。当前"70后"逐渐向中青年转变，开始在重要岗位任职；"80后"的年轻消费者消费也开始崛起，为此培养年轻消费群迫在眉睫，这也为清香类型白酒发展提供了机会。

金融危机过后，经济复苏，必然迎来一个新的经济发展高潮，消费会有大发展，希望各企业及早动手，发挥清香酒优势，克服不足，开发夜场年轻人饮用酒。

开发新品种酒，观念要改变，当前的餐饮用酒绝大多数是"商务""政务"等高端酒、请客送礼酒、喜庆酒等，可以说是"忙酒"。"忙酒"气氛浓、环境热、干杯多。夜场年轻人饮用酒，是一种时尚、休闲、娱乐，是一种"闲酒"。饮"闲酒"需环境幽雅、慢品细饮、混饮，是文化享受与自我陶醉。由此，开发的指导思想必须是以传承为根、创新为魂，创造出适合年轻人的夜场、酒吧等饮用酒。

（5）加快品牌文化建设。

加快品牌文化建设，先引用学者吴祚来在《我们需要怎么样的百家学术讲坛》中的一段话："中国文化现在缺少的不是文化资源匮乏，不是趣味不足，而是缺少一颗勇敢而真诚的心，对历史要揭示真相，对现实要直面问题。一个民族的文化没有一颗勇敢而真诚的心，它的文化就没有精神、没有灵魂，也没有希望。"这段话对我们建设酒品牌文化会有重要启示作用。

挖掘历史一定要真诚，直面现实一定要结合时尚文化，这是品牌文化建设的灵魂，这样才会有长久的生命力，否则，"炒作、忽悠"的品牌文化建设绝不会有生命力。另外，品牌文化建设还要具有鲜明的个性，例如品茅台，就是品尝"国酒文化"，质量优、价值高，满足了高档次，甚至是奢侈品的消费需求，鲜明的个性化的品牌文化建设是企业产品走向全国市场的必备条件之一。

（6）抓好节能降耗减排工作。

抓好节能减排工作是大局。这届论坛，汾酒集团汾青分厂论述的风冷冷却器，采用11千瓦风冷冷却，不用水，已经使用了8年时间，节能、节水效果好；河南一酒企业实施废糟液变成DDGS饲料、废煤灰、渣制成砖的工程，使酿酒副产品、废物实现了循环再利用；重庆市江津酒厂将酿酒车间污水处理站运行产生的废弃物污泥，拌在煤炭里送进锅炉用来焚烧烤酒，此办法不仅节约了燃料、运输、固废处理费用，还消除了污泥带来的环境污染；山西神泉酒业有限公司提出了提高出酒率的做法，采用清香大曲酒地缸固态发酵，在保证质量前提下，由2007—2008年周期原粮出酒率的43.72%，到2008—2009年周期原粮出酒率提高到45.90%，节粮降低了生产成本；王元太专家写了《白酒酿造的经典理念与现代酿酒技术》一文，阐述了质量、数量都能稳定提高的各种技术措施，可供大家参考。

（7）团结务实、合力发展。

最后一点，也是至关重要的一点，我们清香类型白酒企业要取得大的发展，各个企业必须共同努力。有了各企业的发展，才能提高清香类型白酒整体的市场占有率，只有大清香类型做起来了，企业市场才能稳定，我们清香类型企业才能从其中市场共同获利发展，不然即使做起来，市场可能也不会很牢固。

为此，希望我们清香类型企业老板们解放思想、互相沟通，加强企业间合作，形成合力，共同对外宣传推广清香类型白酒优势，在行业内形成大清香大发展的氛围，全面掀起清香类型白酒大生产浪潮，销售上营造清香旺销的局面，从而促进形成清香类型白酒三分天下有其一的局面。

虽然这两年，清香类型白酒企业间沟通增多，但沟通得仍不够，合作的力度仍不够大，达成的共识也不多，有些甚至在内部竞争，相互攀比宣传过去的历史，在名誉上争做老大，形成内耗。

今后我们清香类型企业在市场竞争中，应避免内耗，在新产品研发、节能减排、基础设施建设、品牌延伸、企业差异化营销上多下功夫，不要整天想着明天要把某大企业吃掉、后天要把另外的某大企业吃掉。在市场竞争中，存在大企业吃掉大企业的可能，但是难度很大，所以我们更应注重自身的实力锻炼，注重与同行业企业的竞合，在竞合中将自身企业做强，将清香类型白酒市场做强。

希望我们清香类型白酒企业间进一步加强交流，共同加速清香类型白酒的崛起。以上是我们对清香类型白酒发展的一点看法，不足之处请多指正。

谢谢大家！

转变　提高　创新　发展

2010年10月在第三届全国清香类型白酒高峰论坛上的讲话

高景炎　沈正祥

全国清香类型白酒高峰论坛已召开了两届，初步建立了交流平台，成员不断扩大，内容不断更新，情义不断加深，这对于加快清香类型白酒复苏步伐起到了积极效果。下一步交流将更加广泛和深入。

转变经济发展方式，调整经济结构，提升传统产业，大力发展新兴产业，这是我国"十二五"时期发展的基本思路。对于传统产业的酒来说，我们该怎么办？提几点发展思路，供企业参考。

一、稳健扩张，将企业逐步做优做强做大

近年来，随着消费者名牌消费意识增强，酒业迎来了新一轮的整合时期，为国家及地方的名优酒企业提供了扩张发展的机遇，许多名优酒企业抓住机遇，扩大企业规模，有的企业对基础设施进行扩建，有的兼并其他企业。

在做大做强时，我们白酒企业首先要做好市场，稳健发展，然后根据市场扩张程度，分步实施，逐渐扩张企业规模。

我们要将有限的资源合理分配，以市场第一和质量第一的"双第一"

原则出发，齐头并进，把握好市场的同时做好扩建，从而将企业做优做强做大。

二、加快产品升级步伐，是白酒企业转变发展方式的根本所在

近年来，随着消费者消费水平的提升，消费逐渐转向质优产品，选购产品时品牌质量已经上升到第一位要素，价格正在向第二位转变，消费在升级。

消费升级要求我们白酒企业要多生产质量优良的中高档产品，满足大众需要。

产品升级是市场消费升级的需要，也是国家转变经济发展方式的需要，是企业自身贯彻《食品安全法》、节能降耗减排、低碳发展的需要。否则，就有被淘汰的危险。

结合清香类型白酒的现状，就产品升级提出两点意见：

一是开发生态园酿造原浆酒。原浆酒就是传统纯粮固态法发酵，不添加食用酒精及非白酒自身发酵产生的呈香呈味物质，完全以酒勾兑酒的白酒产品，真正回归原生态，回归大自然。这将是消费市场的中高档产品，尤其是高档产品的升级方向。这类产品口感上必须做到绵柔、爽净、自然、舒适、幽雅、细腻。从上两届对中高档产品品评结果看，在幽雅细腻上还有较大的差距。需要继续提高原酒质量，增加原酒储存时间。同时要增加调味酒品种，提高调味酒的风格特征，用老酒和调味酒增强产品的幽雅细腻感。总之谁有好酒多，谁就掌握优化产品结构，提高中高档产品比例的主动权。

二是开发具有时尚的中国特色的清香类型低度白酒，与烈性洋酒比高低。烈性洋酒消费的特点是"尊贵、高雅、休闲"，年轻人喜欢饮用且夜场消费较多。从清香类型高端白酒产品消费看，已做到"尊贵、高雅"，但大多数是商务、政务用酒。因而如何发挥清香类型白酒优势，开发年轻人饮用、适应夜场消费、具有时尚的中国特色的低度白酒值得我们探索。杏花村汾酒集团为赶超伏特加，融合白酒、烈性洋酒技术和固态、液态发酵技术，研发具有自己独特标准、低酒度、低酸、低酯、酸酯平衡、微量

香味物质平衡的新产品，为我们开了一个好头。在这方面希望大家共同努力，开创中国白酒的新局面。

三、酒产业集群化发展，必将对转变发展方式产生深远影响

改革开放后，经过三十多年的发展，产业集群化在中国已经初具规模，形成了"珠三角""长三角""中关村"等不同地域、不同领域、不同规模的产业集群，这些产业集群在弥补由于孤立和隔离给企业带来的劣势的同时也极大地增强了地区的经济影响力。近年来我国政府更加重视产业集群化发展，目前我国已经建立了一定数量的酒产业集中区，促进了区域酒业发展。

四川提出白酒"金三角"，洋河和双沟名酒企业的强强联合，山西吕梁市建设杏花村工业园区等大大促进了白酒产业的集群化发展，我国初步形成了泸州、宜宾、遵义、宿迁市等白酒产业集群，提高了白酒产业的集中度。据不完全统计，2010年1—5月产业集中度比上年末提高9个百分点。

从泸州、宜宾、遵义、宿迁等市的白酒产业现状和规划看，5～10年时间，产业销售收入将达到300亿～500亿元以上不等。

根据白酒产业的特点，在集群化发展中，需要注意的是：一是品质、品牌、文化要凸显个性化；二是标准、地理标志产品、工业旅游和非物质文化遗产要突出统一性；三是科研设计、机械设备、包装材料等要强调服务性。这项工作现在刚刚起步，在实践中会有新的提高。集群化发展将强有力推动中国酒产业转变发展方式，提高发展质量和效益。

四、白酒生产的机械化，是实现向现代工业生产方式转变的必然

人力成本的不断上升，生产环境的不断优化，客观上促使企业逐步实现机械化、自动化生产，这也是提升行业水平的需要。内蒙古河套酒业公司学习金门酒厂经验，已建成了年产2000吨清香型白酒生产基地。虽然清香类型白酒的发酵设备绝大多数是陶瓷缸，实施机械化有很大难度，但是可否考虑与储酒容器一样，由单一陶瓷缸向陶瓷缸和不锈钢并用转变。台湾金门不锈钢发酵槽车存放于地上，发酵车间空调控温，做到室温常年

保持15℃恒温不变；宝丰酒业公司用水、细沙、卵石等调控地温的经验，都给我们做出了示范。"世上无难事，只怕有心人"。只要我们敢想敢实践，不怕失败，就会有新突破、新进步，"心想事成必高远"。

五、强化宣传产品优势，为消费者科学健康饮用清香型白酒提供依据

日前，有国外研究机构研究显示，滴酒不沾对身体有害，适量饮酒促进健康。我国李时珍的《本草纲目》中也有记载，适量饮用白酒可活血化瘀，有利于心脑血管，所以我们白酒企业在宣传时需要媒体正确引导消费者，适量饮酒有益健康，并提倡科学的饮酒习惯，反对酗酒。

在引导科学饮用白酒时，要突出宣传清香白酒以下的优势：

（1）口感好。清香类型白酒口感绵柔、醇和、爽净、自然舒适。其中，中高档酒，尤其是高档酒除具有上述口感外，还具有陈香陈味、幽雅细腻感。

（2）低醉酒度。我国著名白酒专家曾祖训教授指出：低醉酒度是指一种白酒既要满足美好的享受，又不至于影响工作、影响健康。入口时不辣嘴，不刺喉，醇和爽净，协调自然；饮酒过程醉得慢，醒得快，酒后不口干，不上头，有感觉清新舒适的特征。对于这一点，我们清香类型白酒符合低醉酒度的标准。这可能与醛类、甲醇、杂醇油等物质含量相对较低有关。但要进一步做工作，与医学科学研究相结合，用科学依据阐明清香类型白酒属于低醉酒度白酒。

（3）发酵设备绝大多数是陶瓷缸，生产工艺主要是"清蒸二次清"或"清蒸续糟"，这就决定了整个生产过程清洁卫生、纯净、促使产品更安全。

六、狠抓节能减排，践行低碳发展

节能减排已经提出了好几年了，此工作得到了各酒企业的高度重视，在节能减排降耗方面下了大力量进行整治。如：

五粮液集团利用丢弃酒糟，把它烘干后作为燃料燃烧供热烤酒，这项技术为五粮液集团节省了30亩堆放丢糟的土地，年节省约7000万元购煤

费用和 674 个劳力，每年少排 2500 吨二氧化硫。

剑南春酒厂的废水用作沼气发酵，年生产沼气 214.5 万立方米，每年可节电 80%，节水 40%，分别减少二氧化碳和二氧化硫排放量 13 万吨和 1 万吨。

酒行业中节能减排增效的例子还有很多很多。

随着国家提出的产业结构调整政策的实施及对节能的愈加重视，我们酒企业对节能减排不能掉以轻心，要倍加重视。

今后酒业节能减排重点仍是节水、节粮、节能和生产过程中废弃物的综合利用，以先进技术变废为宝，保护好生态环境，走循环经济之路，确保白酒企业自身的生存和发展。

七、控制广告投放规模，在宣传方式和促销手段上有所创新

近几年来，在全国或区域市场增速较快的品牌，其广告投放量显著增加。尽管大多数敢于倾力投放广告的产品，取得了销售业绩的增长，但是由此使企业经营成本不断上升，而且巨量白酒广告在大众传媒热播，也引起社会各界的不同看法，给白酒行业造成较大负面影响。建议企业从经营实际出发，结合国内外环境，加大开展文明、科学、健康的饮酒方式的宣传。

在广告宣传方式、投放媒体选择上，建议企业根据市场布局范围，选择合适媒体；综合分析投放效果，可以考虑多选择户外媒体投放。

在广告投放内容上务必求真务实，与竞争对手不争领先、不争第一，要比质量、比市场、比服务、比贡献！

总之，我们希望通过这次论坛，清香型白酒企业要进一步扩大开放合作，克服保守思想和地方保护主义，以海纳百川的胸怀支持、发展、壮大清香类型白酒企业的队伍，树立"着眼全局看长远，合作共赢谋发展"的观念，充分发挥以汾酒为首的专家组的作用，在合作交流中互相学习，取长补短，在开拓创新中求发展，谋取更大的发展空间，共创清香类型白酒更加美好的明天！

"清香白酒，国之瑰宝，弘扬光大，责在我辈"。以上仅仅是我们一些

不成熟的看法，不当之处，欢迎大家批评指正。

谢谢大家！

传承（酿造生态化，确保质量安全）
创新（实施机械化，提升行业水平）
2011年8月在第四届全国清香类型白酒高峰论坛上的讲话
高景炎　沈正祥

"坚持传承，就要创新"。这是清香类型白酒行业"十二五"期间转变发展方式的一个基本思路。结合2011年的国家政策和实际情况，传承什么？要突出酿造生态化，确保产品质量安全。创新什么？当前的重点之一是实施机械化，提升行业整体水平。现就这两个议题先做一个抛砖引玉的发言。不当之处，恳请大家批评指正。

一、酿造生态化，确保质量安全

大家都知道，酿造好酒，与企业所在的地域资源（如水土、空气、气候及生物多样性等）有着天然依赖性和密切关系，必须有一个利于酿酒微生物生长的良好生态环境。社会发展到今天，生态园酿造的经过多年储存的原汁原味的原浆酒已越来越受到消费者青睐。生态园酿造的原酒，质量有保证，安全性好，这是行业内共识。但是什么是生态园酿造，目前尚无标准。我们认为，门槛必须提高，初步要做到三条：

一是自然环境好，无污染。以往称"花园式工厂"，现在要建设成"环境友好型"企业，这就要通过ISO 14001环境管理体系认证。像汾酒集团那样，建成生态园工厂区；像劲酒公司那样，劲酒的原酒（小曲清香型白酒）分厂选在植被繁茂，水质甘洌、无污染的山沟中。

二是要按国家环保总局发布的白酒清洁生产标准要求进行生产。首先是原材料必须严格按标准选用，逐步建立基地，并向绿色、无公害、有机原料发展。同时，要抓好节能降耗和减排，重视容器设备、管道、包装物等清洁、安全和环保，既利用好当地生态环境，又自身不污染环境。

三是坚持传统工艺精华，老老实实做人，诚诚信信酿酒。通过贯彻执行科学总结的传统工艺精华，依靠科技进步，切实有效地降低白酒中卫生指标控制成分的含量，不添加非白酒自身发酵产生的呈香呈味物质，其目的就是进一步提高生态酿造白酒的质量安全性。

二、实施机械化，提升行业水平

按照现代化大生产发展的必然，我们白酒生产劳动强度大，劳动条件较差，必须逐步改变这种落后状态；加上今天的劳动力成本升高和劳动力来源不足，实施机械化势在必行。对于这一点，在上届高峰论坛上，大家取得了共识。近年来，汾酒集团、衡水老白干集团等企业，纷纷组织力量参观考察，结合各自企业的实际情况，本着先易后难的原则，已经和正在开始制定实验实施机械化的方案。

鄂尔多斯酒业公司抓住新建白酒厂契机，拟安置一条从蒸料到蒸馏的机械化生产线。河套集团五原分厂年产3000吨清香型白酒机械化生产线自试产以来，边实验边改进，取得了较好的成绩。劲牌公司的集思广益和传承创新，率先实现了小曲清香类型白酒的机械化生产，从今年7月试产以来，边实践、边提高、效果显著，值得学习、借鉴。

作为同行，我们有个设想，在坚持传统工业精华的基础上，建议还没有搞机械化的企业，可以考虑先将原辅材料预处理和冷散加曲实施机械化，或者实验出入发酵缸、池的机械化，最后再研究摸索装甑蒸馏机械化，完善勾调系统的智能化。正如河套集团张庆义董事长说的那样，清香类型白酒的机械化，要逐步努力做到糁醅、糟都不落地，实现完全清洁化生产。深入一步说，我们搞机械化，不单纯是实行机械化生产，而是白酒生产自身的需要，克服人为因素造成的质量和出酒率等方面的差别，在机械化的创新过程中，准确有效地调整传统工艺，总结出生产优质酒的必要参数，确保产品质量的安全、优质、稳定，以实现整个行业技术水平的提高。

说到这里，我们还要好好反思，过去不少企业也都不同程度搞过机械化或部分机械化，后来因产品质量与手工操作有较大差距而纷纷下马。原因是多方面的，其中的管理和操作人员的水平不可忽视。实现机械化，管理要跟上，要加强保养维修，同时要做好操作人员上岗培训和严格考核，确保安全操作和机械化生产的顺利正常运行。只要我们深刻吸取历史的教训，思想再解放一点，胆子再大一点，步子再稳一点，不怕失败，坚持反复实践，不断摸索、改进、再提高，白酒机械化必将有力推动和促进清香类型白酒健康、有序地持续发展，开创新局面。

关于清香类型白酒的发展，还有风格个性化、弘扬酒文化、迈向国际化等议题。在这次论坛或下次论坛上，大家都可各抒己见，互相交流。总之，通过论坛这个平台，我们要扩大宣传清香类型白酒的优势，树立坚定的信心和决心，齐心协力携起手来，传承创新再努力，求真务实攻难关，共创清香类型白酒更加美好的明天。

我们的目的能够达到！我们的目的一定能够达到！

预祝本次论坛圆满成功！

谢谢大家！

大力弘扬清香文化 稳中求进共同发展
——文化和品质引领发展

2013年9月10日在第五届全国清香类型白酒高峰论坛上的讲话

高景炎　沈正祥

一、当前白酒形势浅析

2012年，全国1290家规模以上企业（年销售收入2000万元以上）白酒产量1153.16万千升，同比增长18.55%，销售收入4466.26亿元，同比增长26.82%，实现利润818.56亿元，同比增长48.50%，达到了近十年来发展顶峰。这是国民经济高速发展推动的结果，也是政务、商务消费等推动的结果。

由此，白酒价格也一路攀升。整个行业向高档次、高价位看齐，白酒企业的品牌文化开始突出历史、突出年份、突出稀有、突出行业中的地位，与消费者产生了距离。

进入2013年，白酒发展形势趋缓，高档酒价格回落，整个行业进入转型发展、稳健发展、理性回归，与消费者的距离逐步贴近。这是白酒行业发展的必然。对于清香类型白酒来说，过去十年，调整产品结构，向中高档发展，取得了长足进步。相对来说，产品结构的高中低档比例较恰当，性价比较合理，返璞归真也做得较好。当然，在这转型发展、稳健发展、理性回归的过程中，我们要加快调整和提高步伐。要研究市场，适应消费者，充分发挥优势，大力弘扬清香文化。要依靠科技进步，进一步提高产品安全度，注重品质，以满足不同档次、不同年龄、不同场合的消费需求。在这方面应当说，我们清香类型白酒有很大发展潜力。2013年一季度14家白酒上市公司中营业收入增幅前列的老白干酒（31.69%）、青青稞酒（31.03%）、山西汾酒（26.25%）、顺鑫农业牛栏山酒厂（30.31%），都是清香类型白酒企业，充分说明了这一点。

二、中国白酒的两个属性

中国白酒既是物质的，又是文化的。对于这两个属性，我们都要传承和创新。

（1）物质属性。要传承，更要创新。传承的是工艺精华，创新的是技术升级，实现现代化，口感要时尚化、国际化。例如微生物群体多样性发酵是中国白酒酿造工艺特点之一，是继续依靠自然、神秘技术，还是逐步实现纯种微生物、人工培养，按比例混合发酵技术？我们认为应是后者。

（2）文化属性。文化的传承要相对稳定。传承什么？中国白酒的传统文化是什么？人微言轻，班门弄斧，与学者、专家一起探讨，是否可以这样说，中国白酒传统文化是情文化，是文人的激情、友情的使者、情感的寄托，饮用中国白酒可以增加激情，加深友情，增强喜（愁）情。"小酌出品位，豪饮抒豪情，偶尝品奇特，文饮益健康"。

文化同样也要创新，如年轻人饮用的时尚文化，混饮、休闲、享乐等。文化创新时间上则更要漫长。

总之，未来的中国白酒，特别是清香类型白酒，要打造成既是历史的，又是当代的，既是传统的，又是时尚的独特饮品，是可以品尝享用的文化产品。

三、未来白酒发展探讨

今后引领白酒发展的一是文化，二是品质。

1. 大力弘扬清香文化

清香类型酒文化特点是什么？

（1）从自然中来，回到自然中去。清洁生产，纯净产品，既有名酒，又有更多民酒，大雅大俗。研究证明，中国白酒发酵容器最早的是"瓮"，目前清香类型白酒发酵容器是陶缸、瓷砖池、水泥池、不锈钢槽等，本质都是清洁纯净。江南大学的科研成果，揭示了主要风味成分，初步剖析了风味成分的功能微生物及生成机理，在纯种人工培养功能微生物按比例混合发酵上初见成效。在风味成分中有益物质多，有害物质较少，是中国白酒中安全度较高的产品。下一步我们还应该继续深入研究有益、有害物质的成因，强益避害，进一步提高产品的安全性。

（2）历史文化悠久。杏花村酿酒历史已有6000余年，汾酒成名历史也有1500多年。

（3）产区文化独特。国外葡萄酒的产区文化是自然环境决定葡萄的质量，而葡萄的质量决定了葡萄酒70%的质量，因而消费者选购葡萄酒是先看产区。对于清香类型白酒来说，东西南北中都有产区。一是华北产区，如山西杏花村清香酒业集中发展区，北京二锅头、河北衡水老白干、天津直沽高粱酒、内蒙古以及河南和东北产区等；二是青海的青稞酒和新疆产区；三是重庆江津和四川、云南、"两广""两湖"的小曲清香酒；四是台湾地区生产的清香型酒等，不同产区的环境微生物区别和生产工艺决定了不同产区产品质量的差异，不同产区的文化差异，又形成了独特的产区文化。

（4）时尚文化正在兴起。河南宝丰酒业开发的"小宝酒"，重庆开发的"江小白"已上市，得到了消费者的初步认同。宝丰"小宝酒"定位于"85后"青年饮用酒，包装瓶型圆润，外观时尚，精巧活泼，极富青春活力。酒体清透，入口清香，甘甜清爽，酒中可加冰，搭配饮料，有多种时尚饮法。"江小白"包装设计很是迎合年轻人的欣赏习惯，通过微博等时尚媒体平台与年轻人打成一片,进行了卓有成效社会化营销推广,创新之举获得成功。湖北石花酒业融合清香、浓香、酱香型酒工艺的精华,生产别具一格的"生态三香"酒;云南易门龙锶源酒业开发的小曲清兼酱香型酒等,均受到欢迎和好评。这届论坛各企业送来的酒样之一就是近年来开发的适合"80后""90后"青年饮用的清香类型白酒,目的是通过展示品评后,肯定优点,提出不足,帮助这类企业。在这里特别要指出的是劲酒,生态环境酿造小曲清香原酒,原材料是绿色食材,生产过程是纯种微生物人工培养按比例混合发酵,操作是机械化,工艺条件可控性强,因而产品质量稳定,安全性好。而且饮酒文化宣传好,"劲酒虽好,可不要贪杯"。劲酒配美食,是味蕾的妙配,身心的享受,健康文化贯穿了全过程。还有竹叶青酒,加冰、加果汁、加水饮用时尚化,口感更佳;台湾金门高粱低度酒,冰饮后,酒体滑顺适口,沁凉透心。这些特点都是清香类型酒文化优势,为此,在高峰论坛的基础上,经汾酒集团倡议,拟申报组建清香类型酒文化研究会,出版《清香天下》刊物,加大宣传力度,文化引领清香类型白酒发展。

2. 稳中求进共同发展

在转型发展,稳健发展,理性回归过程中,要研究消费者,服务消费者,突出的是抓好质量安全,注重品质,开发新品等工作,为此我们各企业之间要携起手来团结协作,加强交流,真正做到稳中求进、共同发展。

(1) 抓好白酒质量安全。过去的实践已证明,质量安全是重创行业和企业的首要问题,国家和消费者对食品安全越来越重视。自2012年以来,白酒产业热点接连曝光,既有老难题又有新问题,我们的态度是面对批评和非议,有则改之,无则加勉,加强自身锻炼,积极找自我不足,主动改进提高。因此,今后必须把质量安全工作放在第一位,当前主要是关于标志标识、年份酒、氨基甲酸乙酯、农药残留等,各企业要结合实际,认真对待,抓紧抓好这一工作,确保产品质量安全。

(2) 注重品质。从行业看,清香类型白酒的口感正在向两个方向发展。一是时尚清爽型,酒度更低,清香、醇香淡雅,口感更醇和、更净爽，类似俄罗斯的伏特加，韩国真露酒，日本烧酒等，做到口感时尚化、国际化；二是传统醇厚型，香气纯正、自然、口感绵柔、醇甜、丰满、幽雅、净爽。

为了更好地传承创新清香类型白酒，我们论坛专家组拟深度加大企业间和产学研结合，立项研究课题，有分工有协作，将分别先后开展对有益微生物的应用研究，清香类型白酒中功能风味物质的研究，白酒中有害物质的防治等，不断提升传统白酒质量，研制开发适应消费需求变化的优质安全新产品。

（3）开发新品，白酒技术和产品今后发展的趋势是多种工艺和香型融合。江南大学徐岩教授的科研成果指出"中国白酒酿造最主要特征是微生物群体多样性和固态发酵特征的复杂性；中国白酒风味特点的物质基础是风味化合物，而风味化合物的产生是由各种微生物和工艺所决定"，从理论上为我们提供了多种香型工艺融合的依据。劲酒的小曲清香原酒由8种纯种微生物人工培养按比例混合发酵，生产全过程实现了机械化，产品质量提高，乙酸乙酯由 0.6～0.7g/L 提高到 1.0～1.2g/L，高级醇由 1.2g/L 降到 0.8g/L 左右，原粮出酒率提高 2%～3%，节煤 39%，节水 41%，人均产能提高3倍以上；牛栏山酒厂、宝丰酒业公司人工培养多种纯种霉菌、酵母、细菌，按比例混合发酵，制备调味酒，增加了复合香味，提高了质量，提高了档次；内蒙古骆驼酒业、鄂尔多斯酒业、河套酒业等新建了芝麻香型酒车间或班组，开发了以清香为主的复合香产品，上市后得到了消费者的认可和好评，都是最好的证明。清香类型酒还可以融合酱香工艺，采用高温大曲，高温堆积，高温发酵，生产富含吡嗪类等化合物的调味酒，对提高清香类型白酒的幽雅、丰满、细腻具有特殊重要意义。

总之，发挥清香类型酒文化优势，传承、弘扬、创新清香文化，认真抓好质量安全，消除安全隐患，注重品质，开发新品，向商务消费和大众消费转型，清香类型白酒一定会更稳、更健康、更好地发展。

创新开拓未来
——发展清香类型白酒的几点建议

2015年11月在第六届全国清香类型白酒高峰论坛上的讲话

高景炎　沈正祥

中国经济发展进入新常态。标志一是发展速度由高速转向中高速；二是产业要转型升级，迈向中高端水平；三是转型升级靠创新，靠改革，创新引领发展，改革激发活力。对企业来讲，发展的活力主要是知识更新和技术创新以及机制的改革，创新和改革是最重要的，其次才是资本扩张。企业要由做大转向做新、做优、做强、做久。

白酒行业，经过2013年、2014年的转型调整，开始向回归消费者，回归市场，回归正常效益迈出了一大步。2014年全行业产量1257万千升，增长2.75%，销售收入5259亿元，增长5.7%，利润699亿元，增长12.6%，预测今后的白酒市场，将呈现多层次、多元化、多区域、个性化突出的市场趋势，将是质量、品牌、价格差异化的市场竞争。

近几年，"基于风味导向的固态发酵白酒生产新技术及应用"课题的实施，揭示了中国白酒酿造的基础理论。中国白酒的风味特点来自丰富的风味物质，其风味物质来自微生物群体的多样性和固态发酵工艺特征的复杂性。同时提出三个问题，一是传统生产模式粗放型生产、质量和数量不稳定；二是劳动条件差，劳动强度大，生产效率低；三是因过于传统，白酒丰富的风味物质的模糊性、奥妙性，很可能受国际上食品安全法律法规的制约。这项科研成果已获得国家科学技术发明二等奖，是中国白酒酿造科学技术上里程碑式的突破，为白酒业创新和开拓未来指明了方向。

一、产品创新

总的来讲，要根据市场需求，开发新产品，做到口感市场化。正如北京牛栏山酒厂宋克伟厂长所说，我们不是把自己的东西强加于人，而是根据当地市场的特点和地域文化去开发和销售当地消费者乐于接受的产品，无论是从口感、包装还是文化内涵层次，都要用心去考虑因地制宜。

（1）白酒口感要市场化。中国白酒保障品质最重要的，一是安全，二是口感好。在安全方面，杏花村汾酒集团带了头，全行业中第一家制定了执行高于国标、接轨国际标准的食品安全指标（企业内控标准）。口感好就是要满足消费者的口感需求，入口绵柔、和顺、醇甜，高档酒要达到醇厚、幽雅、细腻，后口必须纯净、爽口等。对清香类型白酒讲，第一口往往有点冲、辣，致使消费者先入为主，以为清香型酒较烈。对此，内蒙古骆驼酒业和鄂尔多斯酒业，在沈怡方老先生的亲自指导下，用清香和芝麻香型酒组合的方法，以延长发酵期的多粮清香型酒调味，收到良好成效。在中国食品工业协会国家白酒评委 2014 年和 2015 年两次年会上均获得赞扬，其评语是"色清透明，复合香气幽雅、醇和协调，尾净味长"。吉粮集团酿酒公司改进了清香型大曲酒工艺，学习酱香型酒高温堆积等措施，酒质有了新的提高，也受到好评。这就启发我们，要进一步解放思想，做到多种工艺融合，优势互补；多种糖化发酵剂单独发酵或按比例混合发酵（既有大曲、小曲、麸曲，还有高温、中温、低温大曲），走出一条以清香为主的个性、品质完美、独特风格的创新清香类型白酒之路。

（2）开发含有功能因子的健康白酒。我们常说的多种杂粮富含对健康有利的功能因子，越来越受到消费者的青睐。突出的是湖北劲牌公司，充分运用中药现代化技术，将苦荞等原料中提取的药物成分与小曲清香白酒完美结合，研制成功毛铺苦荞酒。酒中苦荞提取物（主要功能成份）含量在 200mg/L 以上，经动物实验表明，对辅助降"三高"效果明显，树立起健康白酒新形象，广受消费者欢迎。现已上市两年多，2013 年销售收入 1.26 亿元，2014 年销售收入 5 亿元，今年一季度同比又增长 108.9%，全年预计超 7 亿元。

（3）时尚白酒（青春白酒）正在崛起。2013 年在北京召开的第五届清香类型白酒高峰论坛上，有关企业作了介绍，并品鉴了开发的新品。做得较好的是重庆的"江小白"，2013 年销售收入达到 5000 万元，2014 年销售收入 6000 万元。之后，青海青稞酒业又开发了橡木青稞酒。他们以海拔 2600 米以上有机绿色的青稞为原料，清蒸四次清，生产的大楂、二楂酒，经陶坛储存一年后，再用储藏白兰地的橡木桶存放三年后调制，色泽呈金黄色至琥珀色，具有橡木香与酒香融合的芳香，口感柔顺、甘洌、清爽，可加冰、加水、加果汁等饮用，酒度分40度和43度两种规格，受到好评，为与国际蒸馏酒接轨和中国白酒走出国门开了一个好头。还有劲牌公司今年推出的新品——欢度酒，值得我们借鉴。该产品定为饮料酒，酒度4.5度。其特点是，一是在白酒和果汁结合的基础上，加入人参、玛珈等提取物；二是引导消费者开心时刻饮用欢度酒，尤其是为不饮用高度酒的消费者提供新的选择；三是实施渠道差异性，其重点是餐饮渠道，打造一个在餐饮市场畅销的饮料酒。

（4）保健养生酒有较大发展空间。现代消费追求第一位的是安全，健康。酒是"百药之长"，自古以来酒就与中医结下不解之缘。《本草纲目》中记载了200余种药酒记录就是最好证明。改革开放以后，药酒又发展成保健酒。这是酒文化和中医文化的完美结合，"治未病"可养生。

20世纪三届中国名酒——竹叶青，当今保健酒霸主——劲酒，都是以清香类型白酒为基酒酿制而成，对白酒行业发展有积极和有力的促进。据了解，今年以来，河南禧丰酒业，在继承原有清香大曲酒生产工艺基础上，解放思想、突破禁区、勇于实践，独创在酿酒原料中补加人参、灵芝、杜仲等10余种中草药材，在糖化发酵剂中提高中高温曲使用比例，成熟发酵酒醅更新为橡木甑桶蒸馏、玻璃冷凝器冷却酒液，形成了保持原有白酒色泽和风味，又有一定养生健康功效的白酒。他们正在开拓市场，这同样值得参考。

（5）继承与创新结合，博采众长，为己所用，走独创自家风格发展白酒之路。在这方面，湖北稻花香酒业走出了一条新的发展之路。他们在实施白酒生产机械化一条龙上有重大突破和创新。具体做法是，整粒高粱（不粉碎）先用60～70℃热水浸泡24小时（中间去杂换水一次），翻斗进入不锈钢蒸料罐带压蒸煮，后转输送带的凉糟机降温，经加小曲糖化24小时，再加高温大曲在输送带上密闭箱中高温堆积至45℃，继续降温至18～20℃加中温大曲入泥窖发酵60天，出窖蒸馏，酒液入库，待封坛储存三年后，再勾兑成品上市。相信他们的尝试和探索，将会有一个个性化独特风格的新复合香型酒问世。

（6）创新要围绕消费回归。白酒创新必须贴近消费，走亲民路线，做到大众化。在这方面，宝丰酒业迈出可喜一步，他们针对大众酒回归的市场趋势，适时地作了调整，先后开发了喜宴产品和百姓礼品装系列，婚宴用酒"百年同顺"38元一瓶，"百年同喜"58元一瓶，特别是"大象驮小象"标记的光瓶酒市场火爆。其"老会堂"酒原属于省政府接待用酒，由每瓶1斤4两单价80元改为每瓶1斤单价40元；以前的高档名酒依靠科技进步，革新工艺，提高酒质，改进为进入寻常百姓家，口感绵柔的民酒，实现包装回归、价格回归的大众化，得到消费者欢迎；今年一季度销售收入同比增长35%，净利润同比增长25%。因此在营销上要转变观念，必须把消费者的满意度作为全部营销工作的中心，消费者欢迎、满意、能接受，产品就有市场、有生命力，市场竞争的核心主要是消费者。总之，要以消费者的需求开发产品。

要以质优、安全卫生、方便供消费者享用，以融酒文化的魅力吸引消费者，以消费者接受价格的能力定价。关于价格，这是一个说不完的话题，它是市场的第一道坎。有人做过调查，到商场买酒，有三种现象：一是去了买完酒无声地就走了，卖价低了；二是只看不买，还骂街，嫌售价高了；三是又买又骂，说明定价合适。这说明再好的酒消费者买不起，只能看看而已。一句话，酒再好，无人买，即使优质服务也无济于事，产品就躺在仓库里"睡觉"。这值得我们企业思考。

二、工艺操作过程创新

这是白酒的技术升级。今后白酒的发展有可能两极化。一极是少量的古法酿造，手工（工匠精神）操作，质量做到极致，文化底蕴深厚的奢华白酒；另一极是大量的白酒生产走新型工业化。具体说：

一是从大曲和酒醅中分离到的多样性优良菌种加以人工纯种分别培养。按比例混合发酵，即多微纯种化。当前重要的是加强优良菌种的研究工作，研究单株菌种发酵的代谢产物，多菌株共酵的代谢产物，使其风味物质的生成向有益成份的品种、数量方向发展。湖北劲牌公司小曲清香白酒实现机械化生产线，多微麸曲代替小曲，选育优良菌种 5 株，分别人工培养，按比例混合发酵，提高质量，乙酸乙酯由 0.8 上升到 1.2，出酒率提高 4%，综合能耗降低 39%。山西 20 世纪 70 年代，试制成功了多微麸曲酒"六曲香"酒并在全省推广，成效显著。在此基础上，增加细菌的优良菌株，如霉菌、酵母、细菌等功能微生物，质量肯定会进一步提高，产量也会增加，生产效率成倍增长，以利于白酒生产实现新型工业化。

二是生产操作机械化，向自动化、信息化、智能化发展。目前要做的是正确测定生产线上的工艺参数，使其由经验的、模糊的工艺参数创新为数字化、标准化的工艺参数。劲牌公司小曲白酒机械化和衡水老白干集团公司大曲白酒机械化都取得了引人瞩目的成绩。

与此同时，生产设备要加强维修保护，突出安全第一。厂房要整洁明亮，生产线上粮、醅、糟等尽力做到不落地，改变白酒生产厂房霉变，生产物料随地可见的落后面貌，完全符合食品卫生要求，也符合现代文明、清洁生产的需求。

三、互联网创新

互联网是个大平台，即现在流行"互联网+"。要改变传统思维，大胆创新。当前是否可与白酒酿造、管理、经营等相结合，逐步推进。如结合的好，会不会产生颠覆性创新，我俩不懂，给大家提出这个课题。

四、文化创新

由以往的历史文化、奢华文化转型为现代文明的健康文化、休闲文化、清香文化和一切服务于消费者的企业文化。

健康文化要研究白酒中的功能因子，并另辟一条途径。中国白酒要与中医药、中医养生相结合。喝白酒就是喝高兴、喝气氛、喝出好心情。事实证明，保持健康心理，有利于预防和控制疾病，有利于帮助消费者与社会、自然环境之间建立良好的和谐关系，也完全符合世界卫生组织提出的健康不仅是没有疾病，而且包括身体健康、心理健康和社会适应良好。生产工艺上要从酿造环境、原材料、厂房及设备、工艺操作，一直到饮酒文化，始终贯穿健康文化。劲牌公司"可不要贪杯"的适量文明饮酒宣传，坚持了二十年，取得巨大成效。同时要提升白酒的安全指标水准，如严格控制有害成分甲醇、氰化物、铅、氨基甲酸乙酯、塑化剂等的含量。发挥清香类型白酒的优势，制定执行高于国标、接轨国际标准的食品安全指标（企业内控标准），进一步提高白酒的安全性。

休闲文化就是白酒要进酒吧消费。据调查，欧美市场酒吧消费酒类占整个市场的80%。我国现阶段酒吧消费主要是烈性洋酒、进口和国产的红酒及啤酒，基本上没有白酒。以上海为例，2013年酒吧消费60亿元以上，占酒类消费的15%左右，发展速度七年翻了一番。从2013年起，以食用酒精、伏特加等为基酒的预调酒进入酒吧市场，2014年成倍增长。预调酒和橡木青稞酒、劲牌"欢度酒"等进酒吧的市场倾向，可以说是享受休闲文化。要用现代文明之语诠释清香文化：清白做人，清晰酿造、清彻透明、清馨若兰，清雅爽口、清净体态、清纯（诚）交往、清新休闲、清平生活。体验的是自然、阳光、平实、接地气的酒文化生活。

总之，一切服务于消费者的企业文化就是要处处服务好消费者，同时发展壮大自己。这与老子的哲学思想"无私成私""为人而己越有，与人而己越多"完全一致，湖北劲牌公司就是这么做的。其经销商1万余人，均视为企业员工，人性化管理，因经销劲酒夫妻两地分居的安排妻子（丈夫）到经销地夫妻团聚，并发生活费每月1500元，极大地激发了经销商的正能量，有动力更好地服务消费者。此外，他们把保健酒的稳定性列为质量的重要指标之一，除做冷热处理外，还投资300万元创建人工气候室，专门制造恶劣天气如暴风雪、冰雹，狂风暴雨等，观其稳定性，对消费者高度负责。因此，2013年、2014年劲牌公司销售收入仍呈两位数增长，2014年销售收入达75亿元。

五、机制改革

一般说，民营企业具有贴近市场，机制灵活，执行力强等优势。而我们酒行业又是市场上竞争充分的行业，因而从机制上讲，民营企业优于国有企业或国有控股企业。

根据中央精神在当地政府的安排下，进行混合所有制改革是必然的，进度要快，市场不等人。

中小民营企业在发挥机制优势的前提下，同样要加快引进人才，加快创新步伐，包括产品创新、品牌创新、文化创新、工艺操作过程创新，将企业做新、做优、做强、做久。

万众创业、大众创新，创新引领发展，业内已基本形成共识。关键是落实、落实、再落实，只要落实到位，清香类型白酒的明天一定会更好。

在北京酿酒协会成立三十周年大会上的讲话

2017年4月28日

高景炎

各位领导、各位同人、各位朋友：

上午好！

为纪念北京酿酒协会成立三十周年，我们今天在这里欢聚一堂、畅叙心声，作为协会的前任负责人我更是激动不已、感慨万千。

1987年4月24日，北京酿酒协会成立大会在北京啤酒厂召开，标志着北京酒业自此有了跨区域跨部门跨所有制的行业组织，这是北京酒业发展史上的一件大事。

北京酿酒协会的诞生是改革发展的产物。1965年8月，为提高北京本地产酒的规模、质量和技术水平，市政府授权北京酿酒总厂统一管理全市酿酒行业，对郊县酒厂按"七管两不变"的原则实施归口管理，总厂为此专门制定了"四包四帮"的制度并组建了归口科，我担任了第一任科长。在全市厂家的共同努力下，北京酒业迎来了第一次腾飞。1984年，在轻工部举办的全国酒类质量大赛中，北京在金牌获奖数和奖牌获奖总数上均列全国第一。其后，随着经济体制改革的不断深化，二级公司式的行政性管理已不利于搞活经济和发挥企业的积极性，于是北京酿酒协会便应运而生。

协会成立三十年来，满腔热情、千方百计搞好两个服务，一是为行业服好务，二是为政府服好务。协会除做好日常的规划、培训、调研、协调、统计、信息等工作外，还急企业之所急、想企业之所想，想方设法帮助企业排忧解难。三十年来，协会确实做了不少工作，但由于主客观原因未必都能尽如人意。为此，我本人感到遗憾，也请大家多多见谅！

三十年来，协会得到各企业、政府各部门和社会各界的大力支持，我谨表示衷心的感谢！对曾经和目前在协会工作的同志们致以诚挚的敬意！对逝去的老领导、老专家表示沉痛的哀悼！

三十年，弹指一挥间。抚今追昔，我最大的感触是：我们这些人老了，但北京的酒业年轻了。目前，全市二锅头的年产量接近30万吨，在中国白酒中是最大的品类；北京啤酒业日益壮大，燕京啤酒集团进入中国啤酒第一阵营；在国务院公布的国家级非物质文化遗产20个酒类项目中，红星和牛栏山申报的北京二锅头酒传统酿造技艺、仁和酒厂申报的菊花白酒传统酿造技艺榜上有名；北京还有了葡萄酒庄和酒类交易所，酒文化博物馆越来越多。看到蓬勃发展的北京酒业，让我这个老兵无限欣慰。我虽已年近八旬，但仍愿尽微薄之力，与在座的同人一起奋斗，张开双臂去迎接北京酒业更加绚丽的春天！

协会成立后的三十年间，在党和政府领导下，北京酒业历经市场经济的风风雨雨，以提质扩产增效节能降耗为重点，实现了"从小到大"的目标，为国家、地方和社会做出重大贡献，既有鲜明的业绩又有亮丽的品牌，还涌现出一大批酿酒、营销、管理大师及专家学者，精彩演绎了行业的上半场。

随着经济新常态的到来和经济全球化的加深，北京酒业进入转型升级的下半场。稳中求进将成为下半场的主基调，把握新方位、落实新理念、开创新实践、激发新状态将成为下半场的主动作，创新化、差异化、现代化、国际化将成为下半场的主台词。要走好"从大到强"的下半场，就必须以五大理念为引导开展二次创业。为此，我想对各酿酒企业提出如下建议：

一是发扬"竞合精神"，既竞争又合作。市场经济是竞争经济，竞争使企业进步，垄断使企业落后。同时，市场经济又是学习经济，企业要学习的东西很多，其中就包括向竞争对手的学习。常言说：人的心胸有多大，他的事业就可能做多大。许多人信奉"商场如战场"的法则，这不能说错但也不能说全对。战场上拼的是刺刀见红，你死我活；而商场上提倡的则是"竞合"——既竞争又合作，创造双赢甚至多赢的局面。

二是发扬企业家精神，创新创业敢为人先。市场经济还是企业家经济，从一定意义上说企业家就是市场经济舞台上的主角。企业家一定是企业的掌门人负责人，但企业的掌门人负责人不一定是企业家。因为企业家不仅要出业绩还要出思想，不仅要掌控现在还要把握未来，不仅要有极强的抗压精神和应变能力还要有广阔的视野和博大的胸怀，而"敢于担当、善于创新、勇于冒险、乐于奉献、精于合作"则是企业家最凸显的品格。北京酒业作为制造业，我希望能涌现出一批像华为的任正非、海尔的张瑞敏、格力的董明珠那样既有鲜明个性又有全国影响力的企业家。

三是发扬工匠精神，热情如火严细如丝。工匠精神就是敬业、乐业、精业、专业，就是专心、专注、专研、专一，就是立足岗位练绝活儿，就是精雕细琢永无止境。正如我们常讲的一句话："细节决定成败。"工匠精神不仅体现在产品上、质量上、工艺上，而是对任何工作都努力把它做好做精做到极致。《中国制造2025》的颁布，为酒业的发展指明了方向。我们要在工匠精神的指引下，增加品种、提高品质、提升品牌，力争做到柔性化设计、智能化制造、网络化营销，把北京酒业的发展推进到新水平新阶段，以适应供给侧改革、产业转型升级和第四次工业革命的浪潮。

对北京酿酒协会现任的工作人员，我也提出三点希望：

一是做好企业的贴心人，不忘初心砥砺前行，全心全意为企业服务好。

二是做好政府的知心人，传达政府要求，反映企业呼声，充分发挥桥梁和纽带作用。

三是做好行业的代言人，求真务实敢言善讲，为北京酒业鼓与呼。

各位同人："忆往昔峥嵘岁月稠，望未来风光无限好。"我坚信，在大家的共同奋斗下，北京酒业一定能再谱新篇章再创新辉煌！

最后，我衷心祝愿各企业各单位兴旺发达事业有成，祝愿各位朋友身体健康万事如意，祝愿京华美酒香飘全国香飘世界！

谢谢大家！

新理念促发展
——创新是发展第一动力
2017 年 8 月在第七届全国清香类型白酒高峰论坛论上的讲话

高景炎　沈正祥

一、白酒发展要健康化、时尚化、年轻化

白酒，是中华民族的珍贵遗产和骄傲。长期以来保持经久不衰的重要原因，是有消费者、有市场。但是，随着白酒消费者人群的老龄化，越来越多的"80 后""90 后"甚至"00 后"，正在被烈性洋酒、葡萄酒、啤酒、黄酒和非酒精饮料吸引，白酒的未来怎么办？要有紧迫感和危机感。白酒的出路在哪里？答案是要适应新常态，要健康化、多元化、时尚化、年轻化。

传统白酒的营销，总是把眼光对准在爱喝白酒的老消费人群，与竞争对手争夺市场，而忽视即将成为消费主力的年轻一代。时代的进步，社会的发展，要求白酒应该争取新的消费者，必须重视年轻人，研究他们的爱好和需求变化。

为此，近几年来，我国不少白酒企业纷纷探索白酒健康化、时尚化、年轻化战略，而且开端良好。

（1）健康白酒和青春时尚白酒方兴未艾，湖北劲牌"毛铺苦荞"酒、重庆"江小白"酒，在产品设计、开发和市场营销上主动迎合年轻消费者的需求，走在了全行业前列。

（2）消费者对产品的安全度要求越来越高，山西汾酒集团制定了高于国家标准的内控安全标准，接轨国际标准，从 2015 年开始执行。

（3）智能化酿造迈出了重要一步，以新的科技理念指导白酒制造，推动白酒走上新型工业化道路，实现中国白酒的机械化、自动化、信息化和智能化生产；可提高效率、稳定品质、节约能耗、降低成本，真正实现从厂房到餐桌全过程的清洁化生产。湖北劲牌公司的小曲清香型白酒、河北衡水老白干的大曲白酒已经实现了机械化、自动化生产，尤其是劲牌公司装甑机器人的应用。这些企业已成为开创智能化酿造的先行者。

（4）品牌和文化定位正确，不少品牌文化已深入消费者心中，成为消费者心中的一种情怀。如茅台酒，定位高端、国酒文化；洋河蓝色经典，蓝色梦文化；劲酒，健康文化，对适量饮酒的价值宣传做到了家喻户晓。

（5）以开放心态，超越自我，打破香型障碍，实施多香型融合，满足消费者多样性、多档次的口感需求。正如庄子的哲学观点，我们改变不了世界，总可以改变自己吧。四川一些浓香型企业，自建小曲清香车间，组合清香白酒，以增加净爽感。江苏洋河、今世缘等企业，建设芝麻香白酒生产线，组合芝麻香白酒以增加丰满度。北京牛栏山二锅头系列，既有本地的清香口感，也有销往外地的浓香口感。劲牌毛铺苦荞酒，少量的清香口感，多数为清浓酱"三香"的组合口感。包头骆驼酒业和鄂尔多斯酒业清芝组合，多了些入口柔和感。这样做的结果，实施了有效供给。

（6）国际化发展战略既是长期的，也实实在在走出了一步。根据中国酒业协会资料及世界卫生组织相关数据统计，中国白酒产量占世界蒸馏酒总产量的30%左右，而在国际市场贸易中占有率仅0.76%，美国威士忌占到30.25%，法国白兰地占有率11.5%～13%，瑞典伏特加占有率约为4%。几年前，青海青稞酒业在美国收购了葡萄酒庄，并开发了橡木青稞酒及出口型青稞酒，正在试制青稞威士忌，开始稳步走向国际市场。劲牌今年初成立国际营销部以了解欧洲市场，计划收购德国的利口酒企业，逐步走出国门发展。茅台的"十三五"规划，计划到2020年，境外销量占到10%。

（7）继承发扬白酒业的工匠精神，牢固树立高度责任感和历史使命感，打造一支"用心酿造，精益求精"，有过硬酿酒技艺的员工队伍，促进白酒业转型升级，促进白酒业健康发展。

（8）贯彻落实中央关于供给侧结构性改革，成效明显。北京红星股份有限公司狠抓管理，在去库存、降成本、补短板等方面有新的进步、新的提高。2016年企业净利润完成2.62亿元，创造历史最好水平，今年预计利润接近4亿元，形势喜人，难能可贵！

（9）名品牌的中高端白酒稳步向商务用酒发展。许多白酒企业（包括名优白酒企业）的产品，在做优基础上稳中求进、稳中求新、稳中求好。白酒价格纷纷向大众消费转变，在品牌、品质上亲民，把以往千方百计创名优酒转变为广大消费者买得起、喝得着的民酒。

二、白酒发展要注重健康和文化

从传承弘扬中华优秀传统文化和实施大健康战略来分析中国白酒是一种特殊消费品。

（1）消费层面。从传统的嗜好消费品，体现如文人的激情、入诗入画、友谊的使者、以酒交往、情感的载体、使人快乐；到"黄金十年"、功利性消费品；当前又成为关注健康、美味享受的特殊消费品。这三个层面又相互影响，相互交替。

（2）物质和口感层面。中国白酒是由水、酒精和微量风味物质组成。要做到好喝，必须是酒精的刺激感与水、微量风味物质柔和感达到平衡，口感才能柔和、协调、净爽。

（3）健康层面。西医讲，酒精伤肝。微量风味物质含有健康功能因子，如吡嗪类化合物、萜烯类化合物等，健康白酒中也可补充高新技术提取健康功能成分，如苦荞黄酮、β-葡聚糖等。从中医养生学讲，适量饮酒，可舒筋活血，壮骨御寒，通气化瘀等，有利于身心健康。

（4）精神层面。主要体现在饮食文化。一方面白酒本身是感性的、奔放的，饮酒氛围是热烈的、快乐的、雅俗共赏的。雅者，吟诗赋词；俗者，行令划拳。另一方面从健康出发，要做到适量饮酒，健康饮酒，多举杯，少喝酒，要因人而异，顺其自然，君子有度，不要过量。

（5）哲理层面。大学者季羡林先生说，东西方文化最大不同是思维模式，思维模式又是一切文化的基础。西方文化是分析观。现代分析技术检测到的微量风味物质，基本决定了白酒的质量和档次。东方文化是整体观。诗人艾青说，中国的白酒是火的性格、水的外形，这就是酒精刺激的阳刚之气和水、微量风味物质的阴柔之神味做到恰到好处的完美结合。这也是中国传统文化阴阳学说的生动体现。一刚一柔，一火一水，看似矛盾，但又是统一的，是一个整体，缺一不可，关键是平衡。

综上所述，随着消费者收入的增加，文化素养的提高和国家大健康战略的实施，白酒消费领域关注健康，关注美味享受的关注度会越来越高。

三、白酒发展既要传承、更要创新

白酒业要善于继承，更好创新，才能跟上消费升级。

1. 首先是理念创新

要创新发展，绿色发展，向国际化发展。创新发展就是既要传承，又要创新，制造出关注健康、关注美味的消费升级层次产品。绿色发展就是要生态化酿造，清洁化生产，产品安全度高。国际化发展是一个长期战略任务，从基层工作做起，稳步走出国门，让主流消费者渐渐接受。

2. 创新是发展第一动力

（1）技术创新。一是进一步降低酒度，这是消费者关注健康的需要。二是加大健康功能因子含量研究。三是低度酒中水占了多数，要认真研究降度用水质量。以往经验，钾、钠离子与口感最为突出，促使酒体柔和、醇甜等；铜、铁、锰离子等具有还原性，有较强的氧化作用，促使酒体老熟；钙、镁离子等对白酒无益，多了易产生沉淀。四是智能化酿造，智能化制曲正上升到国家"十三五"重点科研的子课题，要学习劲牌公司小曲清香白酒、衡水老白干大曲酒智能化酿造的经验，并不断完善提高。

（2）名品牌，也就是创品牌。企业有大、中、小，历史有长、短、新，经销有全国、大区域、小区域市场，产品有高、中、低端之分。要根据企业实际情况，先做好定位工作。做得好的如北京牛栏山厂，定位大众消费名牌，"正宗二锅头，地道北京味"的京韵文化，经销以北京和华北为基地，东北、华东、华南为重点市场，拓展全国市场，目前销售业绩北京占到35%，外地占到65%。做好定位工作难的是品牌文化的定位，总的原则是"承接历史，跟上时代"，尤其是一个拥有悠久文化传统的品牌，更要在历史文化底蕴上再添华丽篇章，才能与消费者产生共鸣。

（3）营销创新。提出这个课题，希望各企业高度重视认真做好这项工作。

（4）绿色发展。当前应做好三件事：一是生态化酿造。环境优化，水、土壤、空气未被污染，最好是保持原生态、青山绿水；原材料是绿色的、有机的。二是清洁化生产。清香类型白酒有优势，机械化、自动化生产可以做到粮、醅、糟不落地，生产厂房也能整洁明亮；半机械化、手工操作采用半封闭的不锈钢槽操作箱，也能做到粮、醅、糟不落地，实施全过程清洁化生产。三是产品安全度高。要深入开展白酒中增加健康功能因子含量，降低有害物质的研究，制定高于国家卫生标准的内控指标，与国际标准接轨，提高产品安全的可靠性。

（5）国际化发展。这是一项长期战略任务。据青海青稞酒业在欧美市场的调查，西方人酒类消费80%在酒吧，中国白酒消费90%在餐桌。这是东西方消费文化的不同。正如易中天先生所讲，西方文化的思想内核是个体意识，是有独立人格和自由意志的个人；中国文化的思想内核是群体意识，每个人是群体的一部分，意志服从于群体的共同意志，人格依附于群体的共同人格。所以西方消费文化是个体意识，一杯红酒在酒吧可以享受半天；中国消费文化，图的是大家在一起，餐桌上敬酒、劝酒，气氛热烈而快乐。这两种文化的融合将是长期的。中国酒吧里喝的是干红、啤酒、洋烈性酒，偏没有白酒。布鲁塞尔国际烈性酒大奖赛组委会主席卜度安·哈弗说，白酒要寻求国际化合作，要从风味酒精度、包装品牌、文化推广方面做足功夫。青春时尚白酒的引领者是重庆"江小白"，而不是大企业的名牌产品。上海等沿海大城市，酒吧消费酒类已占到15%，所以大中小企业都可以创新试制，先踏入中国酒吧，作为走向国际市场的第一步。

总之，只要我们清香类型白酒企业共同努力，深入贯彻落实中央五大发展理念的战略方针，团结一致，共谋和谐发展，谱写合作新篇章，我们各白酒企业的明天一定会更加美好！

传承非遗　创新驱动　高质量发展

2019年11月在第八届全国清香类型白酒高峰论坛上的讲话

高景炎　沈正祥

一、白酒发展进入新时期

中国白酒，自2016年以来，进入了新的发展时期即消费升级高质量发展时期。其特点是：

（1）品牌化发展。名酒品牌、大品牌的发展都在两位数增长，产品品质优，安全度高，名（大）品牌是消费者选择的第一需求。2018年营业额超百亿元的企业有10个，即茅台、五粮液、洋河、泸州老窖、汾酒、郎酒、古井贡、劲牌、牛栏山、剑南春。其中名酒品牌8个，创新品牌1个，地方特色大品牌1个。

（2）关注健康备受重视。劲牌走在了行业的前列，产品中含有健康的功能因子，打造"适量饮酒有益健康"的饮酒文化。全过程清洁化文明生产，形成三位一体的健康理念，创新成就了该企业的品牌健康文化。

（3）年轻时尚化发展。"江小白"对生产工艺创新、产品突出"低度柔顺、利口纯净"的风格，基本完成全国化市场布局，并成为年轻人首选的酒类品牌之一。

（4）个性化发展。当今与未来白酒工匠大师定制酒会成为消费新趋势。

（5）走向国际化再起步。这是一项长期战略任务，任重道远。既要有战略、有目标，更要把握新机遇，引领新趋势。

（6）强者更强的"马太效应"日益明显，白酒产业的集中度会逐步提高。

综上所述，清香类型白酒未来发展的宗旨是传承"非遗"，创新驱动，两者缺一不可。

二、白酒发展要弘扬非遗文化

"非遗"就是非物质文化遗产，是经典传承技艺。白酒所以经久不衰，穿越千百年，跨越时空，究其根本就是经过历史沉淀，工匠用心做工，精益求精，匠人的精神融入了制品中，并一代又一代地口传心授，是中华民族的宝贵财富。

据统计，清香类型白酒国家级的"非遗"有6个，即汾酒、衡水老白干、红星、牛栏山牌北京二锅头、宝丰酒、梨花春酒技艺；省级、市级的则更多。

中国白酒技艺对照威士忌、白兰地、伏特加、郎姆酒等国际著名烈性酒技艺，其特点是，固态制曲、固态发酵、甑桶固态蒸馏、陶坛储酒。

杏花村汾酒的经典技艺是清蒸二次清，地缸固态分离发酵，"前缓、中挺、后缓落"的发酵管理技术，其产品特点是清、绵、甜、净、爽。

湖北石花酒业公司坚持传统工艺，把产品和服务做精做细，以甜心水、放心粮、精心酵、匠心酿、真心藏的"五心级"酿造标准，坚守工匠精神，创建酒龄20年以上70度高端清香型白酒新标杆，受到消费者青睐。

红星、牛栏山北京二锅头经典技艺是甑桶（锅）蒸馏，掐头去尾取中段酒，以工艺命名，既是酒名，又是品牌，为历史所造就，在白酒行业中也是唯一的。产品特色是清香带粮香，醇厚、甘冽爽净。

衡水老白干经典技艺是小麦中温制曲，续糟配料，混蒸混烧老五甑，地缸发酵，产品特色是清雅、醇厚、甘爽。

小曲清香白酒经典技艺，精选原粮，用曲量小，不用辅料（或极少用），配糟发酵，产品特色是清香带糟香，柔和干爽。

简要列举上述五种酒的经典技艺，启示我们，要有高度责任感加以保护，更要继承发扬光大，永远流传下去。

习近平主席在继承和弘扬中华优秀传统文化论述中指出：不忘本来，才能开拓未来，善于继承，才能更好创新。为我们白酒行业指明了传承与创新的关系。以机械化、智能化酿造为例，就是先做好传承，将传统工艺中的经典技艺和大量的工艺参数加以汇总、优选，从中找出最佳工艺及其参数，然后在实施机械化、智能化酿造上选用经典工艺以及参数。劲牌小曲清香，衡水老白干机械化、智能化酿造的实例，充分证明了这一点。

希望我们各企业学习他们的经验，根据各自长期实践的积累，使用大数据分析，找到确定本企业的经典技艺是哪些，最佳工艺参数是哪些，产品特色又是哪些。这项工作要下大力气，做到精致、精细，将本企业的经典技艺传承下去，永葆长青。

三、白酒发展要以创新为引领

创新是引领发展第一动力。

当今，风味导向和健康导向是白酒业科技创新的两大主题。风味导向，回答的是什么是好酒，要让消费者听得懂，又要与国际接轨。健康导向回答的是白酒不是酒精，那是什么。

什么是好酒，从目前的技术标准看，感官品评术语较为抽象，消费者不理解，白酒出口翻译成英文较困难。2017年的7月1日实施的"白酒感官品评术语——白酒风味轮"的国家标准，经过6年的努力才制定出来，消费者能读懂，基本与国际接轨。应在此基础上，各企业结合实际，制定出本企业的风味轮标准。中清酒业酿造技术发展中心计划于2020年上半年制定出清香类型白酒风味轮标准。目的就是要把清香类型白酒的清香之美表达到位。要创新表达方式，提升表达效果，更要进行品质创新，重视微生物的作用，提高风味物质的蒸馏效率，延长陈酿时间，通过赋予的化学物理作用，使清香之美完美呈现。在这方面，宝丰酒业、包头骆驼酒业、鄂尔多斯酒业、牛栏山酒厂等均收到良好成效。

白酒不是酒精，那是什么，要从三个层面去探讨研究。

一是物质层面，白酒是由水、酒精、风味物质组成的综合体。目前所说白酒因酒精度高，有害健康，是指酒精单体而言，这不全面，只见局部不见全局，只见树木不见森林，缺少综合思维。

二是文化层面，"适量饮酒有益健康"，来自中医学理念，体现的是东方文化。中医学的整体观、实践观、精神胜于物质观、天人相应观、养生观等完全符合"适量饮酒有益健康"这一理念，要深入研究。

三是哲理层面，白酒是中国优秀传统文化的重要载体之一，正如诗人艾青所言，白酒是火的性格，水的外形，柔中带刚。酒精刺激的阳刚之气和水、风味物质的阴柔之味，做到恰到好处的完美结合，一火一水，一刚一柔，看似矛盾，却是统一，是一个整体，关键是平衡和谐共存，这也体现了中国古代哲学中的阴阳学说。

根据上述三个层面的点滴分析，我们要学习劲牌公司，打造健康文化的新理念、新作为，依靠科技进步，提高产品中健康功能因子，坚持"适量饮酒有益健康"理念的宣传，做到清洁文明生产全过程，打造企业的品牌健康文化，为实现国家大健康战略做出贡献。

四、白酒发展创新的经验

白酒怎么创新？"兄弟香型"白酒企业解放思想，开拓创新的经验值得我们借鉴参考。

案例一：45度活力星产品是湖北稻花香酒业公司突破一个香型千年不变的禁区，开发的一款创新产品，工艺主要特点是融合了两种工艺的白酒。一种工艺是采用整粒高粱原料→带压蒸煮→冷凉加小曲糖化→配糟加高温大曲高温堆积→再加中温大曲入泥窖发酵→蒸馏所得原酒储存3～5年，既具有清香、浓香、酱香，又有粮香、窖香和陈香的幽雅馥郁香气，风格独特，企业把它命名为"馫香型酒"。第二种工艺是该公司生产的传统五粮浓香型酒，入陶坛18℃恒温长期洞藏。酒质窖香浓郁、陈酒味突出，绵甜醇厚。进而将这两种工艺白酒融合在一起，精心设计调配，将多种香气和口味完美结合，受到称赞和好评。

案例二：清雅酱香型白酒，是江苏今世缘酒业公司经过18年攻关，在芝麻香型酒的基础上，进行工艺的优化和创新的产品。其工艺特点是：①以高粱、小麦、麸皮为酿酒原料；②糖化发酵生香剂既有以小麦、大麦、豌豆为原料制成的高温大曲（顶火温度65℃以上），又有白曲、生香酵母、细菌曲；③发酵窖池为泥底石窖，通过堆积进行二次培菌，入池温度稍高，入池水分偏轻，发酵期为45天；④采用清蒸清烧和续糟配料工艺；⑤原酒经长达10年的地下酒库陶坛储存，精心勾兑后再储存、灌装出厂。风格特点是酱香清雅，陈香舒适，口味醇厚，酒体丰满，回味净长，空杯留香持久。

案例三：洋河1949封坛纪念酒，是洋河股份公司为庆祝新中国70华诞单独设计的一款工艺上既继承又创新的精品。具体做法是，由三位中国白酒大师、中国首席白酒评酒师、首席创意设计大师联袂匠心打造，从7万个窖池里万里挑一，精选窖池，历经12个节气180天超长发酵、压窖生产的三低（低温入池、低温发酵、低温流酒）头排酒，在特制的陶坛中再经15年的储存，精心调配出高品质、高端、高档佳酿。专家的评语是：清亮透明，芳香幽雅，陈香舒适，绵甜柔顺，圆润丰满，细腻净爽，回味悠长，风格独特。

此外，多年的实践比较说明，清香类型白酒是调制鸡尾酒的优质基酒，要早起步，进酒吧。传统西方的鸡尾酒通常是以朗姆酒、金酒、龙舌兰、伏特加、威士忌、白兰地等烈性洋酒（酒度大部分在40度左右）或葡萄酒作基酒，再配以果汁、蛋清、牛奶、咖啡、糖浆等辅助材料加以搅拌均匀而成的混合饮品。这就给我们清香类型白酒一个启示，那就是用清香类型白酒代替烈性洋酒或葡萄酒作酒基来调鸡尾酒，同时也是宣传、扩大中国白酒的声誉，走出国门的一个新途径。

今天，中国白酒行业正在进入新一轮发展时期，白酒产量增速放缓，步入高质量发展时代。我们坚信，在习近平新时代中国特色社会主义思想指引下，我们清香类型白酒企业共同努力，集聚共赢智慧，探索多元合一，研究新消费，把握新格局，讲好新故事，引领新趋势，打造清香类型白酒命运共同体，再创辉煌向未来！

第十七章

报道高景炎的文章选登

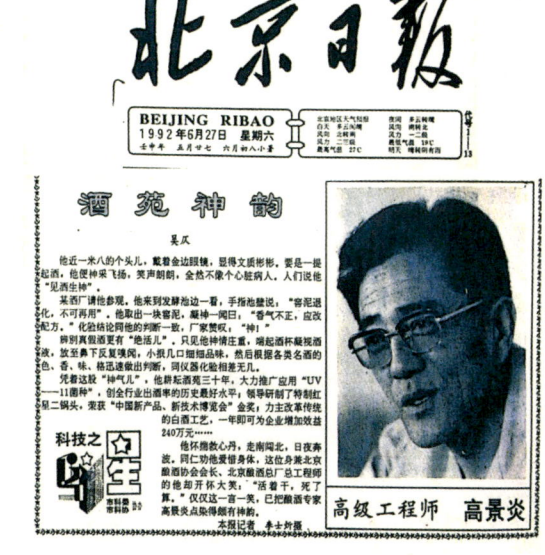

▲《酒苑神韵》（1992年6月27日《北京日报》）

酒苑神韵

1992年6月27日《北京日报》

吴 仄

他近一米八的个头儿，戴着金边眼镜，显得文质彬彬。要是一提起酒，他便神采飞扬，笑声朗朗，全然不像个心脏病人。人们说他"见酒生神"。

某酒厂请他参观，他来到发酵池边一看，手指池壁说："窖泥退化，不可再用。"他取出一块窖泥，凝神一闻曰："香气不正，应改配方。"化验结论同他的判断一致，厂家赞叹："神！"

辨别真假酒更有"绝活儿"。只见他神情庄重，端起酒杯凝视酒液，放至鼻下反复嗅闻，小抿几口细细品味，然后根据各类名酒的色、香、味、格迅速做出判断，同仪器化验相差无几。

凭着这股"神气儿"，他耕耘酒苑三十年，大力推广应用"UV-11菌种"，创全行业出酒率的历史最好水平；领导研制了特制红星二锅头，荣获"中国新产品、新技术博览会"金奖；力主改革传统的白酒工艺，一年即可为企业增加效益240万元……

他怀揣救心丹，走南闯北，日夜奔波。同人劝他爱惜身体，这位身兼北京酿酒协会会长、北京酿酒总厂总工程师的他却开怀大笑："活着干，死了算。"仅仅这一言一笑，已把酿酒专家高景炎点染得颇有神韵。

开阔思路迎挑战，开拓出路打市场
——访白酒专家高景炎

1997年10月3日《华夏酒报》

本报记者 段文卿 通讯员 杨科庭

近年来，随着白酒市场竞争的日趋激烈，许多白酒企业销量下降，效益滑坡，面临着严峻的考验。白酒企业怎样才能既适应形势的变化，又提高经济效益？高景炎说，必须开阔思路，开拓出路。

所谓开阔思路，就是要贯彻实现"两个根本性转变"的方针，注意研究宏观形势，自觉运用国家关于"四个转化"的酒业政策，指导企业实践，同时要研究市场。开拓出路就是要重视结构的调整。一是产业结构的调整，既立足于酒又不局限于酒；二是企业结构的调整，在自愿、互利的基础上，通过联合、兼并和租赁等形式组建企业集团，实现资产存量的优化组合，壮大经济实力，增加规模效益；三是产品结构的调整，要发挥固态优质白酒和优级食用酒精的两个优势，推进"固液结合"的工艺，开创既提高质量，又节约酿酒用粮，发展现代化白酒的新局面。

在谈到白酒企业如何提高经济效益时，高景炎说，首先要认真贯彻落实党的十五大精神，高举邓小平理论的伟大旗帜，解放思想，抓住机遇，开拓进取。同时注意抓好以下几个方面：

一、注重人才培养，向提高全员素质要效益

作为企业的领导者，在抓好生产经营的同时，必须把教育放在优先发展的战略地位，通过深化改革和增加投入，提高全员科学文化水平和综合素质，创造使人才脱颖而出的环境和机制，形成尊重知识、尊重人才的良好局面。

二、从严治厂，向管理要效益

要提倡石花酒厂"细微深处见管理""小题大做抓管理"的经验，学习古井酒厂"买得贱（货比多家）、卖得贵（增加产品功能，方便顾客）、中间环节不浪费（严格管理，减少各环节原材物料损耗）和建立物价委员会"的经验。另外，还要吸收学习行业以外先进企业的管理方法。同时，要提高管理水平，使管理更具科学化、规范化、现代化。

三、加大技改力度，向科技进步要效益

要积极采用新原料、新菌种、新工艺、新技术、新设备，千方百计节约酿酒用粮，提高产品质量；重新认识食用酒精在白酒成品中的地位和作用，积极推广食用酒精作为酒基的优势，同时发挥固态优质白酒的优势，用其酒头、酒尾、酒身勾兑出不同香型的各种低度、优质白酒，走出一条发展我国现代白酒的新路子。

四、搞活经营，向销售要效益

学剑南春、贵州醇酒厂在全国设代理商或销售中心；学古井酒厂弯下腰来做生意；学山东酒业的优质服务。产品越紧俏，越要注意适量生产，绝不能无限制扩产，要使市场有一定"饥饿度"。理顺销售渠道，由地区代理商销售，一个地区只能设一两个代理商，不能乱阵营。

高景炎：良性竞争是件好事

2014年4月15日《华夏酒报》

本报记者　侯峰

"1984年，北京地区参加轻工部质量大赛，当时北京一共有23个产品参加比赛，黄、白、果露、啤全酒种参赛，结果北京当时全部获奖，取得全国获奖总数第一，金牌总数第一的好成绩，获奖率为100%。"中国著名酒类专家、北京市酿酒工业协会名誉会长高景炎说。

当时，北京地区的酒类产品在全国范围内知名度较高，但是，经过一系列的改制和重组之后，有些企业没有跟上发展步伐，有些企业壮大起来。目前，红星、牛栏山、燕京为北京地区酒类代表性企业。

近年来，中国白酒行业整体受到不小的影响，但是北京二锅头的产量、销量、税收却在增加，北京地区白酒产业这几年的发展总体保持稳中求进的状态。

一、抱团发展成就二锅头的繁荣

总体来说，北京地区比较有名的白酒企业以红星二锅头和牛栏山二锅头为主，在郊县还有皇家京都、大兴酒厂（北京二锅头酒业股份公司）、华都昌平酒等大大小小10多家酒厂。

这些酒厂的历史各不相同，发展现状也不尽相同，京城的酒企既保持着共同发展，同时也存在着彼此竞争的关系。从某种意义上讲，良性竞争是件好事，会形成彼此互相促进，共同将二锅头酒做大做强的动力。

北京地区白酒企业之间的良性竞争效果显著。早期北京地区各白酒企业年产量相差不大，但是在这几年的发展中，各企业形成了梯队式发展趋势，而且总产量、销售较过去发生很大变化。

在1965年之前，一轻下设食品酿造工业公司，主要职能是管理北京市的食品酿酒，包括北京市内的北京酿酒厂、五星啤酒厂、北京啤酒厂、北京西郊葡萄酒厂。

1965年8月，北京市政府成立了北京酿酒总厂，上级主管部门还是一轻。北京酿酒总厂除了管理市内的酒厂，市政府还委托北京酿酒总厂归口管理整个郊区县的酒厂。

当时，酿酒总厂直属管理着白酒、啤酒、葡萄酒、酿酒机械等六个厂。

这六个酒厂的人权、财权都归酿酒总厂管理，就是说这些厂的厂长、副厂长、书记、副书记都由酿酒总厂任命。郊区县的酒厂叫作归口管理，当时叫"七管两不变"的管理模式。"两不变"即指人权、财权管理不变，归各厂管理；"七管"是指生产计划下达、原材料调拨、新产品开发、产品质量鉴定、科研技改技措项目立项、远景规划的编制、产品销售价格审批归酿酒总厂管理。除了人权和财权之外所有的都由酿酒总厂管理。

当时，北京地区各白酒厂的产量并不是最高峰，等到"文化大革命"之后北京地区的白酒企业规模基本都已经形成了，当时几乎每个区县都有酒厂。例如，牛栏山酒厂、大兴县酒厂、昌平县酒厂、通县酒厂、密云县酒厂、延庆县酒厂、交道酒厂、杨镇酒厂、海淀酒厂、仁和酒厂、朝阳酒厂、平谷县酒厂等大大小小大概18个酒厂。那个时候北京地区的白酒产业发展呈现出一片繁荣景象。

当时，北京酿酒总厂负责在市内和郊县酒厂组织学习、培训，每个月都会去市场上抽样，组织质量鉴定，肯定好的，对不足的提出改进建议。

所以，北京市以生产二锅头为主的白酒企业从原来的几个，一下就发展到了后来的大约18家，就是因为当时领导部门的大力重视，正确引导，各个企业抱团发展。

二、一块七奠定亲民的产品定位

一提北京的二锅头，老北京人都知道最早的二锅头只有红星二锅头、牛栏山二锅头、昌平二锅头、通县二锅头、大兴二锅头等。这些二锅头在当时是北京的特色产品。

那时候是计划经济时代，老北京本地人逢年过节每户凭证才能买到两瓶二锅头。在外地人看来，二锅头是一种京味的代表，来北京爬长城、吃烤鸭、喝二锅头这三样缺一，可能北京一行就不算完美，可见二锅头的影响。

皇城根下，自古以来都不缺乏竞争。在高景炎看来，北京二锅头在北京多年来经久不衰，导致很多外地酒想进入北京市场，但又望而生却的原因有以下几点：

首先，从有二锅头这个产品以来，二锅头就一直保持着亲民的产品定位，就是老百姓日常消费的大众酒。

过去二锅头卖一块七一瓶的时候，茅台酒卖八块钱，慢慢地茅台酒的价格开始不断上升，但是二锅头却一直没有涨价。

其实，二锅头有过几次调价的机会，当年因为酿酒原料价格上涨，相应地二锅头也可以随着涨价。但是当时北京市政府有文件，指定二锅头不能涨价，要作为一个价格标杆。过去物价局有一个指导价和一个指令价，二锅头的价格是指令性价格，价格不能动，所以一直到改革开放以前，二锅头的价格一直是一块七。

其次，过去白酒品种很少，产量也小。那个时候茅台五粮液的产量很小，到北京的量基本都是有数的，就是连北京产的二锅头都难买到。过去有很多人来北京，回去的时候就想带两瓶二锅头作为特产，但是就是买不到，量很少。

在过去，老北京人在过年过节一家人团聚时才能喝上一口二锅头，所以二锅头酒就和节日、团圆形成了一种无意识的思维定式。多年来，一辈辈人都是这样过来的，导致北京人对二锅头有了另一种感情的寄托。也就是怀着这一份情感，北京人对二锅头的认可程度非常高，而且这种感情已经根深蒂固了。

最后，就是北京二锅头的质量比较稳定。从解放前到现在质量没有什么大波动，基本上无投诉或质量事故。

三、文化先行创新中寻可持续发展

目前，在北京具有绝对优势的红星二锅头和牛栏山二锅头是京味二锅头的代表，多年来致力于在全国深入挖掘宣传二锅头文化。

在全国白酒发展的现状下，提倡文化的魅力确实是企业战略的重要调整，对北京地区的白酒企业尤其重要。北京的酒想要以品牌制胜，必须文化先行。

未来企业发展首先要注重环保，保证质量的安全。树立品牌的企业必须要对消费者负责，对子孙后代负责，一定要保证酒的质量。要利用好现有的良好生态资源，利用创新手段避免产生新的污染。

其次，要调整产品结构。白酒要回归它原来的本质，要满足不同的消费层次的需求。同时要从公费消费转变为自费消费，从过去高端用酒转向大众用酒。这些都需要企业做内部的调整，对市场要有一个准确的判断。而且，白酒的包装一定要简化，要重视包装材料，减少包装材料的污染，降低包装成本。

"现在有人说，国家的政策影响白酒的发展，但是在大环境下各行各业都处在一个特殊的时间段，白酒行业在现在的环境中，要静下心来多找找自身的问题，不要埋怨外界因素，不怨天，不怨地，就怨我们自己工作没有做好，要想办法来适应这个环境。白酒有1000多年的历史，这是老祖宗传给我们的宝贵财富，要好好传承下去，不能让它消失了。要使它不断适应这个时代的发展，使其适应消费者的变化，不断在继承的基础上创新，让消费者感受到白酒既是传统的又是时尚的，既是历史的又是现代的，让我们这个传统行业，能够永葆青春，发扬光大。"高景炎说。

庆贺！酒界泰斗高景炎大师八十华诞暨"高景炎奖励基金"成立

2018年9月《酿酒》第5期

2018年8月18日，北京红星股份有限公司决定设立"高景炎奖励基金"，以奖励在传承创新国家级非遗——北京二锅头酒传统酿造技艺中做出突出贡献的红星员工。2018年9月11日，在前门源升号博物馆，红星股份有限公司总经理肖卫吾宣读了设立"高景炎奖励基金"的决定。

高景炎大师是我国著名的酿酒专家、红星老厂长、北京二锅头酒传统酿造技艺唯一国家级代表性传承人，曾任中国酿酒工业协会首任秘书长、北京酿酒协会会长，现任白酒专家委员会主任委员，享受国务院特殊津贴。

一、酒业泰斗高景炎，中国酒界瑰宝

高老作为红星技术骨干，先后指导帮助郊县酒厂投产二锅头酒；参与组织酱香型、浓香型、兼香型等白酒工艺引进北京；组织推广应用新菌种"UV-11"，使北京市白酒行业的出酒率达到历史最高水平；主持北京市各白酒企业进行酒体降度……并参与中国酿酒工业协会的筹建工作。为整个白酒行业创造了非凡的成就。

2009年，经中华人民共和国文化部命名，高景炎大师被认定为北京二锅头酒传统酿造技艺唯一的代表性传承人。他把国家每年颁发的代表性传承人补助费全部捐献给红星进行酿酒人才培养。

在高景炎大师80岁寿辰之际，一轻党委副书记、总经理、红星公司董事长阮忠奎；红星公司总经理肖卫吾、党委书记冯加梁等齐聚一堂为高老祝寿。为了感谢他对白酒行业做出的巨大贡献，北京红星股份有限公司成立了"高景炎奖励基金"。此基金由高景炎大师传承人补助费和北京红星共同出资组成，专门用于奖励在二锅头技艺方面做出突出贡献的员工。这也代表了高景炎大师对红星研发人员的厚爱与未来发展的殷切期望。

二、心系红星，匠心精神弘扬传承

基金成立仪式中，红星总经理肖卫吾宣布了"高景炎奖励基金"的成立，本次成立仪式由公司顾问吴佩海主持。

董事长阮忠奎、总经理肖卫吾、党委书记冯加梁、二锅头技艺第九代传承人艾金忠分别致辞，表达了对高老的敬意。

艾金忠代表第九代传承人张坤向高老献上了生日贺卡。第九代传承人李东升，第十代传承人杜艳红、王小伟等亦向高老赠送生日贺卡，表达真挚祝福。

高景炎大师在谈话中讲到："红星人对我长期以来的尊重、信任、关心、爱护，令我万分激动，向各位表示衷心的感谢！我要活到老、学到老、干到老，为了红星二锅头的传承和发扬、为了红星的未来，继续发挥余热！希望红星更上一层楼，再攀新高峰！"

最后，北京二锅头酒博物馆向高老献上贺词，衷心感谢高老对行业和红星的付出，祝愿高老健康长寿！

高景炎：让开国献礼酒香飘京城

2019年8月25日《北京日报》

本报记者　孙杰

1962年10月，北京秋高气爽，23岁的高景炎，人生第一次出远门，从家乡常熟来到首都北京。

和众多刚毕业的大学生一样，他在前门大栅栏的一个小旅馆里暂时落脚，等待分配工作。就这样兴奋中夹着一丝茫然，熬了10多天后，高景炎得知自己被分到位于八王坟的北京酿酒厂。北京酿酒厂前身是1949年5月成立的华北酒业专卖公司实验厂，是北京第一家国营酿酒厂，也是如今北京红星股份有限公司的前身。

租辆三轮车，带上铺盖行李，高景炎来到他一生结缘的地方。从车间技术员干起，到技术科长、技术副厂长，再到厂长，直至1999年退休，高景炎在这里挥洒了37年的心血和汗水。

"这么好的条件，得干点事儿啊。"年轻时的高景炎，浑身有使不完的劲儿，他主动向上级提要求：到车间去，跟着酿酒师傅们劳动。发酵车间闷热潮湿，劳动强度大，高高瘦瘦的高景炎才90多斤，可仍坚持要扛150斤装高粱的麻袋，一趟下来汗如雨下。

一年间，高景炎把白酒、葡萄酒、溶剂等车间劳动个遍。这段经历让高景炎迅速成长，成了厂里年轻的专家。

车间劳动之余，高景炎了解到酿酒厂为新中国诞生生产献礼酒的光荣历史，也对他后来的恩师王秋芳渐有耳闻。

王秋芳比高景炎年长13岁，今年已93岁高龄，是建厂元老之一。实验厂成立时的一项重要任务就是把过去靠"眼看、鼻闻、手摸、脚踢"的传统手工作坊式的酿酒生产，向现代科学化生产方式转变。经过反复取样、化验、核实，王秋芳组织汇编的《传承北京二锅头的分析方法及产品质量标准草案》，成为酿制二锅头酒的标准。这是北京二锅头酒发展史上的一座里程碑。

1949年7月，距新中国成立还有3个月，实验厂接受了一项光荣任务——在10月1日开国大典前，生产一批酒作为迎接新中国诞生的献礼酒。为了能按时完成任务，全厂上下齐心协力，起早贪黑，挖酵池、立甑锅、育酒曲，终于在1949年9月，生产出首批红星二锅头酒。由于当时没有专用的白酒瓶，献礼酒还是以啤酒瓶进行灌装。

献礼酒被配以红五星、蓝飘带的"红星"商标，红星代表中国革命，蓝飘带代表人民载歌载舞欢庆胜利。每每听到这些，高景炎心中总是莫名激动。

便宜、顺口，对红星二锅头酒，老百姓评价甚高。可要真想喝到，却并不容易，因为到1949年底，一共才生产20.5吨。

1965年，高景炎工作的第三年，北京市场也仅有红星二锅头一个品种，年产量几百吨，无法满足老百姓的需求。"二锅头酒紧俏到什么程度？"高景炎回忆，寻常百姓想要喝，只能逢年过节凭购货本买两瓶尝尝。

"二锅头酒啥时能多到想喝就喝呀？"这个问题，一直埋藏在高景炎心底。后来，北京市政府要求，北京酿酒总厂对各郊区酒厂归口管理。所谓归口管理，当时为归口科长的高景炎说，就是要按照为新中国诞生生产的献礼酒——红星二锅头酒的工艺，统一生产标准，让郊区酒厂增产量、提质量，满足老百姓需求。

作为先后两代酿酒技术骨干，为郊区酒厂"补课"的重任，自然落到王秋芳、高景炎头上。编讲义、培训、上课、手把手传授技术，高景炎跑遍北京各个郊区，把二锅头酿酒技术传播开来。也正是这段经历，让二人结下深厚的师徒情。

在房山交道酒厂，没讲课房间，高景炎就在车库里挂一块黑板，工人们席地而坐；在延庆八达岭酒厂，路途遥远辗转乘车，早晨出发中午才到，讲完课回城已是天黑；在怀柔汤河口酒厂，条件艰苦到连酱油都买不到，葱花汤撒点盐就着窝窝头就是一顿饭……

苦中作乐的高景炎，对山高路远全然不在乎。很快，昌平酒厂的"十三陵牌"、通县酒厂的"向阳牌"、大兴酒厂的"永丰牌"、牛栏山酒厂的"潮白河牌"等北京二锅头酒遍地开花，到1981年，年产量大幅提高到3万吨。二锅头酒香溢京城，老百姓喝好酒不再是一种奢望。

第十八章

友人家人心中的高景炎

第一节　友人心中的高景炎

清香高品·酒韵悠长
——我认识的高景炎先生

山西省酿酒工业协会名誉会长、中清酒业酿造技艺发展中心

原副理事长　沈正祥

与景炎兄相识于20世纪70年代"华北地区白酒技术协作组"的活动中，白驹过隙，我们都已走入了耄耋之年。回首我们相处相知的半个世纪，亲历他为中国白酒行业传承发展所做出的贡献，深感景炎兄是清香高品、酒韵悠长。

20世纪60年代开始，景炎兄就一头扎进白酒行业。50多年来，他在"北京二锅头"的传承与创新中充分展现出匠心精神，执着于工艺精湛，前瞻于市场变化，兢兢业业培育企业发展壮大。这个白酒界唯一以工艺命名、既是酒名更是品牌的清香型白酒如今已经享誉全球，同时还涌现了"红星""牛栏山"两个全国著名的特色品牌，其中景炎兄功不可没。

退休之后，景炎兄依然醉心于他的白酒事业，在担任北京酿酒协会、

中国食品工业协会白酒专业委员会、中清酒业酿造技艺发展中心领导和专家期间，积极热心为许多白酒企业提供服务帮助。我所熟悉的著名清香型原酒企业山西六曲春、梨花春、兰花青等酒企，就是在景炎兄的悉心指导和鼎力支持下得以发展壮大的。

为了进一步加强全国清香型白酒行业内企业的交流合作，促进清香型白酒在新时代下的转型发展，景炎兄又不遗余力地推动全国清香型白酒协作会、全国清香类型白酒高峰论坛的组建与运作；更是在80岁高龄之际，主编《清香类型白酒生产工艺集锦》，并亲自撰写书中"北京二锅头酒生产工艺"部分。

一个人一辈子做一件事，做到了极致便是大师，景炎兄就是我们白酒界当之无愧的大师。清香的品格做人，悠长的酒韵成就事业繁华。这便是我认识的高景炎先生。

景耀清香，半个世纪铸大器；炎晖酒界，一颗赤心照未来
——我眼中的高景炎先生

中清酒业酿造技艺发展中心副会长兼秘书长　赵严虎

高景炎先生是蜚声中国酒界的泰斗级专家，也是我的兄长和战友。先生曾长期担任北京酿酒总厂厂长。近年来，北京红星股份有限公司以高景炎先生为形象代言人，开发了大师酒，举办各种活动，并广泛收集与先生相关的文章计划结集出版，我心甚慰。因此，当北京红星股份有限公司嘱余为先生写几句话，我欣然应允。

我结识高景炎先生已经有几十年了，但真正一起共事、一起战斗却是我任山西省酿酒工业协会会长的时候。

一、坚韧执着：半个世纪坚持为"清香类型酒"一件事

中华人民共和国成立之后，中国白酒告别了过去的作坊式小规模生产，在国家的支持下，逐步建立起了初步的工业基础。为了研究白酒的产品演变历史，提高产品质量，让消费者喝到更高性价比的产品，促进企业发展，1964年在轻工部要求下成立了华北区白酒技术协作组，高景炎先生

是成员之一。1966年起华北区白酒技术协作组工作停顿，1973年在高景炎先生等的倡议下得到恢复，华北区白酒协作组每年召开会议，参与协作组的企业越来越多，规模越来越大。

1996年8月13日，以高景炎先生为骨干力量的全国清香型白酒协作会成立大会在山西杏花村汾酒厂召开，32个清香型白酒企业、华北三省二市的酿酒协会参加了会议。会议讨论通过了协作会章程，选举了领导机构人员，并确定了清香型白酒企业协作攻关的一系列课题。

到了2003年，在上海、重庆加入进来之后，又改名为华北五省区直辖市白酒协作组，仍坚持研究白酒发展。

2008年，由高景炎先生主导的全国清香类型白酒高峰论坛开始创办，到2019年已经连续举办八届。

从2012年开始组织每两年一届的"清香类型白酒骨干企业董事长联谊会"。就在第一次联谊会上，在高景炎、沈正祥等先生的提议下，与会企业领导人一致同意，启动向民政部民间组织管理局申请注册清香类型白酒企业正式社团组织的工作。

2015年，中清酒业酿造技艺发展中心，成为史无前例的、民政部审批的第一个由民政部作为业务主管单位的酒类行业民办非企业组织。

从1964年到2015年半个多世纪的时间里，在以高景炎先生为代表的行业权威专家和一代代清香白酒人的共同努力与坚守下，华北白酒技术协作组从无到有、从小到大、从松散型组织到民政部直属的行业协会型团体，既体现了清香类型白酒企业的团结与坚守，也体现了以高景炎先生为代表的权威专家对事业的忠诚、对白酒的热爱、对清香的责任、对发展的追求。可以说，没有高景炎先生的坚守，就没有今天的中清酒业酿造技艺发展中心和全国清香类型白酒高峰论坛。

坚韧，是高景炎先生身上最卓越的品质。

二、严谨自律，宽以待人：泰斗级专家的学者风范

2015年中清酒业酿造技艺发展中心成立之后，每年都要举办多次活动，高景炎先生是首席副会长，我是中清酒业的副会长兼秘书长，工作交

集非常多。高景炎先生几乎是每次活动都提前到达。这五年来，他严谨的作风给我留下了很深的印象。

每次活动，高景炎先生首先提出思路和主题，大家集思广益。先生表述一种理念时反复推敲，力争做到精准、稳妥，彰显了大师的风范。先生还会默默地把参与会务组织的所有人员的名字一一记下来。无论是开车的司机、办公室的办事员，还是各个企业派出的新人，先生都会认真地询问对方的名字，要求自己记下来并且脱口而出。这对于一位泰斗级专家来说，是一个挑战，大家也对先生没有这样的期许。但是，在每次活动的现场，我们都可以看到先生举着酒杯，一一叫出对方的名字，无论对方是"80后"还是"90后"，都非常愉快、融洽地交流着。而且，所有工作人员分别在活动中承担什么角色、做出哪些贡献，先生都看在眼里，记在心上，并对工作人员分别进行鼓励和表扬。因此，在清香类型白酒这个大家庭里，高景炎先生不仅是令人敬仰的泰斗级专家，更是大家倍感亲切的师长。如此蔼蔼春风般的长者之风，令我非常敬佩。

三、激情飞扬：引领了一批清香人

能够把华北白酒技术协作组从1964年坚守成今天的中清酒业酿造技艺发展中心，仅仅靠坚守是不够的，仅仅靠技术也是不够的，还需要卓越的领导才能。领导才能是多种多样的，不同的领导风格不同。高景炎先生的领导才能有一个突出的特点：以原则为前提的综合平衡能力。

不讲原则的人不会有领导力，这样的人担任领导职务一般会被群众所左右；太讲原则的人担任领导职务，会导致这个组织缺乏活力和弹性。既要讲原则，又要讲平衡，是领导艺术的重要组成部分。原则也分大原则和小原则。大原则不能商量，小原则可以变通。大原则体现了一个领导人的格局和胸怀。真正的大原则，是一种高屋建瓴的高度，一种洞穿本质的深度，一种囊括万物的广度。在这样的大原则之下，容纳各方面的不同意见，包容每个人的优点、缺点，平衡各方面的需求，让所有参与者都围绕着大原则、总目标愉快前进，是很高的领导艺术，也正是半个世纪以来清香类型白酒企业携手同行的、看不见的一种力量。很显然，高景炎先生在其中发挥了中流砥柱的作用。

高景炎先生是一部厚厚的大书。这部书是中国白酒几十年的辉煌历程，是清香类型白酒几十年的砥砺前行。我仅仅从中清酒业酿造技艺发展中心、从我个人的角度，记录一点关于先生的事迹和品格，以表达我对先生由衷的敬意。《三字经》云：光于前，裕于后。我想，高景炎先生做到了，而且做得非常好。

高景炎与河北省白酒工业

河北省白酒葡萄酒工业协会名誉会长　范长秀

河北省白酒葡萄酒工业协会监事会主席　武光路

2020年春节期间，突如其来的新冠肺炎病毒由武汉波及湖北并席卷全国，在习近平总书记的亲自部署指挥下，一场抗击疫情的人民战争打响。

在这个特殊时期，高景炎先生打来电话，询问河北酒业情况，沟通行业的信息，表达了关心和问候，使人深受感动，有如沐春风之感。

高景炎先生作为一个全国知名酿酒专家和大师级的泰斗，性格爽朗，作风朴实，慈祥风趣，平易近人，虽已年逾八旬，还时时关注白酒行业的发展，关心着企业的成长，关怀着他所熟悉的同行和青年技术人员。他曾经参加了河北省白酒工业协会的很多年会，参与了河北省多数白酒骨干企业的活动，见证了河北白酒行业的改革、建设和创新发展。特别是在华北五省市白酒技术协作组、清香类型白酒高峰论坛和中清酒业酿造技艺中心的组织和活动中，倾注了很多的心血和精力，是京津冀与华北酒业协同发展的组织者和参与者，是清香型白酒集群发展的倡导者和奉献者，更是白酒传统酿造技艺传承与创新的集大成者。高景炎先生与我们河北白酒行业有着很深的感情和非常密切的联系，河北白酒行业的发展有他的辛勤付出与无私的奉献。

一、高景炎——协会工作的导师

高景炎长期在地方和国家级协会任职，为行业服务、为会员单位服务的意识强烈，拥有丰富的协会工作经验。

河北省白酒葡萄酒工业协会成立于1986年，是河北省行业协会中做得较好的协会之一。

河北省白酒工业协会每年都要开一次年会，这是全省白酒骨干企业交流沟通的平台，同时还要邀请行业的专家来做专题报告。高景炎先生因为在酿酒专业上的造诣和行业声望，加上与我们省比较熟悉，就成为参加河北省白酒工业协会年会最多的专家。2009年以来的十年中，高景炎先生参加我省的年会有六次之多。高景炎对每次的报告都提前做准备，报告内容贴近时代，既站在行业发展的高度，又从专业的角度结合具体案例来讲，内容丰富，深入浅出，有分析有建议，具有很强的针对性和可行性。每次的报告都引起企业代表的共鸣，大家都感觉收获满满。

在2012年的年会上，高景炎针对白酒行业进入调整期的形势，结合市场消费变化及白酒行业的发展趋势提出了建议并归纳为六化：一是酿造生态化，适应环保政策要求，酿造生态酒，实现绿色生产；二是酒体风格个性化，适应个性消费的需求；三是品种多样化，满足市场差异化趋势；四是弘扬酒文化，以文化引领，塑造品牌；五是实现酿造机械化，提高效率，转变生产方式；六是迈向国际化，有市场国际化的视野，适应国际化需求，寻求走出去的机遇。这些建议开阔了企业的眼界，拓宽了思路，明确了发展方向，也体现了专家对我们协会和企业发展的智力支撑。

在2015年和2016年两次年会上，高景炎反复强调白酒行业传统工艺的继承和创新问题。在传统技艺继承问题上，他认为河北白酒既有传统酿酒工艺和文化，又有地域文化和红色文化，要好好保护和继承，强调继承是创新的源泉，是创新的基础，要做好挖掘，整理、总结和传承；同时指出，白酒既是传统工艺又是高科技产业，应该与时俱进不断创新，融入最新科技成果，为传统技艺注入生机和活力。

在创新方面，高景炎倡导不断实践，敢想敢干。他结合考察全国白酒企业的情况，介绍了在创新方面的进展。他很关注清香型白酒工艺创新，介绍了清香型白酒在多粮工艺方面的创新，在糖化发酵剂上使用多曲种方面的创新，在储存方式及在储存容器上的创新等。介绍了青稞酒采用橡木桶储存的试验；劲酒提取中药有效成分，融入健康因子的创新；还有在蒸馏设备和蒸馏方式上的创新，用橡木打造甑桶蒸馏，借鉴白兰地壶式蒸馏，提升蒸馏效率等。这些研究和探索的分享，为我省白酒行业技术创新提供了学习借鉴的实际案例。

他的报告，有很强的实践性与可操作性，参加会议的企业纷纷为他的报告点赞。

在2017年省白酒协会年会上，高景炎再次应邀做报告，他重点从科技创新的角度，讲解了全国白酒企业发展中的亮点。如洋河酒厂的"三老二多一少"：百年老窖、老调味酒、老传统工艺；核苷类物质多、黄酮类物质多；精品产量少。介绍了古井集团与北京工商大学合作成立健康研究院，从大曲分离健康功能菌，培养功能型大曲，加强白酒中健康成分分析，将酿酒科学引向健康科学研究。还介绍了弱碱性酒、花香酒及其他地方特色酒等。他积极倡导向其他酒种学习，借鉴黄酒、葡萄酒工艺特点，突破陈旧观念，解放思想，开拓创新，适应新时代的消费需求。

高景炎的报告每次都有不同的侧重点，以他独特的视角和对行业的深刻理解，对白酒传统技艺传承、酿酒文化弘扬及创新发展进行了深刻解读，为冀酒振兴贡献了力量。

二、高景炎——酿酒企业的老师

高景炎经常深入全国白酒企业考察，支持和帮助企业发展，对河北的白酒企业他更是厚爱一分。在我省白酒的发展中，高景炎发挥了重要作用，因为他是走进我省白酒企业最多的国家级专家。他用自己的专业、学识和经验，给了企业很多实实在在的指导和切实可行的建议。

2004年以来的十五年，他与我们省酒协共同参与了很多白酒骨干企业的战略研讨、重大工程、技术创新、产品鉴评、封坛庆典、酒文化传播、重大纪念活动等，在河北白酒骨干企业的改革、建设和发展中，都留下了他的足迹和身影。

我们收集整理了十五年来高景炎先生在河北考察指导及参加白酒重点骨干企业活动的一些材料。从这些历史瞬间的回顾中，可以看到一个不辞劳苦、不惧年高，服务在企业的资深老专家的工匠风范。

衡水老白干酒业集团公司，是我省白酒行业唯一上市公司。

2004年7月，全国著名酿酒专家沈怡方、高月明、高景炎等四人到衡水老白干酿酒集团考察指导工作，并就"老白干香型"白酒的发展、科技进步等内容做专题学术报告。高景炎在报告中指出："老白干酒风格要个性化，口味要复合化，品种要多样化，要进一步突出老白干酒香雅、自然、甜润、舒爽的优势。祝愿老白干集团酒兴人和，蒸蒸日上。"

2008年6月，高月明、高景炎、王元太等四位专家，到衡水老白干集团进行考察和技术指导，他们深入车间生产一线，进行实地考察，而后举行了学术报告会。在会上，高景炎介绍了台湾金门高粱酒的生产工艺，并对老白干创立香型之后的科技创新寄予希望。

2018年7月，高景炎学术报告会在衡水老白干集团酒都大厦举行。报告会上，高景炎在继承传统、开发个性产品、科技创新、健康饮酒等方面做了精彩阐释。他呼吁要努力寻访和传承老祖宗流传下来的各种古法酿酒技艺，抢救非物质文化遗产，使之发扬光大长盛不衰。

2019年5月，衡水老白干首届酒文化节暨衡水老白干封坛原液首发仪式盛大起航，高景炎及河北省内外40余位专家出席仪式并参加了老白干香型发展战略与价值研究论坛，对老白干香型的战略和价值进行了深入的研讨。

十几年来，高景炎多次到衡水老白干酿酒集团考察和指导，对"老白干香型"白酒的发展及科技进步贡献了自己的真知灼见。

河北邯郸丛台酒业公司，我省最早改制的白酒企业。

2004年10月，丛台酒业举办发展战略研讨暨产品质量品评鉴赏会，时任中食协白酒协会副会长的高景炎先生出席并讲话，他用四句话对丛台酒业以美好祝愿："与时俱进丛台人，继往开来铸辉煌，长江后浪推前浪，一代更比一代强。"

2015年10月，丛台酒业举办建厂七十周年庆典，高景炎与同行各界人士齐聚邯郸，共同出席庆祝丛台酒业七十华诞，见证丛台酒业封藏大典，探讨中国酒业发展趋势和中国经济未来的发展走势并现场封藏十坛丛台美酒。

承德乾隆醉酒业公司，是省重点白酒企业。

2008年6月，在石家庄市举行板城烧锅和顺酒品鉴会，高景炎等专家对和顺酒进行了品鉴，认为板城烧锅和顺酒，创造了淡雅浓香柔顺口感新高度，是北方柔顺浓香型白酒的标杆。会后高景炎接受了记者采访。

2014年8月，"天下烧锅醉板城"品牌发布暨板城烧锅酒星级系列新品上市。高景炎和华北五省市区酒业协会的领导，到板城酒业实地勘察和研讨板城烧锅酒的酿酒工艺。专家评价说，板城酒业是目前北方烧锅酒传统工艺保存最完整，并完美实现历史传承与创新发展的白酒企业。

2018年9月，板城和顺酒千商财富联盟共享大会在省会石家庄召开，会上高景炎作了专题演讲，与正一堂战略咨询机构一起带来了白酒行业的前景分享。

2019年9月，板城酒文化节暨板城龙印秋藏大典在承德举行，高景炎对板城龙印给出了"好闻、好喝、好受、好酒"的"四好"评价，还对板城酒业的独特酿造工艺和品质优势进行了专业分享。

河北（邢台）古顺酿酒股份有限公司，系改制组建的股份制企业。

2009年6月，古顺酿酒公司六十周年华诞暨古顺窖藏新品上市新闻发布会在古顺酿酒广场举行。高景炎、宋书玉、张志民等专家与邢台市委书记、市长及四大班子领导参加新品上市剪彩仪式。

2016年11月，由古顺集团打造的邢台酒文化博物馆举行开馆揭幕典礼。高景炎出席开馆揭幕仪式并和市领导为博物馆开馆剪彩，同时还参加了邢台酒文化学术研讨会。

河北十里香股份有限公司，是河北省较早实现退市进园的企业。

2010年11月，三井生物发酵工业园区举行"河北三井生物发酵园一期工程竣工暨开酿典礼"。沧州市政府、泊头市委市政府等领导出席该次活动。中国食品工业协会副会长高景炎出席本次庆典活动，为十里香公司带来了行业的支持与指导。

河北刘伶醉酒业，是文化底蕴深厚的河北名牌企业。

2012年7月，启动四百亩刘伶醉酿造工业园一期建设，恢复刘伶醉古法烧锅酒。在品尝了新上市的刘伶醉千年古法烧锅酒后，高景炎说，按照现在刘伶醉的规模和发展速度，刘伶醉已经成为中国最具规模的原生态酿酒基地，对公司的传承、创新及发展予以高度肯定。

承德避暑山庄企业集团公司，是河北省白酒行业大型骨干企业。

2013年，避暑山庄集团率先在国内成立了包括中国白酒著名专家高景炎等在内的中国皇家酒文化研究院。

2015年9月，山庄老酒集团建设的中国第一家皇家酒文化博物馆开馆。高景炎等专家参加开馆仪式，对避暑山庄集团将皇家酒文化与企业产品结合在一起，对倾力打造正宗皇家品牌的文化战略予以认同和赞赏。

据统计，高景炎到过我省二十多家白酒厂家进行考察指导，走遍了我省白酒骨干企业。他不顾七八十岁的高龄，十几年如一日，数十次到河北，服务白酒行业，脚踏实地，不务虚名，不忘初心，展现了一名国家级白酒专家崇高的职业道德和奉献行业的使命担当。他与我们省酒协和白酒企业在多年的交往中，结下了深厚的情谊。说起河北的白酒厂家他是如数家珍，谈起我省白酒企业家和技术人员，他也是熟稔于心。他多年坚持为我省白酒行业做报告和授课，交流甚多，德高望重，亦师亦友，所以我们河北酒界都亲切地称呼他为"高老师"。

三、高景炎——白酒行业的宗师

高景炎，1962年10月参加工作到北京酿酒厂，先后担任该厂技术员、技术科长、技术副厂长、代厂长和厂长。

高景炎致力于北京二锅头酒传统工艺的传承、挖掘、创新和弘扬，勤奋耕耘，一生不辍。在多年实践中，编写了《二锅头酒产品工艺规程》《红星牌二锅头酒产品操作规程》和《红星牌特制二锅头酒工艺》等技术规范，被奉为二锅头酒生产的教科书，至今仍有很大的指导价值。他还主编了《白酒精要》和《清香类型白酒生产工艺集锦》，对清香型白酒的工艺进行了系统的总结。

2009年5月，文化部公布了第三批国家级非遗项目代表性传承人名录，酿酒大师高景炎成为北京二锅头酒传统酿造技艺唯一代表性传承人。他肩负起传承的责任，全力培养后继人才，让二锅头酒遍布京城，把北京二锅头酒传统酿造技艺一代一代传承下去，也成就了他作为清香白酒的一代宗师！

华北五省市区有我国白酒生产和消费比较集中的城市群。为了加强区域内白酒企业技术交流和信息沟通，1964年，由汾酒厂发起成立了"华北区白酒技术协作组"。20世纪80年代，在天津举行了改革开放后首次华北区白酒技术协作组会议，自此协作组的活动一直坚持至今。在以高景炎、沈正祥、范仲仁、赵俊川、范长秀为代表的华北五省市区老一代白酒协会会长和行业专家的努力下，华北的白酒企业为新中国酒业的发展做出了突出贡献，诞生了一大批优秀的白酒企业、品牌与人才，成为中国酒业发展版图中的重要区域。

2008年，在世界金融危机的背景下，面对白酒增速放缓、清香型白酒市场萎缩的局面，高景炎积极倡导，由华北五省市区酿酒协会组织，于当年6月在主办方山西杏花村酒厂召开了全国首届清香类型白酒高峰论坛，第一次把清香类白酒企业组织起来，畅谈清香型白酒的市场现状和发展前景，分析市场消费趋势，提出紧紧依靠科技进步，坚持企业自主创新，重振清香型白酒雄风的目标。

接着，分别在河南宝丰酒业公司、衡水老白干集团、内蒙古包头骆驼酒业公司、北京牛栏山酒厂、北京红星酒厂成功举办了八届清香类型白酒高峰论坛。通过论坛的举办，提高了清香类型白酒行业的凝聚力，明确了发展战略，促进了文化建设和科技成果交流，弘扬了清香白酒历史文化，大大提升了清香白酒的整体形象。

2015年11月，中清酒业酿造技艺发展中心成立大会暨"第六届清香类型白酒高峰论坛"在太原举行。这是清香型白酒发展中具有里程碑意义的事件。

高景炎作为资深清香型白酒专家，当选为该中心副理事长和评酒委员会主任委员。他与沈正祥、范长秀、赵严虎等老会长、老专家一起，全身心投入中心建设和发展，成为中清酒业酿造技艺中心的专业核心。围绕推广清香文化、研究清香战略、宣传代表人物、打造专家队伍、推动技术创新、开展对外交流的中心任务，团结、凝聚、服务所属企业，引领清香类型白酒传承非遗、创新驱动、高质量发展，在论坛和中心的活动中起到了统领的作用。

2018年11月，第八届清香类型白酒高峰论坛预备会在江小白旗下企业重庆江记酒庄召开。中清酒业酿造技艺发展中心副理事长高景炎首次提出要构建"清香命运共同体"的理念，倡导清香型白酒企业共同努力，做健康化、时尚化、年轻化、个性化和国际化的大清香。

2019年11月，第八届清香类型白酒高峰论坛在河北衡水举办。高景炎做会议总结，强调当前中国白酒已经进入了消费升级、高质量发展的新时期，中清酒业要以思维创新、机制创新、技术创新、营销创新、文化创新、系统创新六大创新，助推清香类型白酒进入集群发展的新时代。

从华北区白酒技术协作组到清香类型白酒高峰论坛，再到中清酒业酿造技艺发展中心，清香型白酒运作范围从区域到全国，从松散的协会加企业到紧密规范的民非组织，从少数企业的单打独斗到形成行业合力，从传统的发展模式转向高效集约现代发展方式，正是在以高景炎为核心的酿酒大师、专家群体和清香白酒企业家带领下造就的。经过几十年的坚守、耕耘和奉献，形成了发展的共识和强大的发展势能，清香类型白酒企业走上了独特的、适合自身特点的产业集群转型升级和高质量发展之路。

高景炎先生在白酒行业辛勤工作五十多年，为河北白酒行业发展、华北酒业的技术协作、清香类型白酒的振兴、白酒行业的转型升级，做出了卓越的贡献，深得白酒行业和众多企业的钦佩与敬仰，他无愧是白酒行业的一代宗师。

四、高景炎——我们学习的楷模

在与高景炎先生长期的工作和交往中，我们深深感受到了他的优秀品质和人格魅力。他是我们的榜样，值得我们认真学习。

一是作风朴实。无论是在协会还是到企业，都是扑下身子深入基层，和企业打成一片，平等交流，平易近人，从不居高临下；关心同志，尊老爱幼，谦虚谨慎，从不居功自傲，有专家水平，无专家架子，体现了一个专家良好的工作作风。

二是严于律己。无论到哪个城市、哪个企业，生活方面从不提任何要求，艰苦朴素、廉洁自律，淡泊名利、大公无私，只求奉献、不图回报，是廉洁的楷模，体现了一个专家良好的修为和职业道德。

三是勤于学习。注重理论更注重实践，尤其注重向企业和基层学习，不耻下问，钻研业务，独立思考，并有独到的见解，体现了他在专业方面的素养和积累。

四是敬业乐业。想行业之所想，急企业之所急，帮企业之所需，把行业和企业的事当作自己的事，克服家庭困难，不顾身体多病，全身心投入，只要时间能安排开，随请随到，并发挥所长，解企业所困，帮助协会工作，助力行业高质量发展，体现了专家的职业精神和使命担当。

2018年，在高景炎八十寿诞之际，中国食品工业协会白酒专业委员会授予他"中国白酒历史贡献与杰出成就奖章"。

颁奖词说："高景炎先生长期担任白酒骨干企业主要领导职务，致力于全行业科技进步和改革创新，为我国白酒工业发展做出了突出贡献。他年已八旬，在白酒科研领域、企业领导岗位和全国白酒行业组织工作服务五十余载，奉献了宝贵的聪明才智和毕生心血，深得行业和企业的尊重与爱戴，是值得全行业学习的榜样。他以公而忘私的奉献精神，艰苦奋斗的创业精神，忠于职守的敬业精神，精益求精的工匠精神和锐意进取的创新精神，实践了自己的理想和信念，体现了一代工匠大师的人生价值。"

这是对高景炎职业生涯的最高褒奖，也是对他从业白酒行业半个世纪最中肯的评价。虽年逾八旬，高景炎仍然心系白酒，行走在企业，活跃在论坛，工作在中心，服务在行业。我们衷心祝愿他健康长寿并期待他在白酒行业创造更多的业绩！

谨以此文表达对高景炎先生的衷心感谢和崇高敬意！

我的领导暨恩师高景炎

北京酿酒协会专职顾问、原秘书长　于长水

北京红星股份公司组织人员编写《高景炎传》，用以感谢高景炎同志对酿酒事业做出的突出贡献、记录高景炎同志的光荣事迹。编写组约我写篇文章作为该书的补充。

高景炎是我的领导，又是我的恩师。我在他身边学会了酿酒，也学会了做人、做事。想都写出来，又担心与《高景炎传》内容重复过多，只好写点儿感想，向我的领导、我的恩师致敬。

一、我和高景炎同志相识在五十年前

1962年，高景炎在无锡轻工学院（现为中国江南大学）毕业，分配到北京酿酒厂，在白酒、葡萄酒、酒精、溶剂等车间实习。后来参加了红星白酒试制和"UV-11"曲种试验等技术工作，并领导了"红星二锅头酒"向北京各区县酒厂推广的工作，参与了国内八大名白酒进北京和发展北京名优白酒的工作。使北京白酒产量、质量大幅提升，使全市各白酒企业不但有了优质二锅头酒，还开发出了一批中高档白酒，如大兴酒厂的醉流霞酒、牛栏山酒厂的红粮大曲酒、昌平酒厂的华都酒、通县酒厂的通州老窖酒等，为北京白酒在1984年轻工部酒类质量大赛取得好成绩打下了坚实的基础。

我是1969年7月，由中国人民解放军海军航空兵转业到北京东郊葡萄酒厂（以下简称"东葡"或"东葡酒厂"）的，开始在驻厂军代表领导下从事"文革"遗留问题的调查工作，结识了很多酒厂老工人。在酒厂老工人的引荐下认识了高景炎。他性格开朗，待人和气，喜于交友，没知识分子架子，而且勤奋好学，给我留下了深刻印象。我们经常在一起讨论酿酒技术，争论起来他也不以势压人。后来他当了总厂厂长，成了全国著名酿酒专家，还经常和我们在一起。有时谈到晚上八九点钟就到家属宿舍的老工人家中去喝酒，他也时常邀请我们到他家去喝酒。这段时间高景炎和东葡的马跃山工程师、白振江总工、张仁清师傅、刘文炳师傅等人对我的帮助很大，给我提供了很多酿酒书籍，传授了很多酿酒经验。后来我当了车间主任、基建科长、副厂长直至厂长，每前进一步都得到了高景炎的关心和培养，也得到了东葡酒厂技术人员和老工人师傅的支持和帮助。

二、我在高景炎同志身边工作了30多年

1987年总厂实施二级公司改制。我被调到总厂筹备成立"北京酿酒协会"。4月20日北京酿酒协会正式成立，高景炎同志兼任北京酿酒协会理事长（会长），我任专职秘书长。高景炎同志成为我的直接领导，我们在协会共同工作了30多年。

北京酿酒协会在高景炎领导下，帮助北京酿酒企业完成了由计划经济向市场经济的转变；通过协调酒类产品价格、减免酒类产品包装税、试行利税包干制等措施减轻了企业负担；通过举办各种职业技能培训班、组织企业相互交流学习、推广先进酿酒技艺、评审名优产品和著名商标等活动提升了北京酒类产品质量，增强了北京酒企的市场竞争能力；通过主动向政府反映行业企业的经营困难、协助政府制定行业政策、协调企业间的经营纠纷、参与制定产品标准、制定行规行约等活动维护了北京酒企的合法权益，使协会受到了政府职能部门的信赖，多次被评为北京市先进协会，多次得到北京市财政支持，也得到了会员单位的支持和拥戴。

高景炎在任北京酿酒协会理事长（会长）期间，领导和推动了北京酿酒事业的发展，对全国酿酒行业也做出了突出贡献。他参与了中国酿酒工业协会的筹备和组建，并出任第一任秘书长；曾担任中国食品工业协会白酒专业委员会副会长，现任白酒专家组组长；倡导组建了"华北五省市区酿（白）酒协会联席会"，任组长；组建了"四直辖市酿酒协会联席会"，任组长；组建了"全国清香类型白酒高峰论坛"，任秘书长；还参与组建了"中清酒业酿造技艺发展中心"，任副理事长。这些工作都促进了市场经济下行业协会间和行业企业间的交流与合作。

2011年高景炎因年龄超过70岁，按民政部规定不再担任协会理事长职务，被聘为北京酿酒协会名誉理事长。2015年我也因年龄超过70岁不再担任北京酿酒协会秘书长职务，改任协会驻会专职顾问，但与高景炎的师生情谊和领导关系没有变，协会重要工作还是经常请教高景炎，生活上还是在互相关心互相照顾，感情越来越深。在高景炎身边工作30多年，我受益匪浅。

三、高景炎同志是一个吃苦耐劳，工作认真的人

1965年，北京市政府委托北京酿酒总厂按照"七管两不变原则"管理全市区县酒厂。酿酒总厂成立了"归口管理科"，高景炎任科长。他经常到远郊区县酒厂了解生产情况，推广"红星二锅头"酿造技艺，指导技术工作。高景炎每次下厂办公从来不要酒厂接送，无论酷暑寒冬都是乘坐长途公共汽车前往，风雨无阻。那个年代区县酒厂各方面条件都很差，没有客房，没有客饭，他不怕脏不怕累，住在办公室，吃在职工食堂；夏天没有电扇，还要忍受蚊虫叮咬；冬天自己生炉火取暖，自己做饭。在简陋的车间里同工人一起干活，有时一住就是十几天，完成任务后再乘公交车返回。高景炎是在江苏常熟鱼米之乡长大的，凭着吃苦耐劳的精神，经受住了北京的严寒冬天的考验。在帮助轻工业部筹备成立中国酒业协会时，他与吴佩海负责组织会议材料，任劳任怨，有时加班到深夜。他在全国酒界名气很大，经常应邀参加各种行业企业的座谈会、研讨会，也经常主持各种会议。他的会议发言稿和演讲稿都是自己动手写，从不找别人代笔。由他主编的专业书籍、请他代阅的材料和需要他审阅的文书很多，他都认真阅读，逐文逐句斟酌、认真修改，连标点符号都不放过。他组织建立了几个跨省酿酒行业联合会组织，每次活动、每个细节他都亲自过问、亲自安排，不辞辛苦。高景炎已经80多岁了，长期写文章使右手握笔时手就哆嗦，仍坚持自己写发言稿，不能用钢笔、圆珠笔就用铅笔写，经常写到凌晨。高景炎这种不怕苦、不怕累、对工作认真负责的精神永远是我学习的榜样。

四、高景炎同志还是一个克己奉公，两袖清风的人

20世纪70年代，全国没有民营酿酒企业，国营酒厂也没有客饭制度，而且出差补助费很低。为了省钱、方便，外地许多酒厂（包括名酒厂）领导到北京办事都喜欢住在总厂办公楼地下室，既可以到公共浴室洗澡，到

职工食堂买饭票吃饭，又方便到中央各部委办事，还能到北京各酒厂车间走走看看（当时北京酿酒总厂下属的北京酒精厂、北京啤酒厂、五星啤酒厂、北京葡萄酒厂、东郊葡萄酒厂等都是在全国有名的大型酒厂）。我和全国各大葡萄酒厂领导就是那时候认识的。身为总厂厂长的高景炎每次总要自己花钱热情地请他们在酒精厂食堂吃一顿饭。有时就到外边买斤花生米，再买斤猪头肉，到食堂买几个馒头，几个人在办公室边喝酒边吃边谈。除了外地酒厂人员经常来，北京各区县酒厂也经常到总厂找他汇报工作。他都热情相待，不摆架子，有时还要请他们吃饭。到80年代可以安排客饭了，但请客的人和陪客的人也要按标准交饭费，每次少则几元多则十几元。我在东葡任厂长时每月工资近一半都花在客饭上，高景炎花的比我还要多。到90年代初，才规定客饭按标准全额报销，但高景炎也很少带客人去大饭店用餐。高景炎个人生活非常简朴，对待客人却非常热情，克己奉公，从不乱花公款，从不占公家便宜。

北京酿酒协会成立后，协会每年收取的会费只有几万元，我和高景炎的工资都由总厂支付，协会对个人没有补贴，会费收入全部用作协会日常办公支出。这样协会就积攒了二十几万元。1999年高景炎退休了，退休费比上班工资少了很多，我提出每月给他一些补贴，被他拒绝了。但是当任可达同志和我退休后，他却主动提出给我们每人每月发补助费。协会换届五次，高景炎担任协会理事长达二十五年，没在协会领过工资，没在协会报销过个人费用；而且还把中国食品协会给他的补助费交到协会，做协会经费使用。他为北京区县酒厂服务了五十多年，帮助民营小酒厂解决了很多的技术难点，为各酒厂争取了很多的经济利益，却从不兼任区县酒厂的各种职务，从来没在区县酒厂拿过钱。高景炎是北京二锅头酒传统酿造技艺的国家级代表性传承人，每年政府拨给他的活动经费他全部上交，与红星公司共同组建"高景炎基金"。红星股份公司请他拍"红星高照"酒的广告，他也不要费用。他几十年克己奉公，两袖清风，令人敬仰。

五、高景炎同志是一个清正廉洁、胸怀坦荡的人

高景炎同志做事光明磊落，我们相识五十多年，没见过他私下请领导

吃饭，没见过他私下给领导送礼。他任何时候都不向领导提出过分要求。他尊重师长，经常看望酒界泰斗秦含章老先生和周恒刚老先生及住在外埠的全国著名酿酒专家。他注重友情，经常去看望酒厂老工人、老技术人员。他关心下级，任协会理事长期间几次主动给协会工作人员上调工资待遇，每逢年节都要与协会工作人员一起吃顿饭，还时常把国内名酒厂送给他的礼品酒分发给协会工作人员。协会人员和区县酒厂老同事生病住院他都去看望，并送去慰问品。他对自己要求非常严格，自己生病、住院做手术从不告诉别人住在哪家医院，不给别人添麻烦，不给协会添负担。他经常去外地开会，爱人生病住院也从不叫别人照顾。他做人正派，受到大家的尊敬。

他担任总厂厂长期间厂领导没有专车，也不接送上下班，到一轻局开会经常乘坐公交车，到区县酒厂开会与参会人员一起乘车。他生活上不搞特殊化，同大家一起在公共浴室洗澡，一起在职工食堂吃饭，请客人吃饭自己交饭钱。

高景炎也经历过挫折，但是他胸怀坦荡，从不与人计较。他在北京酿酒总厂期间，由于种种原因，他当了一年多代理厂长才转正。担任总厂厂长后也有人给他出过难题。但他毫无怨言，以诚相待。在企业合并、改制过程中，他也曾被降级过。在挫折面前高景炎从来没有动摇对酿酒事业的追求和热爱，一如既往，为北京和全国的酿酒事业做贡献。

六、高景炎同志有高超的领导艺术和超强的组织能力

在计划经济时代，国有企业之间技术交流是无私的，科研成果是共享的。因此，造就了一批以秦含章、周恒刚、沈怡方、陶家驰、高月明、赖高淮、高景炎等人为代表的全国著名酿酒专家。他们是行业技术权威，有很大的行业影响力。几十年来，大型白酒企业和酿酒行业的各种大型活动都要邀请他们出席并以此为荣。

高景炎不仅有行业影响力，还具有高超的领导艺术和组织能力。高景炎在行业内外结识的人很多，来自各个阶层、各个方面，上至国家领导人下至老工人。企业中也有许多朋友，也不乏有相互间有过节的人，他在这

些人中间能做到游刃有余、收放有序。他做人做事有原则有底线，又和谁都能和谐相处。担任北京酿酒协会理事长后，他的领导艺术和组织能力得到充分的发挥。他参与组织全国著名酿酒专家编写了《白酒精要》《白酒生产技术全书》《清香类型白酒生产工艺集锦》等多部行业技术专著。他经常受企业委托组织著名酿酒专家参加企业活动。1991年他提议组建了"华北五省市区酿（白）酒协会会长秘书长联席会"，北京酿酒协会任组长单位，副组长单位由各协会轮流担任，并承接当年会议。每次联席会议除交流协会工作外，高景炎都能根据企业需求提出一个中心议题，由参会人员各抒己见，达成共识，用于指导企业生产经营活动。1994年他又提出吸收骨干企业参加联席会，让企业间直接交流，互相促进，共同发展，得到了五个行业协会和企业的积极支持。2000年他又组建了"四直辖市酿酒协会联席会"，2004年合并为"华北五省市区酿（白）酒暨四直辖市酿酒协会联席会"。为了开好每年一次的联席会，他都提前组织召开预备会议，确定会议主旨思想、中心议题，并和各省市区骨干企业提前协商发言内容，还要邀请大专院校学术权威和国内著名酿酒专家到会授课，协调授课内容，他将会议活动安排得井然有序。每年联席会都能做到准备充分、内容丰富、紧跟国家政策、符合行业企业需求，既有院校最新成果发布，也有最新行业动态，还有企业最新技术成果交流，对企业吸引力很大。主动参会的企业和相关单位及新闻媒体越来越多，会议规模越来越大，参会人员最多时达到四百多人，得到了全行业的关注和效仿。2011年后高景炎根据全国酿酒行业形势发展和振兴清香型白酒的需求，又提议组建了"全国清香类型白酒高峰论坛"，后又参与组建了"中清酒业酿造技艺发展中心"并在民政部登记注册。参加高峰论坛和技术发展中心活动的有中国酒业协会、中国食品工业协会及北京、天津、上海、重庆、河北、山西、内蒙古、河南、昆明、湖北、甘肃、新疆、台湾等十多个省市区行业协会组织，另有江南大学、中国食品发酵研究院、天津大学等一批大专院校及全国著名酿酒专家和一百多个酿酒企业，在全国有很大影响。

今年高景炎已从这些行业组织中退居二线，被聘为终身顾问。我相信凭借高景炎的行业影响力和他的人脉及超强的组织能力、超强的领导能力，只要高景炎参加这些行业活动，他就是活动的中心。

历史成就了高景炎，高景炎也创造了历史。高景炎促进了北京酿酒行业的发展，促进了全国清香型白酒的发展，历史记住了高景炎。

再次向我的领导、我的恩师高景炎同志致敬！

高景炎先生在行业威望及二三事

中清酒业酿造技艺发展中心副秘书长、北京酿酒协会副秘书长　李荣国

一、白酒泰斗高景炎先生在酿酒行业的威望

高景炎先生1939年出生在江苏省常熟市，1962年毕业于无锡轻工学院发酵专业。毕业后分配在北京酿酒厂，历任技术员、技术科长、副厂长、厂长。教授级高工。现任中国食品工业协会白酒专业委员会副会长、专家组组长，中清酒业酿造技艺发展中心副理事长，北京酿酒协会名誉会长，北京二锅头酒传统酿造技艺国家级代表性传承人，享受国务院政府津贴，是中国酿酒行业公认的国家培养的第一代行业领军人物之一，全国著名的白酒泰斗。

高景炎先生曾参与组织了1984年轻工业部酒类质量大赛和历届"中食协"白酒评委选拔赛工作，参加了多项全国白酒科研技术调查。1993年高景炎先生主编《白酒精要》。1996年高景炎先生组织全国及各省市区几十名白酒界顶级专家，如周恒刚、沈怡方、高月明等编写了《白酒生产技术全书》。2017年还组织主编了《清香类型白酒生产工艺集锦》。

高景炎先生在白酒行业内有很多技术成就，主编出版了多部技术书籍，协助企业解决了许多技术难题，在行业、企业中享有极高的威望，被尊称为"高老""高老师"。特别是全国及各省市区名酒企业产品标准、技术研发、新品发布会等，都邀请高景炎先生参加。企业都以此为荣耀和骄傲，可见高景炎先生在酿酒人心目中的地位。

二、高景炎先生的二三事

高景炎先生是我的领导又是我的老师，我们相处近40年之久。他与

众不同，他有雄心壮志，立志科技建国、建厂。他忘我工作，对工作认真负责，一丝不苟，埋头苦干，钻研业务，兢兢业业，数年来科技硕果累累。他平易近人，谦虚谨慎，虚心好学，关心同事，培养人才，尊敬师长，艰苦朴素，廉政为民，不忘初心，是时代楷模、值得尊重的行业泰斗。

1970年以后，在高厂长的领导下，北京的白酒行业发生了巨大变化。他对郊县白酒企业实行"七管二不变"，积极开展"UV-11"麸曲试验，组织化验员培训、勾兑培训班等，并亲自到平谷县酒厂指导生产沟河牌高粱酒、沟河粮液（获市优）等产品。

1980年以后改革开放，二级公司撤销，高景炎厂长力挽狂澜，排除干扰，安排北京酿酒总厂与北京龙凤酒厂、北京八达岭酒业公司联营生产55度红星二锅头酒、55度特制二锅头酒。使红星二锅头酒事业得到空前的大发展。连续承包多年，使总厂转危为安，走上自给自足的发展之路，他功不可没。红星有今天的辉煌，他是大功臣。

1990年以后高厂长高瞻远瞩，亲自安排开发生产新产品。其中红星普通二锅头酒系列产品有55度、56度，红星特制二锅头酒系列产品有55度、56度，还有红星浓香系列产品等。他亲自监督馈赠苏联的一批二锅头酒的生产质量，出色完成上级下达的任务，受到有关方面好评。

2017年4月28日，在北京牛栏山酒厂举办的"北京酿酒协会成立三十周年庆祝大会"上，他因多年来为北京酒业的发展做出的贡献而受表彰，获"北京酒业领军人物奖"。

三、杂谈

他谦虚谨慎，不居功自傲。他经常讲："我在协会的工作全是大家干的。"

他艰苦朴素，廉政为民，关心同志，问寒问暖；他衣装整齐大方，普通干部模样，从未搞特殊化，个人的私事或出差，他从不要公车。政府发放的传承人津贴每年4万元，他全部用来成立"高景炎奖励基金"，以奖励在传承创新二锅头技艺中做出突出贡献的红星员工。节假日他经常抽空看望老同志，有时他甚至自己掏钱，慰问老同志。他还帮老同志解决家中的问题。每逢大家坐动车出差，不论多少人，都是他花饭钱，请吃午餐。

他大公无私，慷慨解囊。为尽快完成中清酒业酿造技艺发展中心的《清香类型白酒生产工艺集锦》任务，他自己掏钱资助，发稿酬给一些作者。某企业因经济困难需要咨询服务，他自己掏腰包，付差旅费，到企业解决问题。

他勤学，爱钻研业务，见解独特。他一有空就看资料，每个星期都要看十几种杂志、报纸，了解行业动态，指导行业发展。每届"中清酒业高峰论坛"他都提出具有前瞻性的独到见解和务实措施，令人佩服。

他多年来克服困难，助人为乐不求回报。他身体抱恙而且80高龄，家有病妻，但他多年来始终坚持义务服务社会，到基层了解企业生产、工艺、经营等并为企业出谋划策，引领企业发展壮大，如红星公司、牛栏山酒厂、内蒙骆驼酒业、鄂尔多斯酒业等。

他尊师好学，爱护老同志，是尊老爱幼的好榜样。他一贯尊重王秋芳先生，向王老请教行业及专业知识。生活上对王老也是无微不至关怀，经常到王老家看望，问寒问暖，人人皆知。

他兢兢业业，忘我工作。2017年高老因扁桃体疑癌住院开刀，但他全年始终坚持工作。2019年在重庆江小白召开第八届"中清酒业高峰论坛预备会"，为了完善高峰论坛整体计划，开会前他加了一夜班，出色完善整体计划，使第二天大会计划清晰完整，达到完美效果，令人赞叹。

他无私奉献，是家庭楷模。他关心家人，资助家庭，经常帮助困难弟妹。他看望多年病重的弟弟，寄给他一些实用品等。

他培养专业人才。每逢收到名酒样，他都慷慨分给协会工作人员，请每位品尝、提意见，提高每个人的品评技术，另外他还鼓励协会同事参加品酒师培训班等。

不遗余力传百年技艺，专心致志做百姓民酒
——我的老师高景炎大师

北京二锅头酒传统酿造技艺第九代传承人　　艾金忠
北京红星股份有限公司副总经理、总工程师

在我的印象中，高老一直是一位很受人尊敬的、平易近人的，慈祥睿智、严谨治学，默默为中国白酒事业奉献的一代宗师。高老，不仅是我在三十多年酿酒历程中最值得敬佩的导师、领路人，也是我人生中良师益友。

1987年，我大学毕业后被分配到北京酿酒总厂技术科工作。当时高景炎大师是我们的厂长，能够得到大师的亲自指导，我很幸运。记得我第一天报到时，高老接待我，拍着我的肩膀说："小伙子好好干！多到生产一线了解工艺，多学技术，多向老同志请教。我们这有王秋芳、齐志道、张学义、任可达、白镇江等白酒、葡萄酒、啤酒酒界老专家，多掌握一些专业本领，将来为我们的红星做贡献。"听了高老的一番话，我感到很温暖，心里暗暗下决心一定要努力锻炼自己。

1991年我在八达岭酒厂驻厂，后来到密云酒厂、朝阳酒厂、怀柔酒厂，每到一个岗位，高老都不辞辛苦地亲临现场助阵。高老还在白酒酿造工艺、产品把控、技术开发等方面给我很多帮助和指点。在老领导无微不至的关怀和鼓励支持下，我逐渐成了红星二锅头的工艺技术负责人。

高老对技术的追求让人肃然起敬。从我刚进入总厂，高老就一直跟我讲："好好做技术，扎扎实实地搞研究，不要像我似的去做领导，一定要做一个专业技术人才。"这句话我一直铭记在心。在我酿酒事业的每个关键阶段，高老像灯塔一样，给我指明方向，引领我，鼓舞我，使我在红星一直坚守三十多年。

高老不遗余力培养年轻人。他十分爱惜人才，传授我们知识，经常带我们参加行业技术交流，分享白酒新技术，学习白酒品评技能，引荐行业专家。他激励我们前行，不断地鼓励着我们、鞭策着我们，教导我们要用

心、尽心地做好酒，酿造百姓真正喜欢的酒。

从高老身上，我深深体会到他把工作、事业当成一种修行和信念，看到他这份对红星二锅头的坚韧与坚守，不屈不挠、坚忍不拔的匠心精神。他激励我无怨无悔、勇往直前，激励我们红星人一代一代传承和创新。

我的恩师高景炎大师

北京二锅头酒传统酿造技艺第九代传承人
北京红星股份有限公司酿造副总经理　　张坤

高景炎老师在我的心目中是一位平凡而卓越的人。

老师作为北京二锅头酒传统酿造技艺的唯一代表性传承人，耕耘酒苑五十多年，在白酒科研、生产、行业发展等各个方面做出了重大贡献，他引领了北京白酒业的发展，将二锅头酒酿造技艺发扬光大，在红星和二锅头酒的发展史中起到不可替代的作用。

2000年前后我与高老相识，自那以后老人家对我工作的帮助和指导就从未停止过，一直延续至今。

记得我刚从葡萄酒转做白酒的时候，恰逢北京酿酒协会组织的白酒品酒师考试。当时我对白酒认识有限，为了让我们能更快地掌握要点，高老师亲自为我们授课，课后我把学到的知识手绘成了两张表格并保留了很多年。之后我又历经过三届白酒的国家评委考试，每次考试之前都会拿出来再复习一遍。

高老常年关注企业技术研究方向，经常会向我们提出建设性意见或建议，对于我们提出的具体问题每次都是认真对待。2011年我走上了企业领导岗位，高老更加注重与我交流行业发展动态，帮我进一步打开思路以引领企业的技术发展，同时不辞辛劳带领我们到兄弟企业学习交流。

从风华正茂到花甲之年，高老将最美好的年华留在了红星，时至耄耋依旧牵挂企业的发展，作为晚辈我们感恩老人家为企业的全情付出，感谢老人家对我们年轻一代的教导与关爱。我们必将这份匠人精神更好地传承下去，锐意进取将北京二锅头酒进一步发扬光大。

高景炎大师教我们的"绝活儿"

北京二锅头酒传统酿造技艺第九代传承人　　李东升
北京红星股份有限公司首席技师、调配中心主任

多年来，高景炎大师带我们"行走"的同时，也教了我们许多"绝活儿"：

（1）晃瓶知酒度。

一次，老师在我们面前摆了5瓶酒，要求我们不尝、不测排出酒度从高到低的顺序。我当时一蒙，没反应过来，这怎么能？老师见我们发愣，笑着演示道："同样的手法、同样的方向、同样的力度连续晃3次，仔细观察酒花的形状，久而久之，就能大致判断酒度的高低。"此时我才明白，老师是把"看花摘酒"的技艺活用在这儿了。自那以后，我也逐渐养成习惯，拿到一瓶酒总会不经意的晃几下看看酒花的大小。

（2）手捻、鼻闻判酒质。

一次在酒库选酒，边尝边选的同时，老师选了几款酒，分别让我们"用手沾一点，捻一下，抹在手心闻一闻"。通过一段时间的实践练习，我们发现，这些简便的方法对于我们在工作中通过酒的黏稠度判断白酒的储存期、判断白酒的醇厚度、判断白酒的品质都有很大的帮助。

（3）蒸馏"到位"出好酒。

"产香在发酵，提香在蒸馏"，蒸馏操作的好与坏不仅影响着出酒率的高低、原酒的酒度，同时也影响着原酒香味成分提取的总量和品种。老师站在甑边亲自执导：①标准甑的装甑时间不能低于35分钟，馏酒的速度控制在2.5公斤/分钟；②本甑最初1.5分钟之内溜出的酒回蒸；③加量水的时机最好选在出甑前加入热水。这些细节"绝活"对提高白酒的质量、传承白酒酿造的技艺发挥着深远的意义。

我的启蒙老师高景炎

北京二锅头酒传统酿造技艺第十代传承人
北京红星股份有限公司产品开发总监　　杜艳红

一、开启白酒之门

记得那是 2000 年夏季，恰是我入职红星一年，我有幸参加了北京酿酒协会组织的北京市白酒评委品评考核培训。

我清晰地记得高景炎恩师给我上的第一堂课。他讲：酒是沟通情感的载体，开启心灵的钥匙，更是人民追求美好生活的一部分。消费者越来越重视品饮白酒本身的安全感，品饮过程带来的愉悦感、舒适感，以及借助白酒所表达的尊重感和高贵感。消费者喜爱香雅、味醇、绵顺、醉得慢、醒得快、饮时饮后体征好的白酒。白酒的共性，以粮谷为酿酒原料，酒曲为糖化发酵剂；多采用传统的发酵容器，开放式的发酵生产方式；多菌共存，固态发酵，固态蒸馏；传统储存容器储存。接下来他又讲了白酒的定义，白酒的香型分类，各香型白酒的工艺特点。最后，他结合实物酒样，讲解了如何利用视觉、嗅觉、味觉进行白酒品评。

他的授课，使我感受到了白酒文化底蕴如此丰厚，白酒知识如此丰富，白酒可以满足人的品味需求，白酒是如此美好、美妙，使我这个"菜鸟"爱上白酒，并决心入行白酒就要踏踏实实学习它、研究它。

感谢恩师为我开启了白酒之门，让我在今后的岁月里，能够静心去学习、领悟白酒。

二、传播白酒文化

高景炎大师虽已退休，但是他孜孜不倦地学习白酒相关技术、工艺、管理创新知识，编著白酒相关书籍，参与白酒标准制修订。他勇立潮头、满腔热情地主持白酒行业各种会议、培训，参加白酒行业各种活动，他的目的就是更好地传播白酒文化。

"己欲立而立人，己欲达而达人"。这句话，用在他身上非常贴切。高老几十年的耕耘、播种，如今他桃李满天下，培养出众多行业精英、骨干，他的学生们继承恩师心愿，学习、钻研、创新、传播白酒，共同为白酒美好明天奉献力量。

高山景行，心行所向

北京二锅头酒传统酿造技艺第十代传承人
北京红星股份有限公司酿造研发部部长　　王小伟

2012年，一个普通的冬日午后我第一次得见高老，已经记不清具体哪天了，但见面的情景历历在目。那是在北京二锅头酒博物馆，作为一名技术人员、无名后辈，在听了无数次高景炎名字之后，心中充满期待和忐忑。我坐在角落里注视着高老言行。在我眼前，高老目光如炬射出坚毅，满脸沧桑写满故事，洪亮嗓音透出矍铄精神。高老的一言一行中包含着对红星和二锅头的钟情，其高大形象在我心中具象成榜样。

我忙着汲取其字里行间的营养。高老津津乐道的往事——作为大学生和车间工人一起在车间光膀子大汗淋漓地铲酒糟，干完活班长带着大伙下班后就着馒头大葱，拿着大把茶缸喝酒，说着点火辨别发酵状态、手捻确定白酒品质的绝技的情景……把我带到了他的青葱岁月。沉浸在故事里的我，立志把我的热血汗水，像高老一样撒到二锅头酿造车间里。临别时我竟然忘记表达对高老的敬意，至今想起来还无法掩盖心中的怯意。

匆匆一别，再次见到高老，已是一年之后。高老首先伸出手，和我握手，当时我感觉我的手是凉的，冒着汗的，心中充满激动。当高老看着我的眼睛，叫出我的名字的瞬间，我深感意外，仅仅见过一次面，坐在角落里的我能被高老记住是我莫大荣幸。而之后高老对我说过的话深深地刻印在我的心里："现在酿酒技术变化快，你们站在行业的第一线，我得向你们学习。"作为后生晚辈，我诚惶诚恐，我看到的是高老谦逊的为人和对后辈的呵护。我时刻自省，高老的为人，我现在做到了吗？今后能做到吗？我们要传承技术，更要传承做人。

第三个瞬间是高老给所有酿造人员授课的课堂上。"混蒸混烧""老五甑""清蒸清烧"，高老熟练地写着、讲着。我心里的时光仿佛回到了20

世纪 80 年代。所有沧桑隐去，我看到了为北京二锅头而奋斗的高老，看到了穿梭于郊区县酒厂倾囊相授的高老，看到了风华正茂的高老。同时，高老对一些概念和行业误传一一解释，正本清源，让我们对白酒、清香白酒、二锅头酒工艺有了更深刻认识。

高山仰止，景行行止。人如其名，高老为行业为红星所做如巍峨高山，令后生晚辈仰慕。作为无名后辈的我，心想其所想，行其所行，希望能达其一二，踏着前辈的足迹，为红星，为二锅头贡献绵薄之力。

良师益友高厂长

北京红星股份有限公司顾问、原副总经理　吴佩海

我与高景炎先生相识相交几十年。因为他担任过北京酿酒总厂的厂长，所以我一直尊称他"高厂长"。从工作上讲，他始终是我的领导；从学识上讲，他始终是我的老师；从私交上讲，他始终是我的挚友。我一直是这样定位我与高景炎的关系，并且向他坦诚相告，但高景炎却回答：我们是朋友更是战友。

战友战友，不但有友情，一定还有共同战斗的经历。回首逝去的时光，那一幕幕激情岁月又在眼前闪现。

我 1970 年到北京酿酒总厂（北京红星股份有限公司的前身）工作，不久就听到了高景炎的大名，知道他是一位很有本事的技术人员，但与他未曾谋面。后来我认识了他，可他不一定认识我。直到 1986 年，我被调到总厂办公室任职，才与作为厂长的他熟识起来。

在与他的接触中，勤奋严谨的工作作风、和蔼可亲的待人态度、豪放爽朗的性格气质，深深地感染了我。我对他的初步印象是：有本事，没架子；好交往，可信赖。

1987 年，总厂经历了行政性二级公司改革，从一家之主变为自食其力。在总厂面临生死存亡的关键时刻，高景炎与党委书记张菊明一起力挽狂澜、革故鼎新，先后承包了密云酒厂、联营延庆酒厂，既解决了 200 多人的吃饭问题，又开创了红星二锅头的发展新路，还满足了市场需求。总

厂由此成为国企改革的一面旗帜，受到北京市体制改革委员会的表彰。

1988年，总厂承包北京东郊葡萄酒厂，高景炎兼任葡萄酒厂厂长，我被他调去担任厂长助理，又与他在葡萄酒厂共事。

1992年9月，我又在高景炎的带领下开始参与中国酿酒工业协会的创建，同去的还有王秋芳老厂长。

1992年10月3日，高景炎、王秋芳和我先乘机后乘车到达安徽省亳州市，住进了古井大酒店（古井酒厂创办）。我们每天的工作是起草文件、筹备会务，为即将召开的"中国酿酒工业协会成立大会预备会议"作准备。

预备会议于1992年10月8日至10日在亳州市古井酒店召开，主管部门、地方酒协和酒企代表等共80余人参加会议。

会议代表对协会筹备过程中所做的各项工作表示满意。会议经过讨论，提出了理事单位的推荐名单及常务理事会和各分支机构组建的意见，拟提交"中国酿酒工业协会第一次会员代表大会"审议通过。会议还发出了对全国酿酒企业的倡议书。

应该说，预备会议开得较为顺利，可谓初战告捷。

1992年11月25日至26日，"中国酿酒工业协会第一次会员代表大会暨成立大会"在山东省泰安市举行，有关部门领导和各界代表共300多人出席会议。这是酿酒行业一次罕见的盛会，可以说是群贤毕至、少长咸集。

会议分两个阶段召开，首先召开的是"中国酿酒工业协会第一次会员代表大会"，于25日上午举行。会议由高景炎主持。

25日下午，与会代表进行分组讨论，气氛相当热烈。各小组提出了许多建议和意见，如协会的名称问题等。为此，25日晚大会领导小组召开扩大会议，详细听取了各小组的情况汇报，充分肯定了代表们在讨论中所表现出来的认真负责态度。经过充分协商，会议对若干问题达成共识并推荐高景炎代表各小组作大会发言。

当晚，高景炎带着我共同起草发言稿。根据大会领导小组的意见和高景炎的分析归纳，我们边酝酿、边写作、边讨论、边修改，彻夜未眠。发言稿首先对小组讨论情况作了具体介绍，强调指出：大会领导小组认为代表提出的意见是客观的，是从关心爱护协会的良好愿望出发的；解决问题的原则是"求大同存小异，先干起来再逐步完善"。同时，建议本次大会责成第一届常务理事会对代表提出的问题进行通盘考虑和解决。发言稿定稿时，天已破晓。我们赶紧冲了个澡提提精神，以便投入白天的工作中去。与高景炎一起挑灯夜战一通宵的情景，让我珍藏于心念念不忘。

26日上午，召开"中国酿酒工业协会成立大会"。高景炎首先代表四个小组作大会发言，反响良好。这让我们倍感欣慰，因为通宵达旦的努力没有白费。

26日下午召开协会一届一次常务理事会。会议选举了协会领导成员，高景炎任协会秘书长，他肩上的担子更重了。

在协会组建基本完成后，高景炎又马不停蹄地投入各分支机构的组建工作中。1993年10月中旬组建啤酒分会，10月下旬组建黄酒分会，11月下旬组建葡萄酒专业委员会，高景炎在其中做了大量的组织协调工作。我也跟着他东南西北地跑，协助他起草文稿、组织会议、深入企业交流信息、调查研究、沟通汇报。我深感他在酒业威望高、人脉广、根基深，是大家公认的全国酿酒行业的"酒头儿"。

我退休后，又随高景炎参加过酒业的一些活动，如北京酿酒协会成立30周年庆典、全国清香类型白酒高峰论坛等。

从1986年起至今，在高景炎先生的带领下，我增长了不少见识、学到了不少知识、了解许多情况、结识了许多朋友，获益匪浅。无论过去、现在还是将来，他都是我心悦诚服的好老师，都是我推心置腹的好朋友。

高景炎历经几十年的磨炼，成就斐然。在我看来，他不仅是我国著名的酿酒专家、国家级非遗北京二锅头酒传统酿造技艺的第八代传人暨该技艺的国家级代表性传人，而且是著名的酒界活动家，先后参与组建、组织了中国食品工业协会白酒专业协会、北京酿酒协会、中国酿酒工业协会、华北五省市区暨四直辖市酒业联席会、全国清香类型白酒高峰论坛、中清酒业酿造技艺发展中心等并且担任领导职务，这在酒业是绝无仅有的。

我常想：高景炎能有如此之大的成就，原因何在呢？通过对他的观察和了解，我找到了一些答案。

一是克己寡欲。

高景炎几十年来与爱结缘，爱国爱党、爱厂爱岗、爱酒业爱亲朋，所以他对自己要求很严格，不忘初心和使命。他任职北京酿酒协会会长25年，但从不领取工作补贴，他将国家颁发给他的非遗传承人津贴悉数捐给红星公司以建立"高景炎奖励基金"。他生活简朴，没有什么特殊的要求和爱好。生拉硬拽他去唱歌，他也总是唱一首《小城故事》就"溜号"了。但只要一提起酒，他就神采飞扬侃侃而谈，大家都说高景炎"见酒生神"。我曾问他："你最大的乐趣是什么？"他脱口而出："酿造好酒。"可见，心无旁骛聚精会神于酿酒，专心专注专业于岗位，是高景炎成功的基石。

二是知行合一。

"活到老、学到老、干到老"是高景炎的口头禅，我听到过许多遍。他不仅抽空自学外语和专业知识，而且认真学习政治理论和党的路线、方针、政策。有人曾问他："你最喜欢读的一本书是什么？"高景炎回答："《辞海》。"不久前，我同他乘车经过一个路口，他指着路边墙上宣传社会主义核心价值观的标语说："这里面有一个字写得不对。"听了他的解释，我很有感触，不由得想起了"书山有路勤为径，学海无涯苦作舟"这句名言。高景炎是毕业于无锡轻工学院的高才生，专业知识的功底自然深厚，但他并不满足于书本知识而是注重理论与实践的结合。他1962年进入红星酒厂工作，就主动要求到生产一线去锻炼，摸透了各车间工艺和实操情况，并根据所学的知识提出改进和完善的建议。几十年来，他不知疲倦地跑了大中小酒厂数百家，深入车间、酒窖、化验室，了解情况、倾听意见、交流信息，实现了对行业现状的全面把握。所以他能将自己的所见所闻所感所思与党和政府的要求紧密结合，对行业的发展提出有高度有广度有深度的导向性建议和针对性措施。古人倡导的"读万卷书行万里路"，在高景炎身上得到了很好的体现。

三是学创并举。

"学创并举""学创结合"是高景炎大力倡导并身体力行的理念。"学"就是学习前辈、继承传统，"创"就是与时俱进、创新创造。他常讲："思想解放黄金万两，思想封闭受穷受气。"有人问他："你最喜欢的格言是什么？"他脱口而出："对真理的追求比对真理的占有更可贵。"在生产技术上，他拜王秋芳、龚文昌为师，长期深入生产一线，寻根溯源吸收引进，所以才能全面总结传统技艺并运用现代科技加以改进提高，成为国家级非遗二锅头酒传统酿造技艺代表性传承人。在行业发展上，他长期奔走于各地的白酒企业，调查研究独立思考，既不自以为是也不人云亦云，所以才能提出真知灼见，成为名副其实的行业带头人。正可谓"业精于勤荒于嬉，行成于思毁于随"。

四是虚实兼备。

"虚"是指谦虚，不居功不诿过，虚怀若谷；"实"是指实干，勇于担当作为，求真务实。高景炎总是讲："我的成绩都是大家干出来的。"不久前，他还指着一篇文章叮嘱我："这是别人写的，把我的名字也挂上了。你们不要把这篇文列入我的文稿中。"他尊重前辈，提携后人；学而不厌，诲人不倦。对指导和帮助过自己的人他感恩不忘，对周围的同事和年轻人循循善诱，无论有什么问题总是和风细雨地指出，从不声色俱厉。但他干起活儿来却生龙活虎，有人劝他注意点儿身体，他就哈哈大笑说："活着干，死了算！"几十年来，他栉风沐雨东奔西走，跑过多少厂子开过多少会议恐难以计算。他现在年过八旬，干劲儿不减，大有"老骥伏枥，志在千里"的气概。

五是说写俱佳。

高景炎在行业中的地位与他的能力是分不开的。其中，高景炎的口头表达能力和文字表达能力都很强。他虽是南方人但普通话说得很不错，脑子活、口才好、底气足、声音大。他出口成章、条清缕析，感染力说服力很强，令人折服。他笔头很硬且笔耕不辍，他参编或主编的《白酒精要》《白酒生产技术全书》《清香类型白酒生产工艺集锦》等书籍即是例证，他执笔的讲课稿、发言稿、总结稿等就太多了。高景炎能言善写不是偶然的。他不仅脑中有政治腹中有实际、心中有知识手中有材料，而且有很强的分析归纳和综合总结能力。无论是枯燥的生产技术问题还是现实的行业发展问题，在他的口中或文中都能化繁杂为简约、化深奥为通俗。他善于编写顺口溜和诗句，很受大家的欢迎。

六是性格助力。

"性格决定命运"这句话是否以偏概全我不好下结论，但用在高景炎身上我认为是合适的。他是典型的外向型性格，开朗乐观、热情豪放，亲和力吸引力交际力很强。有人说："酒业开会，只要有高景炎参加，气氛一定热烈。"我常在会议上听高景炎讲："碰到问题，心态很重要。我们要记住一句话，唱好三支歌。"他倡导的一句话是："只要思想不滑坡，办法总比困难多。"他提到的三支歌是：唱好《国歌》，增加危机感和忧患意识；唱好《国际歌》，坚定自己救自己的理念；唱好电视剧《西游记》的主题歌《敢问路在何方》，坚信路在脚下。

上述内容仅是笔者的一孔之见。因为探寻高景炎成功的秘籍，我只能做到抛砖引玉。

最后想说，通过几十年的交往，我对高景炎先生的评价是：学为人师，行为世范。

第二节　女儿心中的高景炎

我的父亲高景炎

高燕

我极力回忆，试图从儿时的记忆写起，勾画出父亲形象的全貌。但是很遗憾，在我18岁以前的记忆碎片中，父亲的影子少之又少。因为他总是太忙，而且随着人们对他称呼的改变——高科长、高厂长、高总到高老，他的忙碌程度也在不断升级。所以我小的时候父亲没有时间去幼儿园接送我，没有时间带我去公园玩儿，甚至没有时间参加我的家长会。即使休息日在家，也会有一波又一波的叔叔来家里谈工作，把家里变成办公室。偶尔一两次父亲能亲自辅导我的功课，也大多以他对我的严厉批评和我的号啕大哭结束。因此，在我的记忆中，父亲并不是一个称职的好爸爸，我们父女之间的交流很少。偶尔他牵着我的手走在路上时，总是喜欢用他那又大又厚的手用力捏我的小手，疼得我龇牙咧嘴。他却笑着对我说："你也用力，用力捏我啊。"

直到1992年，我考上了首都师范大学。那次父亲特别高兴，亲自送我去报到，看着他跑前跑后地为我换饭票、整理行李，我第一次被父爱感动。后来在我大学毕业时，他也践行了他的诺言，亲自接我回家。俗话说"不养儿不知父母恩"，也是在有了自己的孩子之后，我和父亲的关系才变得更加亲近，我才深深体会到了他对儿女深沉的爱。2011年，我因为高危妊娠在家休养，彼时父亲已经退休多年，但是却更加繁忙，而他总是在百忙之中陪我下楼，在小区散步，虽然我们话不多，也只是并排而行，但却觉得心贴得更近了。后来我的女儿果果出生后，成了父亲的掌上明珠，只要有空，父亲总抢着接送果果去幼儿园和课外班，带她去玩，给她买好吃的，可谓宠爱至极。有一天，我听见父亲对果果说："我要把欠你妈妈的都补给你。"瞬间我的眼前就模糊了。是呀，无情未必真豪杰，怜子如何不丈夫？其实父亲一直是深爱我的。他只是羞于表达，但这爱却巍峨持重，所以有人说父爱如山，而我要说父爱如大海般深沉而宽广。2013年，我被查出患了甲状腺癌需要手术，穿刺确诊之后，等床位的那段时间，父亲出差少了，但是在家里一反常态，总是有说有笑的，经常轻描淡写地对我说，别人都说这个病没什么，动了手术就好了。但是后来老叔给我打了一个电话告诉我，因为我的病父亲的心情很不好，我瞬间明白他的强颜欢笑原来都是为了减轻我的心理负担。其实，父亲的爱一直以特有的沉静的方式影响着我，真希望我能永远沐浴在这份无言的爱中。

父亲年事渐高后，我有幸陪他出了几次差，才真正了解了他的贡献，也深深地体会到他在行业里的地位和受到的尊敬。作为女儿我为有这样一位伟大的父亲感到无比骄傲！俗语说，父之美德，儿之遗产。父亲给我留下的最宝贵的财富是他高尚的品德。

父亲淡泊名利，为人低调，虚怀若谷，从不居功自傲。父亲在领导岗位上时凡是来求他办事的，只要是拿着钱物来的，他一律拒之门外，从不例外。退休之后依然坚持原则，总教育我们，钱不是越多越好，不要贪。这样的例子不胜枚举。最近他将国家奖励非物质文化遗产传承人的补贴捐给红星设立基金，用于奖励员工。他说这钱不是给我个人的，我一分也不能要。他为人低调，即便在行业里已经德高望重，也从不居功自傲，每次都要亲自把关修改关于他自己业绩的内容，生怕别人对他过誉溢美。总是强调领导的支持和团队的协作，自己的贡献总是放在最后。

本来以父亲的贡献和声望，如果我和哥哥能继承他的事业，必定可以近水楼台。但是父亲很尊重我和哥哥的想法，鼓励我们按自己的喜好发展，而不是强迫我们去继承他的事业，所以我和哥哥都选择了自己喜爱的文科专业。哥哥学俄语专业，而我选择了师范专业。后来在我和哥哥工作的问题上，他一如既往地坚持原则。有时候我们抱怨他不肯为子女托人找门路安排好工作而宁肯看着我们自己奋斗时，他总是很严厉地说："你们要有志气，要靠自己，不要靠别人！"现在我和哥哥都爱岗敬业，在自己的领域里均有所建树。

父亲严于律己，宽以待人，襟怀磊落，无私奉献。他当领导的时候，因为坚持原则得罪了一些人，招来了一些非议，可是父亲知道后总是不予计较。当我对他抱怨时，他总是严厉地批评我说："不要去说别人，先把自己做好！"

父亲对事业有一种深入灵魂的热爱，他从最基层的工作干起，爱岗敬业，埋头苦干，创造了非凡的成就；他把爱国之情、报国之志融入祖国改革发展的伟大事业之中；他将青春年华乃至毕生精力都投入祖国的酿酒事业中；他的足迹遍布祖国大江南北，被誉为中国白酒界的"空中飞人"。他曾自豪地说："全中国除了西藏我没有去过，其他省市地区我都去过了。"如今耄耋之年，他仍心系白酒行业的未来发展，老骥伏枥仍然辛勤地耕耘着。人们称他为大师，大师之大，大在学术，大在德行，更大在精神。不断升级的梦想，始终如一的热忱，父亲用他的人生诠释着何谓"生命不息，奋斗不止"。

编后记

根据国家对非物质文化遗产传承人立传的要求和北京红星股份有限公司的指示，北京二锅头酒博物馆负责编写出版《高景炎传》，这是一项光荣而艰巨的任务。

红星 70 年的发展，是几代员工不懈奋斗的结果，离不开每一位员工的努力与付出，高景炎先生是其中的杰出代表。

为写好《高景炎传》，特成立了专门的编辑小组和写作小组。

编辑小组：

组长：鲁玉红；

副组长：张育民；

组员：杨鸿达、周工越、刚天旭、王硕；

顾问：吴佩海。

写作小组：

组长：张育民；

组员：杨鸿达、周工越、刚天旭、姜华、阮籍；

顾问：吴佩海。

《高景炎传》展现了红星老领导之一、国家级非物质文化遗产——北京二锅头酒传统酿造技艺第八代传人暨国家级代表性传承人高景炎大师的奋斗人生，借以表达我们对红星老一辈员工的敬意和红星光荣传统的弘扬！

本书在编写过程中参考的主要资料有：

编后记

高景炎先生的多次口述录音，其中最主要的是广州文木公司录制的国家级非物质文化遗产代表性传承人抢救性记录项目的有关录音；

高景炎先生提供的大量文稿、照片、实物；

知情人提供的情况暨回忆文章；

《红星酒史》（北京二锅头酒博物馆编写）；

《高景炎的平凡世界》（作者：程万松）；

《漫漫人生路》（作者：高景溪）。

高景炎先生审阅了本书，编写组根据他的意见对本书进行了修改、完善。

本书封面由广东省广告集团股份有限公司参与设计，封面书名由中国食品工业协会党委书记、副会长兼秘书长马勇先生题写。知名书法家、知识产权出版社副总编辑李启章先生也为高景炎大师题词祝贺。

高景炎的同事撰写了与他共事的文章，他们当中有马勇、沈正祥、赵严虎、范长秀、武光路、于长水、李荣国、吴佩海等。

高景炎的弟子撰写了向他学艺的有关文稿，他们当中有艾金忠、张坤、李东升、杜艳红、王小伟等。

高景炎的女儿高燕也撰写了父女情深的文稿。

这些文章文稿均收录于本书附录中，为本书增光添彩。

本书编写组谨向上述单位和人士表示衷心的感谢，向所有帮助本书编写、审校与出版的单位和人士表示崇高的敬意！

本书编写期间，正值新冠肺炎疫情发生，但在领导和大家的关怀与支持下，编写组的工作从未停顿，保障了《高景炎传》按计划交稿和出版，令我们倍感欣慰。

我们深知，因主客观原因，本书可能存在这样或那样的错误与不足，诚望读者和知情者批评指正！

北京二锅头酒博物馆

2020 年 5 月 6 日